读者精品文摘
Selected Reader's Digest

秋·收获

陈 南 编

台海出版社

图书在版编目（CIP）数据

读者精品文摘. 秋：收获 / 陈南编. -- 北京：台
海出版社, 2024. 10. -- ISBN 978-7-5168-4014-6

Ⅰ. Ⅰ267

中国国家版本馆CIP数据核字第202463727V号

读者精品文摘　秋·收获

编　　者：陈　南	
责任编辑：王慧敏	封面设计：肖国旺

出版发行：台海出版社

地　　址：北京市东城区景山东街 20 号　　邮政编码：100009

电　　话：010-64041652（发行，邮购）

传　　真：010-84045799（总编室）

网　　址：www.taimeng.org.cn/thcbs/default.htm

E - mail：thcbs@126.com

经　　销：全国各地新华书店

印　　刷：大厂回族自治县德诚印务有限公司

本书如有破损、缺页、装订错误，请与本社联系调换

开　　本：710 毫米 × 1000 毫米	1/16
字　　数：268 千字	印　　张：15
版　　次：2024 年 10 月第 1 版	印　　次：2024 年 12 月第 1 次印刷
书　　号：ISBN 978-7-5168-4014-6	

定　　价：156.00 元（全 4 册）

在书页间品味
秋日的丰收

秋天，是金色的季节，是丰收的象征。当夏日的炎热渐行渐远，秋风开始轻拂大地，我们便知，那是一个属于收获的时刻。

秋天不仅给我们带来了物质上的丰收，更赋予我们精神上的满足。它告诉我们，经过春天的播种、夏天的耕耘，终于等来了这一刻的硕果累累。这正如人生，经过无数的努力和付出，终将迎来自己的收获时刻。

这本散文集中的每一篇文章，都如同一颗颗饱满的果实，不仅承载着作者的深情厚意，更蕴含着深刻的生活感悟与人生哲理。它们或许讲述的是一个小故事，或许是对秋天景色的赞美，又或许是对生活的深沉思考。但无论如何，都希望能给读者带来一份宁静、一份感悟、一份收获。

愿你在这个金色的季节里，与我们一起，品味秋的美，感受收获的喜悦，同时也思考人生的意义与价值。请随我们一同翻开这本散文集，让心灵在文字间游走，去探寻那些隐藏在秋天背后的故事与哲理。

愿你在阅读中，不仅收获知识，更能收获一份对生活的热爱与感激。

目 录

CONTENT

秋叶轻舞金果盈盈

思绪纷飞乡愁如梦

心若琉璃无惧风浪急

那些伴我们成长的人

爱的暖意悄然入心

秋叶轻舞金果盈盈

- A U T U M N -

济南的秋天

老 舍

济南的秋天是诗境的。设若你的幻想中有个中古的老城，有睡着了的大城楼，有狭窄的古石路，有宽厚的石城墙，环城流着一道清溪，倒映着山影，岸上蹲着红袍绿裤的小妞儿。你的幻想中要是这么个境界，那便是济南。设若你幻想不出——许多人是不会幻想的——请到济南来看看吧。

请你在秋天来。那城，那河，那古路，那山影，是终年给你预备着的。可是，加上济南的秋色，济南由古朴的画境转入静美的诗境中了。这个诗意的秋光秋色是济南独有的。上帝把夏天的艺术赐给瑞士，把春天的赐给西湖，秋和冬的全赐给了济南。秋和冬是不好分开的，秋睡熟了一点便是冬，上帝不愿意把它忽然唤醒，所以作个整人情，连秋带冬全给了济南。

诗的境界中必须有山有水。那么，请看济南吧。那颜色不同，方向不同，高矮不同的山，在秋色中便越发的不同了。以颜色说吧，山腰中的松树是青黑的，加上秋阳的斜射，那片青黑便多出些比灰色深，比黑色浅的颜色，把旁边的黄草盖成一层灰中透黄的阴影。山脚是镶着各色条子的，一层层的，有的黄，有的灰，有的绿，有的似乎是藕荷色儿。山顶上的色儿也随着太阳的转移而不同。山顶的颜色不同还不重要，山腰中的颜色不同才真叫人想作几句诗。山腰中的颜色是永远在那儿变动，特别是在秋天，那阳光能够忽然清凉一会儿，忽然又温暖一会儿，这个变动并不激烈，可是山上的颜色觉得出这个变化，而立刻随着变换。忽然黄色更真了一些，忽然又暗了一些，忽然像有层看不见的薄雾在那儿流动，忽然像有股细风替"自然"调和着彩色，轻轻地抹上一层各色俱全而全是淡美的色道儿。有这样的山，再配上那蓝的天，晴暖的阳光；蓝得像要由蓝变绿了，可又没完全绿了；晴暖得要发燥了，可是有点凉风，正和诗一样的温柔；这便是济南的秋。况且因为颜色的不同，那山的高低也更显然了。高的更高了些，低的更低了些，山的棱角曲线在晴空中更真了，更分明了，更瘦硬了。看山顶上那个塔！

再看水。以量说，以质说，以形式说，哪儿的水能比济南？有泉——到处是泉——有河，有湖，这是由形式上分。不管是泉是河是湖，全是那么清，全是那么甜，哎呀，济南是"自然"的情人吧？大明湖夏日的莲花，城河的绿柳，自然是美好的了。可是看水，是要看秋水的。济南有秋山，又有秋水，这个秋才算个秋，因为秋神是在济南住家的。先不用说别的，只说水中的绿藻吧。那份儿绿色，除了上帝心中的绿色，恐怕没有别的东西能比拟的。这种鲜绿全借着水的清澄显露出来，好像美人借着镜子鉴赏自己的美。是的，这些绿藻是自己享受那水的甜美呢，不是为谁看的。它们知道它们那点绿的心事，它们终年在那儿吻着水皮，做着绿色的香梦。淘气的鸭子，用黄金的脚掌碰它们一两下。浣女的影儿，吻它们的绿叶一两下。只有这个，是它们的香甜的烦恼。羡慕死诗人呀！

在秋天，水和蓝天一样的清凉。天上微微有些白云，水上微微有些波皱。天水之间，全是清明，温暖的空气，带着一点桂花的香味。山影儿也更真了。秋山秋水虚幻地吻着。山儿不动，水儿微响。那中古的老城，带着这片秋色秋声，是济南，是诗。要知济南的冬日如何，且听下回分解。

海上通信（节选）

郁达夫

晚秋的太阳，只留上一道金光，浮映在烟雾空蒙的西方海角。本来是黄色的海面被这夕照一烘，更加红艳得可怜了。从船尾望去，远远只见一排陆地的平岸，参差隐约的在那里对我点头。这一条陆地岸线之上，排列着许多一二寸长的桅樯细影，绝似画中的远草，依依有惜别的余情。

海上起了微波，一层一层的细浪，受了残阳的返照，一时光辉起来。飒飒的凉意逼入人的心脾。清淡的天空，好像是离人的泪眼，周围边上，只带着一道红圈。是薄寒浅冷的时候，是泣别伤离的日暮。扬子江头，数声风笛，我又上了天涯漂泊的轮船。

以我的性情而论，在这样的时候，正好陶醉在惜别的悲哀里，满满的享受一场 Sentimental sweetness。否则也应该自家制造一种可怜的情调，使我自家感到自家的风尘仆仆，一事无成。若上举两事办不到的时候，至少也应该看看海上的落日，享受享受那伟大的自然的烟景。但是这三种情怀，我一种也酿造不成，呆呆的立在龌龊杂乱的海轮中层的舱口，我的心里，只充满了一种愤恨，觉得坐也不是，立也不是，硬是想拿一把快刀，杀死几个人，才肯甘休。这愤恨的原因是在什么地方呢？一是因为上船的时候，海关上的一个下流的外国人，定要把我的书箱打开来检查，检查之后，并且想把我所崇拜的列宁的一册著作拿去。二是因为新开河口的一家卖票房，收了我头等舱的船钱，骗我入了二等的舱位。

啊啊，掠夺欺骗，原是人的本性，若能达观，也不合有这一番气愤，但是我的度量却狭小得同耶稣教的上帝一样，若受着不平，总不能忍气吞声的过去。我的女人曾对我说过几次，说这是我的致命伤，但是无论如何，我总改不过这个恶习惯来。

轮船愈行愈远了，两岸的风景，一步一步的荒凉起来了，天色垂暮了，我的怨愤，才渐渐的平了下去。

沫若呀，仿吾成均呀，我老实对你们说，自从你们下船之后，我一直到了现在，方想起你们三人的孤凄的影子来。啊啊，我们本来是反逆时代而生者，吃苦原是前生注定的。我此番北行，你们不要以为我是为寻快乐而去，我的前途风波正多得很呀！

天色暗下来了，我想起了家中在楼头凝望着我的女人，我想起了乳母怀中，在那里伊吾学语的孩子，我更想起了几位比我们还更苦的朋友，啊啊，大海的波涛，你若能这样的把我吞咽了下去，倒好省却我的一番苦恼。我愿意化成一堆春雪，躺在五月的阳光里，我愿意代替了落花，陷入污泥深处，我愿意背负了天下青年男女的肺痨恶疾，就在此处消灭了我的残生。

这些感伤的（Sentimental）咏叹，只能博得恶魔的一脸微笑，几个在资本家跟前俯伏的文人，或者要拿了我这篇文字，去佐他们的淫乐的金樽，我不说了，我不再写了，我等那一点西方海上的红云消尽的时候，且上舱里去喝一杯白兰地罢，这是日本人所说的 Yakezake！

十月五日七时书

昨天晚上，因为多喝了一杯白兰地，并且因为前夜在 F.E. 饭店里的一夜疲劳，还没有回复，所以一到床上就睡着了。我梦见了一个十五六的少女和我同舱，我硬要求她和我亲嘴的时候，她回复我说：

你若要宝石，我可以给你 Rajah's diamond，
你若要王冠，我可以给你世上最大的国家，
但是这绯红的嘴唇，这未开的蔷薇花瓣，
我要保留着等世上最美的人来！

我用了武力，捉住了她，结果竟做了一个"风月宝鉴"里的迷梦，所以今

天头昏得很，什么也想不出来。但是与海天相对，终觉得无聊，我把佐藤春夫的一篇小说《被剪的花儿》读了。

在日本现代的小说家中，我所最崇拜的是佐藤春夫。他的小说，周作人君也曾译过几篇，但那几篇并不是他的最大的杰作。他的作品中的第一篇，当然要推他的出世作《病了的蔷薇》，即《田园的忧郁》了。其他如《指纹》，《李太白》等，都是优美无比的作品。最近发表的小说集《太孤寂了》，我还不曾读过。依我看来，这一篇《被剪的花儿》，也可说是他近来的最大的收获。书中描写主人公失恋的地方，真是无微不至，我每想学到他的地步，但是终于画虎不成。他在日本现代的作家中，并不十分流行。但是读者中间的一小部分，却是对他抱着十二分的好意。有一次何畏对我说：

"达夫！你在中国的地位，同佐藤在日本的地位一样。但是日本人能了解佐藤的清洁高傲，中国人却不能了解你，所以你想以作家立身是办不到的。"

惭愧惭愧！我何敢望佐藤春夫的肩背！但是在目下的中国，想以作家立身，非但干枯的我没有希望，即使 Victor Hugo, Charles Dickens, Gerhart Hauptmann 等来，也是无望的。

沫若！仿吾！我们都是笨人，我们弃康庄的大道不走，偏偏要寻到这一条

荆棘丛生的死路上来。我们即使在半路上气绝身死，也同野狗的毙于道旁一样，却是我们自家寻得的苦恼，谁也不能来和我们表同情，谁也不能来收拾我们的遗骨的。啊啊！又成了牢骚了，"这是中国文人最丑的恶习，非绝灭不可的地方"，我且收住不说了罢！

　　单调的海和天，单调的船和我，今日使我的精神萎缩得不堪。十二时中，足破这单调的现象，只有晚来海中的落日之景，我且搁住了笔，去看 The glorious sun–setting 罢！

十月六日日暮的时候

故都的秋

郁达夫

秋天，无论在什么地方的秋天，总是好的；可是啊，北国的秋，却特别地来得清，来得静，来得悲凉。我的不远千里，要从杭州赶上青岛，更要从青岛赶上北平来的理由，也不过想饱尝一尝这"秋"，这故都的秋味。

江南，秋当然也是有的；但草木凋得慢，空气来得润，天的颜色显得淡，并且又时常多雨而少风；一个人夹在苏州上海杭州，或厦门香港广州的市民中间，浑浑沌沌地过去，只能感到一点点清凉，秋的味，秋的色，秋的意境与姿态，总看不饱，尝不透，赏玩不到十足。秋并不是名花，也并不是美酒，那一种半开半醉的状态，在领略秋的过程上，是不合适的。

不逢北国之秋，已将近十余年了。在南方每年到了秋天，总要想起陶然亭的芦花，钓鱼台的柳影，西山的虫唱，玉泉的夜月，潭柘寺的钟声。在北平即使不出门去吧，就是在皇城人海之中，租人家一椽破屋来住着，早晨起来，泡一碗浓茶，向院子一坐，你也能得到很高很高的碧绿的天色，听得到青天下驯鸽的飞声。从槐树叶底，朝东细数着一丝一丝漏下来的日光，或在破壁腰中，静对着像喇叭似的牵牛花（朝荣）的蓝朵，自然而然地也能够感觉到十分的秋意。说到了牵牛花，我以为以蓝色或白色者为佳，紫黑色次之，淡红色最下。最好，还要在牵牛花底，教长着几根疏疏落落的尖细且长的秋草，使作陪衬。

北国的槐树，也是一种能使人联想起秋来的点缀。像花而又不是花的那一种落蕊，早晨起来，会铺得满地。脚踏上去，声音也没有，气味也没有，只能感出一点点极微细极柔软的触觉。扫街的在树影下一阵扫后，灰土上留下来的一条条扫帚的丝纹，看起来既觉得细腻，又觉得清闲，潜意识下并且还觉得有点儿落寞，古人所说的梧桐一叶而天下知秋的遥想，大约也就在这些深沉的地方。

秋蝉的衰弱的残声，更是北国的特产；因为北平处处全长着树，屋子又低，所以无论在什么地方，都听得见它们的啼唱。在南方是非要上郊外或山上去才听得到的。这秋蝉的嘶叫，在北平可和蟋蟀耗子一样，简直像是家家户户都养在家里的家虫。

还有秋雨哩，北方的秋雨，也似乎比南方的下得奇，下得有味，下得更像样。

在灰沉沉的天底下，忽而来一阵凉风，便息列索落地下起雨来了。一层雨过，云渐渐地卷向了西去，天又青了，太阳又露出脸来了；著着很厚的青布单衣或夹袄的都市闲人，咬着烟管，在雨后的斜桥影里，上桥头树底下去一立，遇见熟人，便会用了缓慢悠闲的声调，微叹着互答着的说：

"唉，天可真凉了——"（这了字念得很高，拖得很长。）

"可不是么？一层秋雨一层凉了！"

北方人念阵字，总老像是层字，平平仄仄起来，这念错的歧韵，倒来得正好。

北方的果树，到秋来，也是一种奇景。第一是枣子树，屋角，墙头，茅房边上，灶房门口，它都会一株株地长大起来。像橄榄又像鸽蛋似的这枣子颗儿，在小椭圆形的细叶中间，显出淡绿微黄的颜色的时候，正是秋的全盛时期；等枣树叶落，枣子红完，西北风就要起来了，北方便是尘沙灰土的世界，只有这枣子、柿子、葡萄，成熟到八九分的七八月之交，是北国的清秋的佳日，

是一年之中最好也没有的 Golden Days。

有些批评家说，中国的文人学士，尤其是诗人，都带着很浓厚的颓废色彩，所以中国的诗文里，颂赞秋的文字特别的多。但外国的诗人，又何尝不然？我虽则外国诗文念得不多，也不想开出账来，做一篇秋的诗歌散文钞，但你若去一翻英德法意等诗人的集子，或各国的诗文的 Anthology 来，总能够看到许多关于秋的歌颂与悲啼。各著名的大诗人的长篇田园诗或四季诗里，也总以关于秋的部分，写得最出色而最有味。足见有感觉的动物，有情趣的人类，对于秋，总是一样的能特别引起深沈，幽远，严厉，萧索的感触来的。不单是诗人，就是被关闭在牢狱里的囚犯，到了秋天，我想也一定会感到一种不能自已的深情；秋之于人，何尝有国别，更何尝有人种阶级的区别呢？不过在中国，文字里有一个"秋士"的成语，读本里又有着很普遍的欧阳子的《秋声》与苏东坡的《赤壁赋》等，就觉得中国的文人，与秋的关系特别深了。可是这秋的深味，尤其是中国的秋的深味，非要在北方，才感受得到底。

南国之秋，当然是也有它的特异的地方的，比如廿四桥的明月，钱塘江的秋潮，普陀山的凉雾，荔枝湾的残荷，等等，可是色彩不浓，回味不永。比起北国的秋来，正像是黄酒之与白干，稀饭之与馍馍，鲈鱼之与大蟹，黄犬之与骆驼。

秋天，这北国的秋天，若留得住的话，我愿把寿命的三分之二折去，换得一个三分之一的零头。

秋 夜

鲁 迅

在我的后园，可以看见墙外有两株树，一株是枣树，还有一株也是枣树。

这上面的夜的天空，奇怪而高，我生平没有见过这样的奇怪而高的天空。他仿佛要离开人间而去，使人们仰面不再看见。然而现在却非常之蓝，闪闪地䀹着几十个星星的眼，冷眼。他的口角上现出微笑，似乎自以为大有深意，而将繁霜洒在我的园里的野花草上。

我不知道那些花草真叫什么名字，人们叫他们什么名字。我记得有一种开过极细小的粉红花，现在还开着，但是更极细小了，她在冷的夜气中，瑟缩地做梦，梦见春的到来，梦见秋的到来，梦见瘦的诗人将眼泪擦在她最末的花瓣上，告诉她秋虽然来，冬虽然来，而此后接着还是春，胡蝶乱飞，蜜蜂都唱起春词来了。她于是一笑，虽然颜色冻得红惨惨地，仍然瑟缩着。

枣树，他们简直落尽了叶子。先前，还有一两个孩子来打他们别人打剩的枣子，现在是一个也不剩了，连叶子也落尽了。他知道小粉红花的梦，秋后要有春；他也知道落叶的梦，春后还是秋。他简直落尽叶子，单剩干子，然而脱了当初满树是果实和叶子时候的弧形，欠伸得很舒服。但是，有几枝还低亚着，护定他从打枣的竿梢所得的皮伤，而最直最长的几枝，却已默默地铁似的直刺着奇怪而高的天空，使天空闪闪地鬼䀹眼；直刺着天空中圆满的月亮，使月亮窘得发白。

鬼䀹眼的天空越加非常之蓝，不安了，仿佛想离去人间，避开枣树，只将月亮剩下。然而月亮也暗暗地躲到东边去了。而一无所有的干子，却仍然默默地铁似的直刺着奇怪而高的天空，一意要制他的死命，不管他各式各样地䀹着许多蛊惑的眼睛。

哇的一声，夜游的恶鸟飞过了。

我忽而听到夜半的笑声，吃吃地，似乎不愿意惊动睡着的人，然而四围的空气都应和着笑。夜半，没有别的人，我即刻听出这声音就在我嘴里，我也即刻被这笑声所驱逐，回进自己的房。灯火的带子也即刻被我旋高了。

后窗的玻璃上丁丁地响，还有许多小飞虫乱撞。不多久，几个进来了，许是从窗纸的破孔进来的。他们一进来，又在玻璃的灯罩上撞得丁丁地响。一个从上面撞进去了，他于是遇到火，而且我以为这火是真的。两三个却休息在灯的纸罩上喘气。那罩是昨晚新换的罩，雪白的纸，折出波浪纹的叠痕，一角还画出一枝猩红色的栀子。

猩红的栀子开花时，枣树又要做小粉红花的梦，青葱地弯成弧形了……我又听到夜半的笑声；我赶紧砍断我的心绪，看那老在白纸罩上的小青虫，头大尾小，向日葵子似的，只有半粒小麦那么大，遍身的颜色苍翠得可爱，可怜。

我打一个呵欠，点起一支纸烟，喷出烟来，对着灯默默地敬奠这些苍翠精致的英雄们。

秋

徐志摩

　　两年前，在北京，有一次，也是这么一个秋风生动的日子，我把一个人的感想比作落叶，从生命那树上掉下来的叶子。落叶，不错，是衰败和凋零的象征，它的情调几乎是悲哀的。但是那些在半空里飘摇，在街道上颠倒的小树叶儿，也未尝没有它们的妩媚，它们的颜色，它们的意味，在少数有心人看来，它们在这宇宙间并不是完全没有地位的。"多谢你们的摧残，使我们得到解放，得到自由。"它们仿佛对无情的秋风说。"劳驾你们了，把我们踹成粉，踩成泥，使我们得到解脱，实现消灭。"它们又仿佛对不经心的人们这么说。因为看着，在春风回来的那一天，这叫卑微的生命的种子又会从冰封的泥土里翻成一个新鲜的世界。它们的力量，虽则是看不见，可是不容疑惑的。

　　我那时感着的沉闷，真是一种不可形容的沉闷。它仿佛是一座大山，我整个的生命叫它压在底下。我那时的思想简直是毒的，我有一首诗，题目就叫《毒药》，开头的两行是——"今天不是，我歌唱的日子，我口边涎着狞恶的冷笑，不是我说笑的日子，我胸怀间插着发冷光的刀剑；相信我，我的思想是恶毒的，因为这世界是恶毒的，我的灵魂是黑暗的，因为太阳已经灭绝了光彩，我的声调，像是坟堆里的夜枭，因为人间已经杀尽了一切的和谐，我的口音，像是冤鬼责问他的仇人，因为一切的恩已经让路给一切的怨。"

　　我借这一首不成形的咒诅的诗，发泄了我一腔的闷气，但我却并不绝望，并不悲观，在极深刻的沉闷的底里，我那时还摸着了希望。所以我在《婴儿》——那首不成形诗的最后一节——那诗的后段，在描写一个产妇在她生产的受罪中，还能含有希望的句子。

　　在我那时带有预言性的想象中，我想望着一个伟大的革命。因此我在那篇《落叶》的末尾，我还有勇气来对付人生的挑战，郑重地宣告一个态度，高声的喊一声——借用两个有力量的外国字——"Everlasting Yea"。"Everlasting Yea"，"Everlasting Yea"，一年，一年，又过去了两年。这两年间我那时的想望实现了没有？那伟大的"婴儿"有出世了没有？我们的受罪取得了认识与价值没有？

我不知道，我不知道。我知道的还只是那一大堆丑陋的蛮肿的沉闷，厌得瘪人的沉闷，笼盖着我的思想，我的生命。它在我的经络里，在我的血液里。我不能抵抗，我再没有力量。

我们靠着维持我们生命的不仅是面包，不仅是饭，我们靠着活命的，用一个诗人的话，是情爱、敬仰心、希望。"We love by love, admiration and hope"这话又包涵一个条件，就是说这世界这人类是能承受我们的爱，值得我们的敬仰，容许我们的希望的。但现代是什么光景？人性的表现，我们看得见听得到的，到底是怎样回事？我想我们都不是外人，用不着掩饰，实在也无从掩饰，这里没有什么人性的表现，除了丑恶，下流，黑暗。太丑恶了，我们火热的胸膛里有爱不能爱，太下流了，我们有敬仰心不能敬仰，太黑暗了，我们要希望也无从希望。太阳给天狗吃了去，我们只能在无边的黑暗中沉默着，永远的沉默着！这仿佛是经过一次强烈的地震的悲惨。思想、感情、人格，全给震成了无可收拾的断片，也不成系统，再也不得连贯，再也没有表现。但你们在这个时候要我来讲话，这使我感到一种异样的难受。难受，因为我自身的悲惨。难受，尤其因为我感到你们的邀请不止是一个寻常讲演的邀请，你们来邀我，当然不是要什么现成的主义，那我是外行，也不为什么专门的学识，那我是草包，你们明知我是一个诗人，他的家当，除了几座空中的楼阁，至多只是一颗热烈的心。你们邀我来也许在你们中间也有同我一样感到这时代的悲哀，一种不可解脱不可摆脱的况味，所以邀我这同是这悲哀沉闷中的同志来，希冀万一，可以给你们打几个幽默的比喻，说一点笑话，给一点子安慰，有这么小小的一半个时辰，彼此可以在同情的温暖中忘却了时间的冷酷。因此我踌躇，我来怕没有交代，不来又于心不安。我也曾想选几个离着实际的人生较远些的事儿来和你们谈谈，但是相信我，朋友们，这念头是枉然的，因为不论你思想的起点是星光是月是蝴蝶，只一转身，又逢着了人生的基本问题，冷森森的竖着像是几座拦路的墓碑。

不，我们躲不了它们：关于这时代人生的问号，小的、大的、歪的、正的，像蝴蝶的绕满了我们的周遭。正如在两年前它们逼迫我宣告一个坚决的态度，今天它们还是逼迫着要我来表示一个坚决的态度。也好，我想，这是我再来清理一次我的思想的机会，在我们完全没有能力解决人生问题时，我们只能承认失败。但我们当前的问题究竟是些什么？如其它们有力量压倒我们，我们至少也得抬起头来认一认我们敌人的面目。再说譬如医病，我们先得看清是什么病而后用药，才可以有希望治病。说我们是有病，那是无可置疑的。但病在哪一部，最重要的症候是什么，我们却不一定答得上。至少，各人有各人的答案，决不会一致的。就说这时代的烦闷：烦闷也不能凭空来的不是？它也得有种种造成它的原因，它到底是怎么回事，我们也得查个明白。换句话说，我们先得确定我们的问题，然后再试第二步的解决。也许在分析我们的病症的研究中，某种对症的医法，就会不期然的显现。我们来试试看。

说到这里，我们可以想象一班乐观派的先生们冷眼的看着我们好笑。他们笑我们无事忙，谈什么人生，谈什么根本问题，人生根本就没有问题，这都是那玄学鬼钻进了懒惰人的脑筋里在那里不相干的捣玄虚来了！做人就是做人，重在这做字上。你天性喜欢工业，你去找工程事情做去就得。你爱谈整理国故，你寻你的国故整理去就得。工作，更多的工作，是唯一的福音。把你的脑力精神一齐放在你愿意做的工作上，你就不会轻易发挥感伤主义，你就不会无病呻吟，你只要尽力去工作，什么问题都没有了。

这话初听倒是又生辣又干脆的，本来么，有什么问题，做你的工好了，何必自寻烦恼！但是你仔细一想的时候，这明白晓畅的福音还是有漏洞的。固然这时代很多的呻吟只是懒鬼的装痛，或是虚幻的想象，但我们因此就能说这时代本来是健全的，所谓病痛所谓烦恼无非是心理作用了吗？固然当初德国有一个大诗人，他的伟大的天才使他在什么心智的活动中都找到趣味，他在科学实验室里工作得厌倦了，他就跑出来带住一个女性就发迷，西洋人说的"跌进了恋爱"；回头他又厌倦了或是失恋了，只

一感到烦恼，或悲哀的压迫，他又赶快飞进了他的实验室，关上了门，也关上了他自己的感情的门，又潜心他的科学研究去了。在他，所谓工作确是一种救济，一种关栏，一种调剂，但我们怎能比得？我们一班青年感情和理智还不能分清的时候，如何能有这样伟大的克制的工夫？所以我们还得来研究我们自身的病痛，想法可能的补救。

并且这工作论是实际上不可能的。因为假如社会的组织，果然能容得我们各人从各人的心愿选定各人的工作并且有机会继续从事这部分的工作，那还不是一个黄金时代？"民各乐其业，安其生。"还有什么问题可谈的？现代是这样一个时候吗？商人能安心做他的生意，学生能安心读他的书，文学家能安心做他的文学吗？正因为这时代从思想起，什么事情都颠倒了，混乱了，所以才会发生这普通的烦闷病，所以才有问题，否则认真吃饱了饭没有事做，大家甘心自寻烦恼不成？

落叶不只是在秋天

崔修建

春光明媚的三月，校园内大大小小的树，正绿得鲜嫩欲滴，各种争奇斗艳的花，正开得恣意、浓烈。

一阵微风拂过，不经意地一低头，我的心不禁猛地一颤：地上竟躺着几枚绿色的叶子。

我弯腰拾起一枚不幸的绿叶，放在掌心，仔细端详起来——它生得很健康啊，脉络分明，柔柔韧韧，与枝头那些苍翠的叶子并没有什么差异。

一点儿枯黄痕迹都没有的绿叶，怎么会在这生命葱茏的季节骤然飘坠呢？

轻轻抚弄那枚如眉的绿叶，我开始为它过早的凋零惋惜不已：那么多绿叶都在为浓郁的夏日积蓄着热情，都在为饱满的秋日努力着，而它却在梦想刚刚绽开时，便匆匆地告别了希望生长的枝头，它该有着怎样的遗憾和不甘呢？

原来，落叶不只是在秋天。花蕊一样年轻的生命，也会猝不及防地戛然而止。

一个漫步在校园里，我想到了不久前英年早逝的复旦大学女博士于娟，想起她那部生命绝笔《此生未完成》。她是那样一个热爱生活的年轻人，曾有那么多缤纷的向往，曾那样不辞辛苦地打拼，不知疲倦地朝自己心中"宏伟目标"疾驰的她，根本没有料到，在她生命最葳蕤的某一天，急剧扩散的癌细胞，会无情地宣布她的生命将提前谢幕。

仿佛当头一棒，病痛中的她才陡然发现，自己的人生其实完全可以是另一种样子，"活着就是王道"。于是，她这位年轻的女儿、母亲、妻子，在同死神顽强抗争的那段日子里，在博客里写下点击达数百万次的至真的生命感悟。其中，有一段最令人感慨唏嘘的真情告白："在生死临界点的时候，你会发现，任何的加班，给自己太多的压力，买车买房的需求，这些都是浮云，如果有时间，好好陪你的孩子，把买车的钱给父母亲买双鞋子，不要拼命去换什么大房子，和相爱的人在一起，蜗居也温暖。"

哦，许多美好的东西，常常在逝去之后，我们才蓦然发觉它们的弥足珍贵。

由此，正在拼命追逐梦想、拼命打拼未来的我们，真应该抽出一点儿时间，一个人静下心来，好好检视一下自己眼下的生活状态，看一看：是否将自己生命的弦绷得太紧了？是否被那些欲望牵扯得过于忙碌了？是否被那些世俗的功名利禄缠绕得忘了让身心轻松一些？查一查：自己的心灵已被多少太实际的东西占据了？每一天都在拼命地加班、考各类证书、提高学历、提升官职……白天忙得焦头烂额，连那么多本该清静的夜晚，也被塞得满满的，而且总能找到堂而皇之的理由，陷入那些可有可无的网聊、饭局、K歌、游乐、蹦迪、通宵电影中……宝贵的生命，宛若高速旋转的陀螺，自己都已难以掌控了。

独自时，不妨扪心自问：我们究竟在追求什么样的幸福？我们应该拥有怎样的生活？

真正聪慧的人，懂得唯有好好地珍惜人生的春天，才能拥有风光无限的人生四季。他们知道，完美的生命，应该像一枚饱经沧桑的叶子那样——该萌发的时候萌发，该苍翠的时候苍翠，该葱茏的时候葱茏，该枯黄的时候枯黄，该凋落的时候凋落，一切都自自然然，从从容容。不过度地透支，不肆意地挥霍，不拼命地争抢，适度地取舍，自如地进退……

一个人的时候，我暗暗地告诉自己，也告诉那些正值芳华岁月的年轻人，如果不想让自己生命的叶子凋落在春天，不想让自己的人生留下太多的遗憾，那么，就要学会让目光再辽远一些、再深邃一些，减掉那些不必要的心灵重负，驱逐那些不该有的焦虑和盲从，让前行的脚步再轻松一些，让正经历的每一个鲜活的日子再充实一些、快乐一些。

好好地照料生命的每一寸光阴，就会避免许多类似春天落叶的遗憾。

柿子红了

李怀春

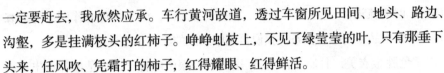

深秋的时候，朋友告诉我柿子红
了，他正欲带着一个画家去观赏，让我
一定要赶去，我欣然应承。车行黄河故道，透过车窗所见田间、地头、路边、
沟壑，多是挂满枝头的红柿子。峥峥虬枝上，不见了绿莹莹的叶，只有那垂下
头来，任风吹、凭霜打的柿子，红得耀眼、红得鲜活。

红红的柿子，坠得树枝都直往下压，风一吹，整个树梢都像被挠了痒痒
似的微微颤着。树杈上系着长长的布条飘来飘去，那是人们为了吓唬那些偷
吃的喜鹊拴上去的。一颗颗饱满的柿子像一盏盏红灯笼，给这片土地上的人
们带去活着的希望，一盏落了，一盏亮起，从树上落了，再拿到家中，加工成
柿子饼，还是不肯熄灭的一盏倔强的灯。当地的人们大多是把柿子当成经济
作物的，柿子红了，他们的生活也就跟着红火了。所以，从这个意义上说，那
红红的柿子真的称得上是他们的希望之灯。

柿子红了，心头的喜悦也来了。我忍不住停下车，从树上拧一个熟透的柿
子下来，托在手心里，感觉软软的。咬开一个小口，用力吸里面的柿子肉，就
能感到像小舌头似的果肉，甜滋滋、滑溜溜，回味无穷。

想起小时候的秋天，逢上有集市的时候，母亲总是偷偷地塞给我5分
钱，让我去赶集买点好吃的。我不买别的，只管买上三个柿子，一路小跑着回
家。一个一个剥去皮，一口咬下去，顿时一股甜香味在舌蕾上绽开，腮颊两
边，被柿肉染红了。看我的贪婪相，母亲总是忍不住地笑，一边给我擦嘴巴
一边喊我"小馋猫"。现在想来，母亲的那一声"小馋猫"，似乎也都有了柿子
的甜香。

偶尔我会回老家转转，老家门两旁的两棵老槐树，树枝枯萎了大半。只
有那七八棵柿子树，枝繁叶茂，越长越旺，满树的叶子绿油油的。晶莹剔透
的柿子，羞羞答答、藏藏掖掖，让人不仔细找都发现不了。平时为工作、为
生活忙个不停，等我抽时间回老家，想找两个让我垂涎三尺的红柿子时，却怎
么都找不到了。

恰巧朋友打电话邀请，我怎肯错过这饱尝柿子的机会？到了目的地，见到了那位画家，一看竟是老熟人。10 年前，他来过这里写生，我负责接待。当时他给我画了一幅六尺的画，全是红红的柿子，枝条弯弯，果实累累。整幅画红彤彤的，我喜欢至极。想起那时他还不到四十岁，便已是国家一级美术家，还兼职一所大学美术系教授。当时他年轻好胜，傲骨凌人，喝酒大碗，豪情满怀。时光流逝，一晃 10 年过去，他变得沉稳了，画案前静心作画，沉默寡言。所画作品多是四尺长条，我说再画幅六尺的给我，他说不可能了。

"色胜金衣美，甘逾玉液清。"这是我们眼中的柿子。可是他却看出不一样的东西来，他站在一棵柿子树下，凝视着红红的低着头的柿子，仿佛对我说又仿佛是自言自语："越是成熟越弯腰呀！我已知天命，才领悟到自己至今还只是个学生。"那一刻，我知道了为何他如今的画作多是四尺长条。现在的四尺，比当年的六尺更有余味，减掉的二尺，是生命中的虚空和浮躁。

我急不可耐地把一个大红柿子拿在手里，揭开一个红红的小口，"吱"地一声吸进去，腮颊两边又被柿子肉染成红红的晕。一个、两个、三个……这下可是满足了我对柿子的饕餮之欲，肚皮都鼓起来了，我却感觉到了轻盈。

白日烟火

朱成玉

鸣涛兄指给我看那些白日烟火的时候，我不以为然，那有什么好看的？在白昼的光里，一切都那么微不足道。他说，那就对了，这微弱的烟火，竟然敢于在白昼里和日光竞技，岂不是勇气可嘉吗？

"那也无异于蚍蜉撼树吧。"

"是有些不自量力的架势，但做着，总是聊胜于无。"

做着，便聊胜于无。这是令我猛醒的一句。鸣涛兄投资失败，从一个成功人士坠落为负债累累的打工仔，按照他目前的收入，要还清全部的债务至少需要五百余年，换作别人，早跳了楼或者破罐子破摔，可是他没有逃避，日复一日地工作，精打细算，去除最低档的开销，每日里都可以偿还一点点债务。他在这个过程里，也在等待一个东山再起的机会。事实上，他真的等到了，尽管这听起来像电影里的故事。

按照他的说法就是——愚公即使每日只移掉大山的几千万分之一，却也孜孜不倦地做着。虽然这是神话，我们也不奢望去感动上天，但至少可以让命运的轨迹发生一点点微妙的变化。

这一点点微妙的变化，便足以给山穷水尽的你一个柳暗花明的路口。

瑞典导演罗伊·安德森的电影《你还活着》，看完令人回味无穷。瑞典小城，形形色色看似普通而又古怪的小城居民。天天神经质般叫嚷"没有人理解自己"的胖大妈，破坏别人宴席而被宣判坐电椅执行死刑的中年大叔，一边做爱一边念叨银行基金赔钱的怪男人，口不择言伤害到对方的争吵夫妇，听了二十七年精神病人倾诉已经不堪重负的精神科医生，一个随时都会解散的业余乐团，敢于追求爱情哪怕只是梦境的女孩安娜……一段段看似毫无联系的生活片段，或荒诞滑稽或离经叛道，却共同讲述着人与人之间爱与被爱的幽默悲喜剧。其中，有一个片段特别感人：一个黄昏，一个打扮成摇滚歌手模样的小伙子坐在窗口弹吉他，屋里卧室的床上坐着一个穿白色婚纱的姑娘。窗户外面挤满了人，有人敲窗户，小伙子站起来打开窗，"噢……"人群一阵低呼。后面有人喊："新娘在哪儿呢? 安娜在哪儿呢?"屋里的新娘站起来，好奇地挤到窗前，"哇……"人群爆发出一阵欢呼。

这是女孩安娜的一个梦境，她到处寻找米可，期待与之重逢。于是做了这样一个温馨而神奇的梦，穿上了白色的婚纱，做蜜月旅行，等候欢迎的人们献上祝福。即便是超现实的白日梦，那也是美好得让观众想齐声鼓掌叫好。

安德森在影片最后这个梦境的营造，是想告诉我们，即使眼前的生活如何不堪，也请知足吧。毕竟，我们还可以有梦。

这白日里的梦，亦如白日烟火，有这个梦温暖着，总会抵御一些寒凉。

某一天，我又一次看到白日烟火。好像是某个饭店开张，热闹而喧嚣，可是却无人看得见烟花的美，那是隐于白日的绚烂。烟火的蓝错过了黑夜的背景，便不易被察觉出来，这多少令人感到可惜，就好比在错的时辰爱上了某人——没有天时和地利的爱，终是无法得到世人的祝福，暗自绽放，又暗自凋零，在时光里黯然失色。但做着，便聊胜于无。白日里，我们正大光明地把爱说出来，正大光明地行走，携带着毛茸茸的影子。阳光给了我们多么大的底气啊，它灌输给我们力量和钙，也灌输给我们公平和爱。没有暧昧，没有猫腻，阳光可以杀菌，藏污纳垢的地方，也可以被清洗干净。我的白日，见证我的清白。我的烟火，见证我的执着。

一壶天地小于瓜

胥加山

瓜先于人类在地球上生存，因瓜属于植物的范畴；瓜对土地、阳光、雨露的感恩，比人虔诚；对环境，比人懂得珍惜；瓜衍生出的"种瓜得瓜，种豆得豆"的农耕朴素思想，比束之高阁的哲学容易让人接受。一个人无论出生在农村或城市，在成长的过程中，一定少不了与瓜的结缘，诚然乡下的孩子与瓜的亲昵得天独厚，伴着瓜的育苗、长藤、开花、结果的过程，要比城里的孩子对瓜的阅历丰富……里下河地区，沃土丰饶，水泽丰富，四季分明，各种瓜迎合着人们的勤劳，一季季，一年年，慰藉着众生的味蕾，伴随着人类繁衍生息……

南瓜

对南瓜名字的好奇，或许是每个乡下孩子童年的疑问，问大人也说不出个所以然，反正上辈人这样叫了就叫了，孩子不甘心，试着探究，南瓜是不是只长在朝南的方向，才叫南瓜？可拨开密密匝匝的南瓜藤叶，一只肥硕或团或长的南瓜横七竖八躺在藤蔓的怀抱中，完全没有方向论……孩子绞尽脑汁追溯不到南瓜名的源头，时间一长，也失去了探名的兴趣，观察起母亲种瓜的过程。

三春头上，母亲掏出陶罐里往年攒下的南瓜籽，一粒粒挑拣起来，饱满、色相好的放在一边，稍瘪、有斑的存在一旁。饱满的南瓜籽，母亲捧在掌心，满脸喜悦，像捡到宝贝似的开心；稍瘪的，无暇顾及，任随一只只偷食的鸡冷不防啄去一粒又一粒……

庭院里菜地土新翻过，新撒的稻草灰还没全吸附在新土上，春风一吹，微灰扬起，母亲拎着水桶，拿着水瓢，一瓢瓢泼洒起垄土，土湿了，灰润了，一粒粒南瓜籽插在土中，覆盖一层塑料薄膜，以防春夜的寒湿，再铺一层稻草……从籽到芽的诞生，本身就是生命的奇迹，泥土是南瓜籽的子宫，薄膜是南瓜籽的温床，稻草是南瓜籽的皮肤，母亲的辛劳则是南瓜籽的灵魂……

三两天，或许不到一周，待到一个正午春光明媚，划掉稻草，慢慢揭开薄膜，一棵棵嫩嫩的南瓜芽尖拱土而出，它们比赛着探出脑袋……再过一周，芽尖竟然长出了两片对称的叶，此时气温上升，叶片渐次增多了起来，茎叶也能在春风中舞蹈起来……

麦收时节，一棵棵南瓜秧被移栽到庭前院后的空旷地，它们保持着距离，略显单薄，甚至孤单，谁承想，一月不到，它们旺盛的生命力和占有欲，驱使着它们的藤蔓匍匐前行，见隙生藤，逢篱必缠，谁也阻挡不了蓬勃势头……

蜜蜂来了，蝴蝶翩跹了，雏鸡爱钻南瓜藤丛了，喇叭状的南瓜花鳞次栉比盛开，公花母花，母亲一眼看出，掐一朵公花为一朵朵母花授粉，孩子有点可惜母亲的掐花行为，劝诫起母亲，现摘一朵花，秋少一只瓜。母亲拿孩子开心，掐的是公花，为的是授粉，公花不结果，即使结果也不大！孩子一听授粉，尽信书上言，授粉不是有蜜蜂吗？……母亲授粉结束，又挨藤掐花扔给一旁等待嬉戏的狗，孩子真的生气了，公花掐了为授粉，母花掐掉难道为逗狗？母亲笑了，一藤一花，秋瓜自大，一藤多花，瓜多个小，孩子懵懂，气得跃出南瓜园，把怨气撒到正叼花玩得欢的狗身上，一脚下去，狗敢躲不敢吠，没几秒，绕过小主人，试探着，又把小主人脚边一朵朵南瓜花叼走……

盛夏时节，庭前院后，篱笆上，猪圈墙上，爬满了南瓜藤叶，葱葱茏茏，叶叶如伞，藤藤互叠，拨开层层叶，这儿卧着一只憨憨的南瓜，那儿躲着一只疯长的南瓜；扯起根根藤，篱笆上，吊着一只玩杂技的南瓜，猪圈墙上悬着一只做吊环的南瓜……

母亲算计着日子，让孩子采摘南瓜，孩子提篮，母亲笑说，竹篮盛不下！孩子不信。母亲记着南瓜的躲藏地，像记着孩子屁股上的胎记，母亲手一指，孩子不得不佩服，他抱起那只大南瓜，沉得他弯了腰……孩子笑了，胸前一二十斤重的大南瓜，不得不让他感到生命的奇迹，一粒没有指甲大的南瓜籽，历经土、阳光、雨露和四五个月的光阴，竟然长成如此大的南瓜，这是自然的传奇，这是植物的传奇，更是母亲劳动的传奇……

南瓜汤、南瓜饭、南瓜粥、南瓜饼……在孩子味蕾的故乡里扎下了根，盘结起乡村的魂……

冬瓜

中国人对瓜的命名，有些有据可循，如香瓜、酥瓜，从味觉上、口感上可知晓；有些无据可查，如南瓜、冬瓜、西瓜，"南、西"方向词，"冬"季节词，后面缀个"瓜"字，着实让人摸不着头脑。唯有歪明生意，或许冬瓜成长于夏秋季节，可以保存至冬天，才叫冬瓜的吧，不像其他的瓜，如西瓜、丝瓜在没有冰箱的年代，过了季节难以保存。

冬瓜成长的过程和南瓜无异，冬瓜似乎比南瓜还憨，像个喜欢把心事藏着的腼腆青年，一味地守着藤蔓，像孝子寸步不离顺着母亲的心意，痴痴地长着自己的傻大个。

冬瓜因个头大，乡下人吃食，往往一瓜分众邻，一条长长胖墩墩的冬瓜，一刀刀切分给邻居们，你送冬瓜我还茄，冬瓜既增进左邻右舍的礼尚往来，又滋养了乡人骨子里原始朴素的共享丰收的情怀。

冬瓜对生长环境从来不娇气，向阳不喜，背阴不悲，通风不欢，荒地不孤，小小的一棵冬瓜秧移栽一角，只是起初浇水让其成活，尔后便无须人照料，像极了乡下的孩子，和着晨光雨露、晓风残月自然成长……甚至谁家主妇在春天，不小心在一处临近坟茔地，误栽了一棵小小的瓜秧，随着时间的推移，已把冬瓜秧遗忘，可待到盛夏初秋，主妇偶然一天，误入洪荒之地上一汪碧绿藤蔓中，脚不经意被一只硬邦邦如石块的大冬瓜绊了一跤，半个身长的冬瓜见到了久违的主人，像似有意和主人开了个玩笑，妇女笑了，笑冬瓜的宽阔的胸怀，即使主人把其遗忘，自己也不忘给予丰硕的回报，妇女轻轻拨开重峦叠嶂的藤蔓，发现一只冬瓜，就情不自禁地叫一声，哎哟，我的乖乖！……

外皮长得如穿白羽的大冬瓜，被妇女扛在肩，压弯了腰，一路上，妇女的肩和冬瓜切肤交流着，妇女心里想着，此冬瓜如她走散多年的孩子，猛然见到了家人，有着一种片刻不离的怜痛；冬瓜依恋着主人的双肩，骄傲着自己的躯体为主人带来意外的喜悦……

秋渐深，自然界的瓜兄弟退出了田园的舞台，那一丛冬瓜藤蔓虽枯黄已现，但丝丝残留的绿意，依然向一只只贪恋土地的冬瓜输送着最后的养分。头场霜降后，冬来了，冬瓜藤蔓看完最后一眼自己一只只已长大成人的冬瓜孩子，带着幸福闭上了双眼，根根枯藤盘结如绳，绳的一端依然牵系着只只冬瓜。主家推来一辆车，大老远看见一只只大冬瓜裸露在荒原之上；一只只冬瓜被搬到推车上，冬瓜兄弟并排躺着，足有半推车……主家合拢起枯萎焦干的冬瓜藤蔓，点了火，灰烬化作肥，主家拖着冬瓜回家，一路上喃喃自语，好地，好瓜！

半车的冬瓜，左邻右舍吃不完，七姨八姑吃不完，为了让冬瓜的味道延续到来年，主家腌起了冬瓜菇，半缸的红苋菜菇已发酵成菜，一只大冬瓜，皮也不用削，切大块，取瓤，洗净，轻放到红苋菜菇缸里，半月不到，冬瓜菇，饭锅头一炖，那酸香，是下饭的好菜，一直吃到来年开春栽冬瓜秧，也不反胃……

在农家，作为做菜原料的冬瓜有着和大合小的好人缘，上得了书房下得了厨房——和排骨炖汤，冬瓜的清香包容着排骨的油腻，不遗余力吸收着排骨的油脂，直至把自己的身体吸收得发软，也毫不抱怨……一盘冬瓜炖排骨上桌，食客更多的还是青睐那块块冬瓜；无其他食材辅佐时，冬瓜也能挺身而出，或切丁，或切条，或爆炒，或炖汤，爆炒冬瓜丁，爽口下饭，清一色冬瓜汤，清清淡淡，如简简单单的人生……

西瓜

老家西乡种植西瓜，起初种植几棵，一是为了全家人盛夏降温解暑，二是为了孩子解馋，几乎很少有人家种西瓜为了挣钱；后种植棉花，勤劳的西乡人看到株株棉花间土地的闲置，便发明起棉花田套种西瓜的副业。

棉花田套种西瓜，看似可增加一份收入，但所付出的辛劳和汗水可不是简单的成倍，甚至比单种棉花和西瓜加起来还多。管理棉花田间的西瓜藤可是个长期繁杂的细致活儿，起早摸黑压藤，稍微迟一阵压藤，西瓜藤就会攀上棉花株，影响棉花的生长；赶时赶点摘花，一旦西瓜藤相继开花，一棵藤上最多保留一两朵西瓜花，其余都得掐掉，如若全部保留，朵朵花最终会结瓜，可只只瓜长不大，直至夭折。几亩田的棉花套种西瓜，就那么几天蜂拥着开花，摘花，摘得人腰酸腿疼，直不起腰那是常事……结瓜了，棉花株也长成了半人高，公枝、老叶需要摘掉，棉花开花了，白的、粉的、玫瑰色的，花好看，可花蕾中藏有一条条青虫偷食花蕾，亟待捉虫。捉虫，眼要观其棉花朵，又要留意脚下西瓜藤中刚结的西瓜小嫩果，那种小心翼翼，举步维艰的脚步，不干活，单行走，也是汗浸衫，头发晕……

　　农历七月盛夏，棉田之上被葱葱茏茏的棉叶棉枝笼罩，棉株之下被郁郁葱葱的西瓜藤蔓覆盖，有经验的瓜农会在结瓜的藤蔓之上，打掉一些棉花株的叶子，以便西瓜接收到更多的阳光，有助成长，甚至有些瓜农清楚地记着瓜的成长日期，我母亲就是这方面的高手。待西瓜长到21天后，无论瓜头大小，她都能判断出瓜的成熟度，因而我们总喜欢跟着母亲一起去棉田干活，干得累了，心不在焉了，母亲便猜到我们想吃西瓜了，母亲往往轻车熟路摘来瓜递给我们，我们稍微一拳捶瓜，瓜咔嚓一声，红瓤乌籽，一头扎进半圆西瓜中。那种甜得让人心发软的西瓜，唯有在瓜地里才能品尝到，那种吃爽得忘了时日的无我，唯有身处棉田深处，方可得以酣然……

　　西瓜一只只熟了，因是棉田套种，没套种的人家，干活时自然享受到套种人家棉田里的馈赠，左邻右舍的孩子也多是登门拜访套种西瓜人家的孩子，孩子们吃西瓜吃得肚大腰圆，撒尿不断……吃着吃着，先是自家孩子厌吃起西瓜，再是同伴，再加之阵阵台风降临，多了阵雨和暴雨，天气明显多了凉意，瓜的诱惑也缺少了强度，甚至一两只瓜扔到猪圈里，猪们也没有暑天时吃相的贪婪……眼看着堆在堂屋里的上百只西瓜，女主人撑来了"小鸭溜子"（方言：放鸭赶鸭的小舟），吩咐起孩子，一只只西瓜搬到笆斗，再抬上"小鸭溜子"，母亲撑篙，孩子沿河逢庄叫卖起来——卖西瓜喽! 西瓜大又甜，套种的西瓜公道卖哟（公道，方言：便宜）……说是卖瓜，多般送瓜，三文不值二文钱，舟行半个村庄，上百只西瓜就被抛售掉……返回的路上，孩子抱怨母亲，瓜送给不相识的人，得不到一句好话，买一只还要奉送两只，与其这样，还不如让瓜烂掉……母亲不气也不恼，笑嘻嘻劝孩子，吃人家东西嘴软，拿人家东西手短，现在人家不认识你，吃了你送的瓜，就会记住你……

少年时，我也曾陪母亲卖过套种的西瓜，母亲送瓜给邻庄村人的热情，让我很不理解，好像我们欠人家西瓜似的。后来才知，母亲舍不得亲自套种的西瓜一只只烂掉，让更多的人饱一次口福，也让自己的劳动有了善心的价值……待到长大成人，走到邻庄，只要一说到母亲，好多人仍记着母亲曾经送瓜的细节，母亲的好心肠和真诚的热情随着西瓜的甜汁濡染着乡人的心田，那种甜，是一种淳朴的乡情，是一种因劳动延伸的真情……

至于具有小家碧玉气质的香瓜、短短胖披金戴银的黄瓜、人来疯喜欢张扬的丝瓜、内敛以苦为荣的苦瓜、一生谦逊保持佛教祝福手势的佛手瓜、满口酥的酥瓜、泼皮的菜瓜等等，几乎都是一瓜一世界，瓜瓜有情怀。每一种瓜从育秧、长藤、结瓜，再到人们的味蕾的感知，其中每一步都注满了勤劳的农人们的劳动智慧和汗水，这也难怪古人吟诗——溪头流水饭胡麻，曾折琼林第一花。欲识道人藏密处，一壶天地小于瓜。这恐怕就是瓜教会人类的一种无物无我，浑然天成生活之禅意吧……

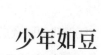

少年如豆

郑锦凤

少年把我招呼到他身边的座位上，我忍不住问："我都戴了口罩，你还认得出是我呀？"

"阿姨，我能认得出来的，您的眼睛，跟其他人不一样。"没戴口罩的少年，微笑着回答我。

这是在进城的公交车上，我与一个男孩的对话。这个男孩叫金红，两年前，他们一家人租住在我家隔壁。

那时，金红才上初一。他的父母经营着一家小饭店，一日三餐都要对客供应。可能是大人对孩子疏于监管吧，金红的成绩很差。每隔几天，他就像一台破机器一样，被父母修理一通。

印象最深的是一个晚上，听到金红的哭喊声胜过雨声，我急忙趿上拖鞋去救场，就看到了男女混合双打的无比惨烈的一幕——金红的爸爸正拿着皮带抽他，妈妈在旁边挥舞着一张试卷骂骂咧咧，瞄准时机赏给他一巴掌，还从金红的书包里掏出几张画，歇斯底里地撕个粉碎。

父母的一顿毒打，彻底浇灭了金红学习的心。他跟父母摊牌，不再上学，要么外出打工，要么帮父母打理小饭店的生意。大人为了给孩子一个省悟期，叫他老老实实待在家。

因为要忙着照顾小饭店的生意，金红的父母背地里委托我，让我顺带着帮他们照看一下他们的孩子。正好，我的孩子从私立学校回来，我就把金红叫到我家，给彼此找个玩伴。两个孩子玩得不亦乐乎，我便忙着做钻石绣。

大概埋头往底布上粘了好几十颗水钻后，金红问我："阿姨，能让我试一下吗？"眼睛盯着底布盯得有些生疼，金红的问话正合我意。拿着绣图交代一番后，我起身，金红落座。没粘上几颗水钻，这孩子忽地站了起来说："我回家拿些豆子来！"

金红把父母用的红豆、绿豆、黄豆、黑豆、青豆，都带了一些到我家。他还带来饭店用的酒精炉与小铁锅，带了父母防停电用的蜡烛，又带了盖食物的大白粗布。征得我的同意后，他把蜡烛放到小锅里加热熔化。

一切准备就绪，金红拿着我的八马飞奔绣图最前面的一匹马作参照。铺开白粗布后，他拿各种豆当水钻，拿蜡烛液当粘胶。

金红用一天半的时间，完成了一幅单马奔腾图。只见五色豆粒，不论外形是否饱满、圆润，在这孩子的安排下，都能在粗布上占有一席之地。这幅栩栩如生的豆粒马匹，让我惊叹！

周日晚上，忙于生计的夫妻俩终于收工回家了。我上门递上他们儿子的杰作。惊诧了一下，他们就开始责骂孩子的心思用歪了。作为局外人的我没有马上离开，而是背着孩子跟他们聊了一会。这之后没几天，金红家搬走了。

小小的少年，就这样远离了我。他的豆粒作品，却一直悬挂在我的心壁。

两年后，在公交车上被金红认了出来，着实让我意外。挨他坐下后，这个背着大画板的少年告诉我，他的父母当初听取了我的建议，在周末与假期，都送他去学绘画。

就像一把生锈多年的锁，一个惜物的人往锁孔里滴一些油后，配套的钥匙，就能轻而易举把锁打开。金红刚接触绘画，就初露天赋。因为爱好得以发挥，金红反过来又爱上了文化课的学习。才稍稍费些功夫，他的成绩就突飞猛进。初中毕业考试，他的分数远远超出普高线。更为可喜的是，绘画班的老师推荐他的作品参赛，还多次获奖。

"阿姨，那天晚上，您跟我的父母到底说了什么？他们竟然同意我去学画画。"金红害羞地笑着问我。

"说了什么呢？让我想想。哦，当时，我只是叫他们把你看成你家小饭店里要用的各种豆豆。一粒粒豆子，在他们的巧手下，能变成豆浆，豆腐脑，豆沙，豆面，甚至是豆芽。而豆粒在你的安排下，又能成为奔腾的马……"我的话还没说完，金红提前到站了。他下了车，对着我喊："我知道啦! 谢谢您，阿姨。"

望着少年步履矫健的背影，我在公交车内庆幸，终于有人能明白，少年如豆、豆如少年的道理。是啊，豆与少年，都会有很多良性蜕变的机会，但前提是，你首先要给他们这样的机会。

一滴水的温暖

陈志宏

一滴水，承载着无比的重量，可心的柔；一滴水，透射出一种幸福的温度，奇异的暖。

一滴水，凸显节约。有一幅宣传画，现在已深入人心，在一片干裂的土地上，只有一滴水艰难地落下，水之上，是人类那透着绝望的眼睛。一行字，声声如泣：如果不珍惜地球上的水资源，那么，最后一滴水，就将是我们的眼泪。的确，水是用钱买来的，但是，水作为一种资源，浪费之后，就将永不复回。覆水难收。一切生命，都有水在汩汩暗流。人们苦苦寻找外星生命，努力的方向之一，就是要找到水。水是生命之源，缺水，枯亡是唯一的结局。然而，环境一天天污染，气候一次次异常变化，水，已被人类搅得无法安生，命运难料。一滴水，弥足珍贵。节约每一滴水，于我们而言，是文明的传承，是内心的珍视。万古长青，融汇于小小的一滴。

一滴水，彰显圣洁。有一道脑筋急转弯题，想必大家都能答对：请问，什么东西越洗越脏？对，就是水。水能驱除污垢，涤荡万物，水能降沙除尘，清洁世界，哪怕自己污浊不堪，哪怕自己混浊一片。净是水的境界，时间是澄净的利器，终有一天，污水会变清，尘埃沉淀成泥。生而为人，像水一样，努力驱除污秽，清扫尘埃，由身而心地保持洁净，"质本洁来还洁去"。一个人，保持水一样的纯洁，心不贪，手不伸，坚守自己的良知，守护道德底线，并由此上升另一高度，制止不良行为，清除一切行动上精神上的污浊。圣洁如水，是心的境界，精神的珠穆朗玛。

一滴水，坚韧如斯。有一则哲理故事说，智者往瓶子里放石块，一二块便充盈如实，再放沙粒，三四把填满石缝。智者问路人："瓶里还能装进东西吗？"路人摇头。智者笑了笑，接着往装满沙粒的瓶中，倒进满满两杯水。这就是水啊，看似无处可容，仍流得进去，安坐如佛。坚韧如斯，当是一个人追求的境界。别以为没空学习，其实，挤一挤，时间总会有的。别以为琐事就忙不完，把效率提高，于游刃有余之中，张弛有度。关键是，我们要坚韧起来，要像水那样有一股钻劲，有一种永不服输的气度。

一滴水，低调入世。天下的水，都由高流到低，一直低到尘埃里，低到人们看不到尽头的大洋里。水一路向下，一路奔流，亦是一路自在，一路观景。向下，向下，再向下，水永远低调处世，冷静处世，它不攀高，不比阔，汩汩东流去，一心只慕一个容身的低处。低，能通往如海般深沉、辽阔的至境。一个人，如水般低调入世，定会心安天地宽，人生好景任徜徉。像水一样，低调做人，低调入世，就会有单纯的快乐，别样的幸福。

水是一种精神，水有一种境界。像水一样活着，给这个世界雕刻希望，留存洁净，烘托温暖。一个人，有水一样的至情至性，水一样的宽广胸怀，水一样坚忍顽强，就会有水一样的温暖，暖人心，暖世界。

理越直，气就越要和

雷 子

在生活当中，一个深谙交际艺术之人，即便深知自己的观点毫无偏差、完全正确，在试图说服他人接纳之时，也会竭力保全对方的颜面，并以此作为切入点，让他人欣然接受自己的观点。如此一来，他人自然而然会视其为宽容大度、明智聪慧的绅士。

反之，那些一味通过强调自身掌握着真理，拼命找寻他人的过错与缺点，甚至以威胁的方式去说服别人的人，无疑是粗暴无礼的蠢人。这类人的话语，无人愿意接纳。即便他们所言确为事实与真理，可由于其言行已深深刺痛了他人的内心。

就如某天早晨发生的一幕，大海前往报刊亭购买报纸。

"你好！请给我来一份报纸！"大海彬彬有礼地说道。

"要什么报纸？"

大海拿着选好的报纸刚走不远，就听到后面的卖报人把头伸出窗口询问："刚才那位！问你一声，你还没有付钱吧？"

大海一听，立刻回头高声回应："我明明给你啦！"

"没有啊！我确实没有看到！"卖主一边翻找一边说道。

"那不是吗？"大海厉声嚷嚷起来，"自己瞎着眼，还怨到我头上！"说着，甚至还激动地晃动起自己的拳头。

卖主一听，也毫不示弱，大声叫嚷道："我又不是故意的，对你已经很客气了！你在我面前耍横，以为我会怕你啊！你是谁？这附近都是我的人！我怕你？"

最终，因为这样一个小小的误会，引发了一场意想不到的激烈冲突，甚至演变成了流血事件。而买报纸的年轻人也因此登上了第二天的报纸。

有一个词语叫"理直气壮"，通常是指因为自认为理由充分，说话时便充满气势。这或许是人之常情，然而在得意忘形之时，往往就可能变得咄咄逼人，忘却给别人留存些许情面。

就如买报纸的大海，起初他本没有什么过错，确实是有理的一方。但正因为他依仗着自己有理，说话时气势汹汹，显得过于意气用事，进而破坏了原本和谐的氛围。

其实，人与人之间的交往，在大多数时候依靠的是感性与直觉。并非你所说的正确，他人就必定会对你心服口服。更多的时候，人们更为看重的是你所采取的方式、说话的态度以及语气。即便你拥有充足的理由，也务必要留意自己的措辞和语气。正如古语所云："有理不在声高。"你既然有理，又何惧无法说服他人？

这个世界上"吃软不吃硬"的人比比皆是。你越是坚信自己握有真理，并试图以此迫使对方接受，他人反倒越是不肯顺从。一旦他人的"倔强"被激发，你纵有一马车的理由也无济于事。

理越直，气就越要和，也就是要做到"得饶人处且饶人"。

在得理之时，尽量保持宽容的心态，冷静地思考一两分钟，说几句贴心的话语，便能减少他人所受到的伤害。如此，别人自然会心悦诚服地接受你的"真理"。

总而言之，给别人留面子，实际上就是给自己留面子！在人际交往中，多一分理解与包容，多一分尊重与谦逊，便能营造出更为和谐、融洽的人际关系。

踏实走好每步路

文　猛

鲁迅说，其实地上本没有路，走的人多了，也便成了路。

柳青说，人生的道路虽然漫长，但紧要处常常只有几条，特别是当人年轻的时候。

路是要走对的。

作家的话很深刻，乡村的路很朴实——

有炊烟升起的地方，那里牵着一条路，回响着母亲的呼唤。

有田地庄稼的地方，那里牵着一条路，铭记着大地的恩情。

有柴草茂盛的地方，那里牵着一条路，升腾着炊烟的天空。

有祖先躺着的地方，那里牵着一条路，流淌着血脉的浪花。

就像爷爷的手臂，青筋毕露在乡村土地上。就像村庄的丝瓜藤、南瓜藤，在乡村弯来拐去，枝节横生……

乡村的路不需要多么开阔，不需要多么平坦，人能过去，牛羊就能过去，种子就能过去，生活就能过去。

乡村有非常热闹的路。比如那连接村外的石板路，那通往水井的青石路，那走进磨坊、豆腐坊、舀纸坊的黄土路。人在上面走，牛在上面走，猪在上面走，狗在上面走，有时狐狸啊、蛇啊、野兔啊、雪花啊、雨滴啊、彩虹啊也在上面走。

乡村也有非常寂寞甚至绝望的路。一家人在走，一个人在走。土地荒了，牛棚弃了，粪坑不用了，果树枯木了，路也就废了，路成了野路，只有风在走，雨在走，阳光在走，收脚印的魂在走。夫妻吵架了，婆媳吵架了，心井干枯了，也会有人走向悬崖，走向河滩，走向农药，走向屋梁。悬崖边无路，河滩中无路，农药中无路，屋梁上无路，这就叫走投无路。

人的脚走累了，顺便坐在路边，把脚放松，把汗揩去，路在等着你的双脚。

人的心走累了，把心躺在床上，想想走过的路，想想以后的路，想通顺了就从床上爬起来，出了家门就是大路，大路通向远方。乡村最悲伤的就是心想不通路，眼看不到路，让路走到尽头。乡村生长着很多叫爬山虎的植物，不知道爬山虎有没有心在想路，有没有眼在看路，只知道爬山虎听从阳光和意志的召唤，想走哪里就走哪里，即使是不见寸土的悬崖，即使是干渴如火的岩墙，爬山虎依然走得春风浩荡绿意盎然，所以想不通路的时候就应该去问问爬山虎，乡村爬山虎很多，所以乡村的路四通八达。

老人的年轮走累了，眼睛看不到路，双脚走不动路，魂从脚底升起来，找回走过的脚印，一步步地收回来，交给眼泪，交给子孙，交给唢呐，交给木杠，走向向阳的山坡，那里阳光充足，那里望得见村庄和子孙，那里就会牵出一条新路，泪汪汪，雨纷纷。

牛走累了，屙一泡尿，叹一口气，在自己踩下的一汪脚蹄印中照照镜子，继续走他的路，青草在等着，水田在等着，牛车在等着。

狗走累了，扬起后脚，对着一棵树，对着一方石，对着一片地，这条路曾经走过，这条路走得回家。

河走累了，让心思在河滩里荡几个漩，看看前面的路该怎么走。村庄只有河路通向大海，因为河水最懂得怎样避开高山和峻岭，最懂得如何低调地走路。

野花走累了，小草走累了，干脆停下来，站在路边，用一双眼睛看看路，看看天，看看太阳，等到夜晚来临，一颗颗星星掉进野花里，掉在草尖上，亮成清晨的露珠。

人在走，天在看。乡村最朴素的《论语》中说，人要离开人世的时候，会一步步地去收回自己的脚印。夜深人静的时候，总会听到房门在响，狗在叫，树叶在说话，不要去惊动他们，那是你的亲人、你的朋友、你的乡亲在收回自己的脚印……

走好、走踏实、走光彩人生的每一步脚印，因为，那些脚印是要自己去收回来的……

蝶儿飞

朱　泓

傍晚，夕阳的余晖洒在山坡上，几只白色和黄色的蝴蝶在花丛中悠闲翩飞，它们忽而飞向空中，忽而停落在花蕊上，让女人分不清哪是花哪是蝶。

"蝶儿快回来，别乱跑！"女人的声音急急地传出去。被唤作蝶儿的女孩听话地收住了脚，但她小小的身体已被花儿吞没，只露出扎着两个蓝色蝴蝶结辫子的小脑袋。远远望去，分不清哪是花哪是她。

"妈妈，你看，那只蝴蝶和爸爸画的一样！"刚走出花丛的女孩兴奋地抬手指着头顶。是的呢！女人暗自惊呼，眼睛里闪出一道热热的波光来……

乡村野外，向阳的山坡，开满了不知名的野花。坡顶还有几株桃花，在阳光温柔的笼罩里红浮绿俏，真是美不胜收。如果够仔细，会发现坡底还有个池塘。紫月第一次来乡村，这里的一切都令她好奇，当她跑上这片山坡，立刻被美景俘虏。她顾不上同伴是否跟来，也没看见桃树下有个在绘画的少年，她径直走进花丛，左看看右嗅嗅，还不时采一束握在手里。

正当紫月浑然忘我时，一只体型偏大、颜色很靓丽的彩蝶闯进她的视线。这只彩蝶也许飞了太久，不偏不倚停在紫月面前的一朵花上。紫月心头一喜，想都没想便伸出右手探过去。可惜，她的手还没靠近，彩蝶就飞离了那朵花。紫月有点失望地收了手，但眼睛还是锁住了彩蝶。彩蝶似要故意逗弄她一样，总停得不远不近，几次眼看紫月要得手了，它却敏捷地躲开了。如此反复，紫月心里憋起了一股劲，她放下握在左手的花束，静立着，乌黑的大眼睛机警地搜索着。

当彩蝶再次出现在紫月面前时，她似乎已化身成一头猎豹，屏气凝神紧盯着猎物，身体一点点地靠近再靠近。瞅准机会，快速出击。哎呀！随着紫月的惊呼，她扑通一下栽进了池塘里，一丝冰凉迅速裹住了紫月的身体，以及她的脸。慌乱中，有什么绊住了她的头发，跟着她看见那只彩蝶在眼前舞动，似乎在嘲笑她的狼狈。恍惚间，彩蝶又变成了英俊少年……

一切都如梦如幻，若不是身边多了个少年和湿漉漉的自己，紫月真以为刚刚只是做了个噩梦。

少年问，你是哪个村的？紫月说不上村庄的名字，便抬手指了指。少年立刻兴奋地说，我也住那里！不过，我怎么没见过你呀？

紫月说，那是我表姨家，我家在县城。不等少年再说什么，紫月请求他不要把自己落水的事说出去。她这次和妈妈来乡下表姨家散心，因为爸爸做了别人的爸爸。失去爸爸的紫月不想再让妈妈不开心。

少年答应了紫月。

紫月离开山坡的时候，手里多了一幅画，是那个绘画少年送给她的。画的是一个女孩在扑蝶。画上的蝴蝶栩栩如生，呼之欲出。紫月喜欢得不得了。紫月知道画中的女孩就是自己。虽然此后紫月每年都会收到一幅画，但这一幅她一直挂在卧室里。

紫月离开村庄的时候，心里多了一个朋友，是那个救她的少年。

岁月如魔术手，把小紫月变成了大姑娘，健康漂亮。

紫月恋爱了，男朋友青阳是一名高级美工师，是当年那个绘画的少年。

紫月嫁人了，是那个一直住在她心里的朋友，即使知他时日无多。因为爱！她说："你是为我而生的，我也是因你而生的。和你相处的每一天，于我，就是完美人生！"

一年后，紫月有了个健康可爱的女儿。

女人一手牵着女儿，一手拎着鼓鼓囊囊的白色帆布包，包的一面绣着开满鲜花的山坡，另一面绣着一个女孩在扑蝶。一大一小两个身影慢慢走到坡顶，面对着夕阳，女人松开女儿的小手，缓缓蹲下。她轻柔地拉开拎包的拉链，双手小心翼翼地捧出一个白瓷坛，然后紧紧搂在胸前，眼泪像断线的珍珠簌簌滑落。半晌，她对着白瓷坛轻轻低语："青阳，我送你回来了！"说着，她打开瓷坛，将里面的东西一点点撒在花丛中。

"妈妈，彩蝶，彩蝶！"女儿稚气的声音里透着喜悦。女人泪眼蒙眬间看见彩蝶围着自己和女儿，盘旋飞舞，久久不肯离去……

挣不脱的微凉

吴金标

现实矮了身子，往事便冒了头。

现实与往事之间，隔着一条时间的河。你看不到河，却看得见河那边的风景。那片风景里，有乌云密布，也有阳光遍洒；有冷若冰霜的市侩，也有暖如三春的人情；有山穷水尽，也有柳暗花明；有物是人非的悲凉，也有始终如一的守候。

有时候，我们想拽一拽往事的绳索，却发现，无能为力。

回忆若能下酒，往事便可作一场宿醉，醒来时，天依旧清亮，风仍然分明，而光阴的两岸，终究无法以一苇渡航。

往事像一阵风，来无影去无踪，不随着你的意志而受制。它从一些香气中飘荡而出；它在一些人身上扩散而来；它从万事万物中，汹涌澎湃，冲进脑海，向心告白。有时，轻轻地，泼了你一腔温柔；有时，狠狠地，抓着你滴血的心。

挣不脱往事，是因为够不到未来。

往事很安静，不愿意靠近风风火火的你，现实里你的步伐走得太紧，往事便贴着你的背不理你；可一旦你停滞不前，悲悲戚戚，便会闯进它的温柔乡，跌进它的深壑谷。

回忆，是往事的索道，有时将心压垮，搅得现实一片混沌；有时落得心房湿湿答答，将现实弄得雾气腾腾。有时，人们把往事当作最后一根救命稻草，指望着到现实里把往事续写，但在往事里受了伤的心，时不时地在现实里，被冻成铁。

有一句歌词唱着：往事不可追，回忆仿佛冷风吹。

往事，有时候会让人，有难以言说的悲凉。但有的人，却总是把现实的冰，扔进往事里，冰凉着自己。

往事，其实是现实的镜子，照出来的是——对等的镜像。你在镜子外挥一挥手，镜子里的它，也会挥一挥手。

往事不一定全都是过眼云烟。有时，我们会躲进往事的怀抱里哭泣。哭完，带着复苏的心，重新起程。

也有人，在往事里，找回了初心，把现实装扮得一片花香，阳光灿烂。

昨天的太阳，晒不干今天的衣裳。过去的一场哭泣，也不该烦扰现在的心情。

昨天的火，烧不开今天的水。往事，微凉。

人，总要朝着现实的方向，努力地让生命开花，这才是颇为稳妥的活法。我们可以去往事的怀抱里小憩，但不能沉溺，如此，我们沾惹的只是往事的香气，而非潮湿的霉味和晦气。

往事只能回味。

回味，是为了让现实照进阳光，滴进雨露，从而让人生变得更加晴朗与温暖，像一片雾散，像一朵花开。

心里若是蒙上了灰，往事就成了毒，灰尘越大，毒性越强；心里若是照进了光，往事则成了酒，酒酿越久，味越甘醇。

擦肩的人，皆是无缘的过客；错过的事，终究化成一抹云烟。再刻骨的人，再深藏的事，也耐不住时间的软磨硬泡。若是沉浸在往事中难以自拔，就是给自己套上了枷锁。

佛说，色、声、香、味、触、法为六尘，认为当前的境界由六尘构成，都是虚幻的，所以称前尘。前尘缥缈，往事更是如此！

往事，挣不脱的微凉。每个人都会带着它前行，它是我们的影子，只要我们不断向前，影子，便永远无法左右你的双脚。

忽有斯人可想

冯剑芳

清朝金农曾作《竹林吟咏图》："斜坡之上，周围红栏，几枝秀竹依偎挺立，长杆碧叶，苍劲秀俏。"图右侧自题："野竹无次，颇多清风。何方朝士，屏驹从之来。徘徊竹下，啸咏不去，得非王子猷之流乎？此间忽有斯人可想，可想！"

王子猷何人？"书圣"王羲之第五子是也。《世说新语》载：王子猷居山阴，夜大雪，眠觉，开室命酌酒，四望皎然。因起彷徨，咏左思招隐诗。忽忆戴安道。时戴在剡，即便夜乘小舟就之。经宿方至，造门不前而返。人问其故，王曰："吾本乘兴而行，兴尽而返，何必见戴？"

大雪纷飞，天地澄澈，"非必丝与竹，山水有清音"，左思招隐诗中的意境之美妙，唯有终生不仕的戴安道深解其味吧？这份懂得，恰似"绿蚁新醅酒，红泥小火炉"，足以驱除乘船而行刺骨的寒冷与劳顿，何必见戴？何必见戴？忽有斯人可想，足矣！

"春风花草香"的春天，杜甫会想念李白："白也诗无敌，飘然思不群"，"何时一樽酒，重与细论文"？衣袂飘飘的杜甫，手捻胡须，背影清瘦，可是想念的幸福却丰满，醇厚。

《茶经》里记载：明代文学家王世贞的弟弟王世懋，某月夜，酷暑难当，恰逢好友送来云雾新茶，尝之如啜甘露，两腋风生。饮罢此茶，王世懋连连叹息：可惜啊，夜色已浓，不能邀挚友琳泉蔡老先生与之共饮！晨起复饮此茶，已无昨夜风味，遗憾之余，手书一封，遣人送于蔡老先生。茶之美妙，得茶的欣喜，唯有你懂，唯有你可以冲淡我的萧索和落寞，融化一江冰雪。因为懂得，想念和被想念都是幸福的。想那蔡老先生，即使不能再得昨夜佳酿，收到友人的信函定也是飘飘欲仙。

大概，人生的某一个时刻，无论悲喜，就是愿意与人分享，千千万万人之中，唯有你，也只有你，懂我！因为懂得，想念和被想念都是幸福的。

"怀君属秋夜，散步咏凉天。空山松子落，幽人应未眠。"秋月皎皎，韦应物一边散步，一边吟咏着自己因为思念好友邱员外而新作成的诗句；远方，空山寂寂，邱员外静听松子落下的声音，也默默想念着好友，夜不成眠。

春天，杏花开了，下起了毛毛雨。敦敏邀请好友曹雪芹到自家小院饮酒、看杏花。酒酣耳热之际，曹雪芹泼墨挥毫，霎时，怪石嶙峋，跃然纸上。敦敏拍案叫绝，挥笔题诗："傲骨如君世已奇，嶙峋更见此支离。醉余奋扫如椽笔，写出胸中块垒时。"惜你一身傲骨，解你胸中块垒；被斯人可想，岂不美哉？

白居易得罪权贵，被贬为江州司马。深秋寒夜，漫漫水途，此时的白居易真想和好友元稹就着"三杯两盏淡酒"，将胸中的烦闷一吐为快，一醉方休。"把君诗卷灯前读，诗尽灯残天未明。眼痛灭灯犹暗坐，逆风吹浪打船声。"这样至暗的人生时刻，手捧你的诗卷，我，就不孤单。

与此同时，千里之外的元稹，得到好友白居易被贬的消息，颤颤巍巍挣扎着从病榻上坐起，手书一封，命人连夜送至白居易手中："残灯无焰影幢幢，此夕闻君谪九江。垂死病中惊坐起，暗风吹雨入寒窗。""一种相思，两处牵念"，幸甚至哉，忽有斯人可想！

明末清初，南京迎福寺的静闻禅师，"禅诵垂二十年"，刺血写成《法华经》，发愿供鸡足山，恰遇徐霞客取道南京，便恳请徐霞客携他同行。

湘江遇盗，静闻冒死、冒水、冒火护住徐霞客竹箱中的书籍、佛经和游记手稿，因此遭受强盗两次刀砍剑刺。身负重伤的静闻，半年后，终于病倒在南宁崇善寺。

乘舟欲行的徐霞客，忽然念起静闻房间窗户裂缝尚未修好，吹进的寒风让病人畏惧。趁船未发，拿些钱赶到寺里给静闻，作为修缮之资。舟行数里，仍放心不下，又步行返回崇善寺，可谓"别时已恐无时见，几度临行未肯行"。

"别君已许携君骨，夜夜空山泣杜鹃"，静闻离世，徐霞客悲伤至极，携静闻骨灰以及经书，不远千里前往鸡足山，完成静闻遗志。

这样的"忽然想起"，万般牵念；这样的"忽然想起"，情同手足；这样的"忽然想起"，是你一直在他心上。

忽有斯人可想，可想！

温暖的油灯

蔡 静

休假时，和家人一起回老家小住。整理老屋的东西时，家里一个堆放陈年旧物的小房间，阴暗的角落里，放着一盏古朴的小油灯，不由得引起了我的兴趣。

我轻轻上前，很小心地捧起了它，经年的灰尘在我轻轻的触摸下，四散飞扬，一股饱经岁月沧桑的气息迎面扑来。

油灯不大，十来厘米高，大大的肚子是储存灯油的所在，中间的腰身很细，便于握拿，灯嘴的右侧有一个长长的旋钮，可以调节灯光的大小，简单的构造，却透出质朴的典雅。仔细审视着它，在记忆的角落里寻找那久违的熟悉，还原我青涩过往的童年。

80年代初的农村，虽然每家都安上了电灯，但是有电的日子却少得可怜。油灯，就顺理成章成了户户必备的照明工具。那时候，你随意走进一家农户，桌子上总少不了摆放着一盏油灯，造型各异、活泼有趣。

一到晚上，黄豆大的火苗便在村子里的农家院落次第亮起，像淘气的孩子，不安分地跳跃着，偷看主人夜间的劳作。

从我记事起，一年四季，家里就一直用这盏油灯来照明，那是我儿时记忆最为清晰的陪伴物件之一。夏天的晚上，天一擦黑我就和伙伴们跑出来寻找树上的知了，一半是少年爱玩的天性使然，一半是馋嘴的缘故。

收获了战利品，赶紧跑回家，眼巴巴地看着母亲在做饭的窗台上点上油灯，支起油锅，把那些来不及爬到高高树上的倒霉小家伙放上去。一会儿的工夫，丝丝缕缕的香气就钻入鼻孔。那个年代，能在夏日里吃到油炸成金黄色的美味知了，是一种难以言说的享受。

转眼是秋天，当时没有收割机，农民们便把玉米棒拉回家，经过几日秋阳的暴晒，晚上一家人就围坐在一起分工剥玉米。

月亮明亮的时候，就趁着月光干活，节约灯油，夜色暗沉的时候才点上油灯，昏黄跳跃的小小灯火，透出一股简单原始的村落生活味道。

每每此时，快乐是属于我们这些小孩子的。大家都是出去跑累了才回家，老老实实地坐在大人的身旁打下手，伴着忽明忽灭的灯光，心不在焉地听着秋夜蟋蟀的奋力嘶鸣，干累了就倒在奶奶的怀里，缠着她讲故事。

夜深了，凉气悄悄侵袭下来，奶奶的怀抱很温暖，看一眼灯光，再抬头看看黑沉沉的夜空，在玉米粒被剥落的沙沙声中，做起了美梦。

农闲的冬季，懂牲畜买卖行情的爷爷，总要隔三岔五地去十里外专门买卖牛马的集市上转一转，有时也带上我。

于是在冬夜的五六点钟，睡意蒙眬的我被爷爷从被窝里拽出来，油灯早已被点亮，在昏暗的屋子里撕开一片光晕，小火苗左右摇摆，好似在嘲笑贪睡的我。

起床了，开门行路，黎明前的夜静悄悄的，爷爷拉着我，走不了多远，嘴里喊累的我，会趴在爷爷宽厚的背上，看着他踩着霜冻的土路高一脚低一脚地赶路，起起落落的颠簸让我很快进入了第二次睡眠。醒来时，天早亮了，牛马市场的嘈杂与喧嚣，扑面而来，灌满了耳朵。

上学后，晚上要上自习，于是我也拥有了自己的一盏小油灯，那是爸爸用旧墨水瓶做成的，自行车轮胎的气门芯被当作灯焰大小的调节阀，简单却又非常实用。

油灯整体看起来小小的、矮矮的，貌不惊人，但捧在手心里，高兴的心情就好像有了油灯陪伴，自己的学习就可以一日千里一样。

夜间的教室灯火迷离，几十盏油灯竞相摇曳。很多时候正上着课，一个女生的惊叫声响起：我的头发被烧到了，紧接着便是男生起哄的笑声，这种难忘的日子一直持续到小学毕业。

如今油灯还在，只是现代生活的元素里早已没有了它的位置，看着它，温暖地感伤，感伤那段可以笑的回忆。

走过童真，总有一句话、一段往事或是一件看起来毫不起眼的东西勾起你难以言怀的回味，感叹年华，感叹流星的生命里还有几处光，曾经那么亮。

落叶通知我，静待它落下

王亚琴

　　小时候的时光很慢，我们可以静待一片叶子落下。

　　那时候看到院子里有一片落叶，就窃喜，以为深秋的到来，只通知了自己，于是就静待叶子落下。一直到落叶铺满小路，我们从路的一头跳到另一头，再跳回来，来来去去，脆脆的碎裂声，像一首欢快的歌，一场风来了，又飘下来一层，直到风彻底把叶子都带走了。

　　在那个荒寒的岁月，落叶是一种季节性的玩具。一群孩子一头扎在落叶中，挑挑拣拣，找叶梗不太粗、不能干透的落叶，找好后，俩人各拿一条叶梗，一拽，断了，再试，又断了，继续在漫漫的落叶中寻找。胜利者，花猫般的脸上洋溢出得意的笑容，乐此不疲。一旦父母也来加入，赢的概率就小了好多。那时候的时间怎么那么多？能够等待一场秋雨一场风的落叶。

　　挑一片落叶，也许是被虫蛀了几个小洞，也许是叶子的颜色，也许是叶子的形状，总之让自己心动了。自制一叶小小的书签，写几个字，夹在书中，那落叶就活了。手巧的女生，还会给落叶装饰一下，在落叶茎上穿一根漂亮的丝线，或是画个简单的画，涂个颜色，还可以悄无声息地夹到哪个男生的书里，这枚落叶就装饰了青春的梦。

　　有一天打开一本落满尘埃的书，书中掉出一个书签，碎了，却长久驻进心里……

　　这些被落叶记录下来的岁月，不但给我们精神慰藉，还有物质的馈赠。

　　那时候，没有柴，出去搂一大捆的落叶，又易得又易燃。深秋，很多烟囱爬出滚滚的黑烟，那是没有干透的落叶的灵魂。看着一把柴火慢慢燃烧，也许只够一膛炉火，却足以烧好一顿饭，温暖一代人。

现在，一场深秋的雨一过，物业的人就会拿着长长杆子，不停敲打已经颤颤巍巍的叶子，叶子无奈飘落，然后像垃圾一样被清走。看过一篇文章，一禅师，劝一个急功近利的人，让他扫落叶，他怎么也扫不完，暴跳如雷。禅师说，不要急，等到叶子落完。何时，我们没有等待一片叶子落下的耐心，长杆短杆共舞，诅咒谩骂同唱，焦虑急躁齐来？

李子柒的视频像一股清流，在宁静的乡村生活中，拾起失落的美好，把生活放慢，脱离焦虑和急躁，这种缓慢复古的生活，直击心灵，让她圈粉上千万。李子柒的生活就是一片叶子，随自然荣枯，与岁月静好。

三毛有一首诗写道：

我不吃油腻的食物，我不过饱，这使我的身体清洁；

我不做不可及的梦，这使我睡眠安恬；

我不住豪华的居所，这使我衣食有余；

我不穿高跟鞋，这使我的步子更加悠闲；

我不跟时装流行，这使我的衣着永远常新……

不炫耀不虚荣，认真做好自己，静待一片叶子落下。

《十亩之间》中写道："十亩之间兮，桑者闲闲兮，行与子还兮。十亩之外兮，桑者泄泄兮，行与子逝兮。"有地可种，有桑可采，有衣可织，有人来陪，我们就拿一份疏淡的心，恬静的意，慢慢生活，静待一片叶子落下，感受它带来的温暖和闲适。

我知道落叶不只通知我一人，它通知所有慢慢品味生活，静待一片叶子落下的人……

落叶之美

唐晓堃

落叶的美，是生命的美；落叶的沉思，是生命的沉思。一片片，一丛丛，安详、静穆、和美，它们印在我心灵深处，犹如一幅幅不朽的工笔画。

惬意地走在一片沧桑的梧桐树下，赤着脚，仰着脸，感受落叶飘飘的情景，梧桐叶巴掌那么大，从空中落下时，仿佛伴着一种粗犷的音符，当大片的落叶从枝头滑落时，就像天空倾泻下来的黄色的赭色的星星，我没有感到一丝萧条，反而感到落叶离开枝头的豪迈与洒脱。

每当落叶飘零的季节，我总是提着鞋，光着脚板踩在落叶上，仿佛能感受到落叶的体温，叶子好似有筋骨，踩着时竟会发出"吱吱"的诱人的声响，于是一屁股就坐了下去，美滋滋地感受人与落叶的龃龉。有时，也随手拾起一片落叶欣赏起来，黄绿相间的叶面，斑斑驳驳，在一处明显有虫子咬伤的痕迹，果真一叶一世界，一叶一轮回的话，手中的叶子一定是花甲之年就离开树的世界的，或许它可以到古稀、到耄耋之年呢，是什么原因让它提前离开树的枝头呢? 是基因? 是压力? 是病痛? 我不得而知，只知道它陨落了，跟着大伙义无反顾地到了另一个世界——大地的怀抱，它没有离开生它养它的树，至少不会离得很远，它还要报答自己对根的情谊。这就是落叶的品性，潇潇洒洒地离开枝头，那是要履行生命的最后使命——奉献和燃烧。

我没有见过北大校园里银杏树落叶时的壮观情景，那一定是漫天飞舞的黄蝴蝶，然后地上铺满厚厚的一层黄地毯。没有人不为之抒怀感叹，没有人不为之低吟浅唱，没有人不为之引吭高歌，诗的意境，画的线条，爱的呢喃……我看到了它们的身影，飘飞的银杏叶，沉思的银杏叶! 静穆而和美，在校园人行道上，在公路两旁，花草丛中，一片片，一簇簇，在阳光下发着黄悠悠的光，特别耀眼，特别安详，尽管银杏叶是宝，却没有看到捡拾银杏叶的人，叶本身就是回归树的，回归大地的，这是一种多么执着的感恩啊!

那是一片枯萎的荷塘，莲荷的叶卷曲着，深褐色，塘中露出清澈的水，走在荷塘中间的小路上，枯萎的荷仍然直立着杆，整个荷塘悄然无声，干荷林立，枯叶沉思，仿佛能触摸到自己的心跳，我在小路上、荷塘间走来走去，为一池枯荷沉思冥想，我会不会就是大自然的某一片叶子呢？我多想自己就是一株荷！当外表华丽后，却拥有内在的饱满与厚实。一阵疏朗的雨点打来，不禁想起《红楼梦》里林黛玉提到的一句诗"留得残荷听雨声"，那该是多么宁静诗意的境界！荷叶不会掉落，残荷就是落叶的境界啊！杜甫在《登高》里吟诵的"无边落木萧萧下"，瞬间让人感知季节行走的哗然和喧嚣，之后留给人们的却是落叶的静美和人生无尽的况味。

在季节的流转中，我喜欢落叶之美，那是在生命辉煌后的反观，是在价值实现后的沉思，是在灵魂升华时的姿态。落叶的意境，何尝不是一种缤纷的世界？我要让世间落叶留驻心田，以阳光般的温暖给落叶永恒的色彩。

燃烧的三角梅

徐光惠

第一次邂逅三角梅，是在三十多年前，那年我 16 岁。那簇火红火红的三角梅，时时绽放在我心灵深处。

小时候，母亲喜欢种花，在老家的院子里种上了指甲花、茉莉花、太阳花、吊兰、蔷薇等很多的花。一年四季花开不断，小小的院落里芬芳四溢。母亲说这些花好养活，却从没见她种过三角梅。

初中毕业我没考上高中，去了一个偏远小镇复读。第一次离开家、离开父母，来到这个陌生荒凉的地方，白天埋在书堆里，晚上躺在冰冷的床上，孤独彷徨如潮水般涌来，我想家、想父母，整日郁郁寡欢。

学校门口有一个日杂小卖部，除了卖日用品还帮忙收发学生的信件。小卖部的主人是一个三十多岁的女人，瘦小的个子，穿着朴素整洁，右腿有残疾，走路不太利索，一瘸一拐的。女人对前去买东西的学生热情、随和，柔声细气地询问需要什么，临走还笑着说："慢走啊! 欢迎下次再来。"

我常去小卖部取信，偶尔也买点牙膏、肥皂、方便面之类的东西，久而久之，便和女人熟识了。她的家就在学校后面的半山坡上，丈夫是做木工活的，有一个活泼懂事的儿子。一家人原本生活得挺好，谁知几年前，她和丈夫出了一场重大车祸，两个人性命虽保住了，但丈夫从此瘫痪在床，她右腿落下了残疾，欠下了一屁股债。

面对突如其来的变故，她感觉天都要塌下来了。看着躺在床上的丈夫，想到正在上初中的儿子，她咬牙擦干眼泪，去镇上的工地、饭馆洗碗，做小工，但老板们都嫌她有残疾，没有地方肯用她，最后她找到校长，说尽好话才四处借钱，在学校开了这家小卖部。

小卖部收入微薄，无法维持一家人的生活，她就抽空帮人做鞋垫，5 角钱一双。她做出来的鞋垫漂亮，花样新颖，附近人家都常找她做。

一天下午，学校放了半天假，大部分学生都回家了，我离家远没有回家。我百无聊赖转悠到校门口，她正准备关门，看她腿脚不便，我就帮她一把，她笑着说谢谢。

"学校食堂关门了，要不去我家吧。"她突然对我说。

"去你家？我、我还是不去了。"我感觉很突兀。"去吧，没多远。"她极力邀请，我点头答应了。

她的脚一瘸一拐地，肩膀也随之左右摇晃。路不算很难走，我跟在她身后，一步步往上走。大约二十分钟后，就到了她家。房子四周竹林环绕，清幽静谧，院落里整洁干净。

突然，院墙上一片火红的花朵将我的眼睛点亮，远远望去，灿若云霞，让我怦然心动。走近细看，一人多高的墙几乎看不见叶子，被稠密的花铺盖着。花瓣呈三角形，叶子一样的形状和脉络，似花又似叶，三角形的花朵像铃铛一样缀满飘逸的枝条。枝条或上下盘旋，或左右缠绕，努力向四周伸展，柔韧地垂下来，形成一道美丽壮观的花瀑。

花朵虽小却团团锦簇，一朵朵、一簇簇拥挤着，层层叠叠密不透风，开得热烈奔放，毫无保留，兀自绽放着。在太阳光的照射下，火红的花瓣愈加楚楚动人，像一只只飞舞的蝴蝶，为简陋的院落增添了几许色彩。

我从来没看见过如此美的花朵，如一团熊熊燃烧的火焰，摄人心魄，蕴藏着生命的激情与活力。

"这什么花啊？真漂亮。"我问她。"这个是三角梅。""三角梅？"好奇特的名字，但并不像梅，没有梅的馨香，也没有梅的傲骨。

"刚栽的时候只有一尺来高，一年一年慢慢就爬满这院墙了，这花特好养，一年四季都开花，花期也长，看着满墙红艳艳的三角梅，心情自然就好起来，再难挨的日子也不觉得苦了。"她笑着说，那笑容如三角梅一样动人。

霎时，我感到一道光将我灰暗的心照亮，一股巨大的力量和勇气

自心中升腾。从此，我便爱上了三角梅。

我安下心来，不再胡思乱想，把精力投入到学习中，第二年我顺利考上高中，离开了那个学校，从此再也没见过她和那簇开在院墙上的三角梅。

辗转来到现在生活的城市，我见到了很多三角梅，春夏秋冬，在操场的转角，在广场，在小区，它们依旧热烈地盛开，优雅地飘落，让我心神荡漾。不管在哪里，只要有三角梅的地方，我都忍不住驻足，静静仰望怒放的三角梅，它们像极了飞舞的精灵，点燃人们生命的激情。

很喜欢舒婷写的《日光岩下的三角梅》：是喧闹的飞瀑，披挂寂寞的石壁，最有限的营养，却献出了最丰富的自己。是华贵的亭伞，为野荒遮风避雨，越是生冷的地方，越显得放浪、美丽。不拘墙头、路旁，无论草坡、石隙，只要阳光长年有，春夏秋冬，都是你的花期……

三角梅的花语是热情，坚韧不拔和顽强奋进。单看一朵小小的三角梅，并无什么特别之处，也闻不到花香，但那繁花似锦、排山倒海的气势却没有任何花可以比拟。

它可以开在喧闹的大都市，也可以开在寂寞的路旁、墙头，甚至陡峭的悬崖边。只要有一撮泥土，一缕阳光，一滴雨水，便能屈能伸顽强地向上生长，在最艰苦的环境从不低头，傲然绽放。

我终于明白，三角梅有着树的挺拔，藤的坚韧。它不是梅，却有着梅的傲骨风韵，梅的精神和灵魂。我想，生命亦当如此。

在漫长的人生旅途中，我愿像三角梅一样活着，无论荣华还是困苦，都能勇敢绽放自己最美的芳华，尽情燃烧生命中的每一天。

一株三角梅，在心间悄然盛放。

思绪纷飞乡愁如梦

- A U T U M N -

想北平

老 舍

设若让我写一本小说，以北平作背景，我不至于害怕，因为我可以拣着我知道的写，而躲开我所不知道的。让我单摆浮搁的讲一套北平，我没办法。北平的地方那么大，事情那么多，我知道的真觉太少了，虽然我生在那里，一直到廿七岁才离开。以名胜说，我没到过陶然亭，这多可笑！以此类推，我所知道的那点只是"我的北平"，而我的北平大概等于牛的一毛。

可是，我真爱北平。这个爱几乎是要说而说不出的。我爱我的母亲。怎样爱？我说不出。在我想作一件事讨她老人家喜欢的时候，我独自微微的笑着；在我想到她的健康而不放心的时候，我欲落泪。言语是不够表现我的心情的，只有独自微笑或落泪才足以把内心揭露在外面一些来。我之爱北平也近乎这个。夸奖这个古城的某一点是容易的，可是那就把北平看得太小了。我所爱的北平不是枝枝节节的一些什么，而是整个儿与我的心灵相黏合的一段历史，一大块地方，多少风景名胜，从雨后什刹海的蜻蜓一直到我梦里的玉泉山的塔影，都积凑到一块，每一小的事件中有个我，我的每一思念中有个北平，这只有说不出而已。

真愿成为诗人，把一切好听好看的字都浸在自己的心血里，像杜鹃似的啼出北平的俊伟。啊！我不是诗人！我将永远道不出我的爱，一种像由音乐与图画所引起的爱。这不但是辜负了北平，也对不住我自己，因为我的最初的知识与印象都得自北平，它是在我的血里，我的性格与脾气里有许多地方是这古城所赐给的。我不能爱上海与天津，因为我心中有个北平。可是我说不出来！

伦敦、巴黎、罗马与堪司坦丁堡，曾被称为欧洲的四大"历史的都城"。我知道一些伦敦的情形；巴黎与罗马只是到过而已；堪司坦丁堡根本没有去过。就伦敦、巴黎、罗马来说，巴黎更近似北平——虽然"近似"两字要拉扯得很远——不过，假使让我"家住巴黎"，我一定会和没有家一样的感到寂苦。巴黎，据我看，还太热闹。自然，那里也有空旷静寂的地方，可是又未免太旷；不像北平那样既复杂而又有个边际，使我能摸着那长着红酸枣的老城墙！面向着积水潭，背后是城墙，坐在石上看水中的小蝌蚪或苇叶上的嫩蜻蜓，我可以快乐的坐一天，心中完全安适，无所求也无可怕，像小儿安睡在摇篮里。是的，北平也有热闹的地方，但是它和太极拳相似，动中有静。巴黎有许多地方使人疲乏，所以咖啡与酒是必要的，以便刺激；在北平，有温和的香片茶就够了。

论说巴黎的布置已比伦敦罗马匀调的多了，可是比上北平还差点事儿。北平在人为之中显出自然，几乎是什么地方既不挤得慌，又不太僻静：最小的胡同里的房子也有院子与树；最空旷的地方也离买卖街与住宅区不远。这种分配法可以算（在我的经验中）天下第一了。北平的好处不在处处设备得完全，而在它处处有空儿，可以使人自由的喘气；不在有好些美丽的建筑，而在建筑的四围都有空闲的地方，使它们成为美景。每一个城楼，每一个牌楼，都可以从老远就看见。况且在街上还可以看见北山与西山呢！

好学的，爱古物的，人们自然喜欢北平，因为这里书多古物多。我不好学，也没钱买古物。对于物质上，我却喜爱北平的花多菜多果子多。花草是种费钱的玩艺，可是此地的"草花儿"很便宜，而且家家有院子，可以花不多的钱而种一院子花，即使算不了什么，可是到底可爱呀。墙上的牵牛，墙根的靠山竹与草茉莉，是多么省钱省事而也足以招来蝴蝶呀！至于青菜、白菜、扁豆、毛豆角、黄瓜、菠菜等等，大多数是直接由城外担来而送到家门口的。雨后，韭菜叶上还往往带着雨时溅起的泥点。青菜摊子上的红红绿绿几乎有诗似的美丽。果子有不少是由西山与北山来的，西山的沙果、海棠，北山的黑枣、柿子，进了城还带着一层白霜儿呀！哼，美国的橘子包着纸；遇到北平的带霜儿的玉李，还不愧杀！

是的，北平是个都城，而能有好多自己产生的花、菜、水果，这就使人更接近了自然。从它里面说，它没有像伦敦的那些成天冒烟的工厂；从外面说，它紧连着园林菜圃与农村。采菊东篱下，在这里，确是可以悠然见南山的；大概把"南"字变个"西"或"北"，也没有多少了不得的吧。像我这样的一个贫寒的人，或者只有在北平能享受一点清福了。

好，不再说了吧；要落泪了，真想念北平呀！

婿乡年节

郁达夫

一看到了婿乡的两字，或者大家都要联想到淳于髡的卖身投靠上去。我可没有坐吃老婆饭的福分，不过杭州两字实在用腻了，改作婿乡，庶几可以换一换新鲜；所以先要从杭州旧历年底老婆所做的种种事情说起。

第一，是年底的做粽子与枣饼。我说："这些东西，做它作啥！"老婆说："横竖是没有钱过年了，要用索性用它一个精光，籴两斗糯米来玩玩，比买航空券总好些。"于是乎就有了粽子与枣饼。

第二，是年三十晚上的请客。我说："请什么客呢？到杭州来吃他们几顿，不是应该的么？"老婆说："你以为他们都是你丈母娘——据风雅的先生们说，似乎应该称作泰水的——屋里的人么？礼尚往来，吃人家的吃得那么多，不回请一次，倒好意思？"于是乎就请客。

酒是杭州的来得贱，菜只教自己做做，也不算贵。麻烦的，是客人来之前屋里厨下的那一种兵荒撩乱的样子。

年三十的午后，厨下头刀兵齐举，屋子里火辣烟熏，我一个人坐在客厅上吃闷酒。一位刚从欧洲回来的同乡，从旅舍里来看我，见了我的闷闷的神气，弄得他说话也不敢高声。小孩儿下学回来了，一进门就吵得厉害，我打了他们两个嘴巴。这位刚从文明国里回来的绅士，更看得难受了，临行时便悄悄留下了一封钞票，预备着救一救我当日的急。其实，经济的压迫，倒也并不能够使我发愁，不过近来酒性不好，文章不敢写了以后，喝一点酒，老爱骂人。骂老婆不敢骂，骂用人不忍骂。骂天地不必骂，所以微醉之后，总只以五岁三岁的两个儿子来出气。

天晚了，客人也到齐了，菜还没有做好，于是乎先来一次五百攒。输了不甘心，赢了不肯息，就再来一次再来一次的攒了下去。肚皮饿得精瘪，膀胱胀得蛮大，还要再来一次。结果弄得头鸡叫了，夜饭才兹吃完。有的说，"到灵隐天竺去烧头香去吧！"有的说，"上城隍山去看热闹去吧！"人数多了，意见自然来得杂。谁也不愿意赞成谁，九九归原，还是再来一次。

天白茫茫的亮起来了，门外头爆竹声也没有，锣鼓声也没有，百姓真如丧了考妣。屋里头，只剩了几盏黄黄的电灯，和一排油满了的倦脸。地上面是瓜子壳，橘子皮，香烟头，和散铜板。

人虽则大家都支撑不住了，但因为是元旦，所以连眨着眼睛，连打着呵欠，也还在硬着嘴说要上哪儿去，要上哪儿去。

客散了，太阳出来了，家里的人都去睡觉了；我因为天亮的时候的酒意未消，想骂人又没有了人骂，所以只轻脚轻手地偷出了大门，偷上了城隍山的极顶。一个人立在那里举目看看钱塘江的水，和隔岸的山，以及穿得红红绿绿的许多默默无言的善男信女，大约是忽而想起了王小二过年的那出滑稽悲剧了吧，肚皮一捧，我竟哈哈，哈哈，哈哈地笑了出来，同时也打了几个大声的喷嚏。

回来的时候，到了城隍山脚下的元宝心，我听见走在我前面的一位乡下老太太，在轻轻地对一位同行的中年妇人说："今年真倒霉，大年初一，就在城隍山上遇见了一个疯子。"

炊烟绵绵

韩慧彬

炊烟绵绵，来自乡村的深处，朴素，温暖而又芳香，在千里万里之外游子的心房蜿蜒着，逶迤着，像一条淡蓝的丝带，拉扯住乡村的暖，熏潮眼睛，点亮脸庞，感动惆怅成默默的念想和不变的坚守。

乡村的炊烟，总和日出日落有关。没有风的时候，一束束炊烟像一个个浓墨重彩的感叹号，成为村庄的标点；而黄昏有风的时候，袅袅的炊烟如同起舞的曼妙女郎，轻盈，多姿，悄悄地穿过林梢，飘入无法忘怀的记忆。

我一直怀念炊烟，远离了乡村的炊烟，我的生命如同一条断流的河，一块荒芜的田。只有炊烟，以及村里那些与炊烟站在一起的风物，才能让我的生命变得幸福和充盈。在红尘里颠簸，疲惫的时候，总想跟着炊烟回家，对着那见证我年少岁月的炊烟大哭一场，我知道，我的滂沱泪雨，定会被炊烟带走，让我无所牵绊地上路追求。

漂泊的宿命已经不能让我经常回家了，生活把我羁押到远方。乏味的都市里，人们除了在穿戴和交通工具上展示、比拼富有之外，防盗门一关，各自在家中海吃山喝，既不知道对面的人家姓甚名谁，也不知道楼上楼下的邻居来自何方，更不必说见到绵绵的炊烟了。

一束炊烟可能是一脉乡情。只要有水，有炊烟的地方必有人家，透过青青的篱笆，能看见鸡的逡巡，鸭的悠闲，或者还有一条狗戒备的眼神。忽然，篱笆深处闪过一个朴实的面孔，和蔼的女主人会用浓浓的方言问你：饿了，还是累了，要歇歇脚？庄户人家的日子散乱，不过饭是香甜的。没错，夕光薄岚里，你不要介意仍弥漫着炊烟味的黑瓷大碗，里面盛装的可是芳醇的乡情乡韵。

一束炊烟可能是家长里短。端着饭碗去串门述说家常，抑或不约而同地来到树下，就地而蹲，几句没盐没醋的话，足以惹得一片欢声笑语。鸡多鸭少，婚丧嫁娶，总能把一顿饭的时间拉得老长老长。

我知道，乡村是贫穷的，但乡村又是那样的质朴，每一个村庄都有每一个村庄的气息，每一个乡村都会有绵绵的炊烟。《篱笆·女人和狗》，当我想起这部电视剧，就会有浓浓的烟火味缭绕在心头，绵绵的炊烟总会把我包围在幸福的记忆中央。站在一缕缕炊烟的背景前，我的心会归于平静，城市生活衍生的计较、竞争和苦恼已经不再重要，重要的是从炊烟熄灭又升起的自然景观中汲取继续抬头前行的力量。

轻轻地，当我的眼神再次抚摩村庄绵绵的炊烟时，刚好暮色渐浓，村庄全部的重量，让一束束炊烟说出，是生活在炊烟扎根的土地上所有人们的希望，此时此刻，只想在灵魂深处承载那一束束绵绵的炊烟，与她永久地相拥相守。

乡愁，生命的灯塔

战　鹰

乡愁，温暖而深情的词语，充满对故土的执着眷恋，对亲人的刻骨思念，对少时的深深怀念。无论是在外漂泊的流浪者，还是身居海外的游子，乡愁始终如一盏明灯，照亮他们前行的道路。乡愁是旅居海外的侨胞对故乡的深情，也是征战海外的物探人对不能为家人尽职、不能为老人尽孝的无奈与忧伤。

记得第一次离家，是在我考上大学的头一天。由于经济拮据，母亲把家里所有的麦子都卖了，为我凑足学费并置办了一身行头。夜深人静的时候，我躲在被子里默默哭了好长时间。那时的我，多想为母亲分担生活的烦恼，多想为父亲分担沉重的重负。在大学的日子里，乡愁如影随形，那种不安与无奈时刻在我脑海中萦绕。那时我便下定决心，把乡愁化为动力，努力学习，回报父母、老师和帮助过我的人。

身居海外，每逢节假来临，乡愁如潮水般涌来。我常常独自一人跑到高岗上放声长啸，或者找三五好友痛饮一番，排解思乡情感。那时，我最想做的事就是给家里写一封信，寄一张卡片，默默地祝福他们。尽管我知道他们并不需要这些，但这是我释放乡愁、表达思念的方式。现在有了手机，与家人沟通更加方便了，电话那头的他们，是我最深的牵挂。

乡愁，是我生命中的一盏灯塔，它照亮我前行的道路，也温暖了我内心的每一个角落，同时悄无声息地触及最脆弱的情感。不论何时何地，我都会珍藏这份乡愁在心中。在我疲惫、困苦的时候，它是我力量的源泉；在我快乐、满足的时候，它是我感恩的归宿；在我成长、懂得感恩的时候，它是我心灵的慰藉。

假如有一天，厌倦了世界的繁华与喧嚣，我会找一个鸟语花香的小镇，与那个懂得的人共度余生。那里的一粥一饭、一草一木，都将成为我们生活中最美丽的风景，而乡愁将是我们永远的回忆和期盼。当我老去的时候，我会坐在黄昏的灯光下，回望那些被乡愁照亮的日子。我会告诉自己：这一生，我认真地活过、努力过、爱过，已经足够。而那些关于乡愁的记忆和情感，将成为我心中最宝贵的财富，铭记心头。

乡愁，是我们生命中最纯真、最深沉的情感。它让我们懂得珍惜，学会感恩；它让我们明白奋斗的方向，慰藉内心的安宁；它让我们懂得这个世界并不孤单，在遥远的角落，总有一个人牵挂。无论何时何地，乡愁都是我们生命中永不熄灭的灯塔，照亮我们的人生路程，指引我们前行。

村庄的符号

曾正伟

村庄，是由各种符号构成的。村庄的符号，常常令人如痴如醉，魂牵梦绕。记忆中，炊烟、农具、牲畜、家禽、菜园等都是村庄的符号。近年，随着年龄的增长，这些符号就像一个个穿越时空的指令，不断地叩击着我的心扉。每当想起这些符号，我的思绪就回到了童年。

炊烟是一种从烟囱里冒出的计时方式，也是一种岁月积淀的历史风物和民俗文化。小时候，每到傍晚，各家各户的烟囱里就不约而同地升起炊烟。那袅袅升起的炊烟，形成一道柔软的"轻纱"飘浮在天际。但炊烟上升到一定高度就不再上升了，而是定格为一道层状的暮岚。那似云非云、似雾非雾的炊烟一湾接一湾的，只有山脊才可以将其阻断。望着炊烟，我似乎闻到了麦秸的芳香，又仿佛看到了田间劳作的父母。至今，我仍记得母亲坐在风箱前烧火的一颦一笑。那忽明忽暗的火光，照亮了简陋的柴房，也照亮了母亲写满清苦的脸庞。偶尔，灶火口喷出一股"倒烟"来，母亲便不停地咳嗽起来……

农具是人们赖以生存的生产资料，也是农人一生的伙伴。印象最深的农具是铁锹、镐头、架子车、镰刀和锄头等，其次是犁铧、齿耧、种耧、铲耧、磨片和木锨等。这些农具都被赋予了特殊的使命，各有各的用途，但其用处往往是有季节性的。比如，春用犁铧种耧播种，夏用齿耧锄头除草，秋用镐锨镰刀收割，冬用犁铧磨片保墒。一年当中，最常用的农具莫过于铁锹和架子车了。无论是平地修渠，还是运料拉货都离不开它们。如果遇上雨雪天，身为木匠的父亲都会去生产队拾掇农具。比如，某个铲耧的卯口松了，父亲会用木楔子蘸上胶，将木楔钉入卯口里；再比如，某把木锨的锨头掉了，他会用铁钉将木锨固定好。

牲畜是穿梭于村庄与田间地头的一道风景，也是一种强有力的劳动力。朝霞里，农人们吆着牲口去下地，小路上牛铃声声，人影绰绰；夕阳下，牲畜们驮着柴火暮归，东山脚下长影流动，人声鼎沸。黄牛性柔，适宜耕地；毛驴性烈，适宜拉磨；马匹体量较大，适合驮物或拉大车；骡子身量较小，适合爬山或拉人力车。各种牲畜的"职责"虽然不尽相同，但它们有一个共同的"职责"，那就是拉架子车。如果需要，它们随时都会听从主人的召唤。所以说，每当它们终老以后，人们宁可将其掩埋，也不忍吃它们的肉。

家畜和家禽是根植于庭院中的精灵，也是对日常生活的点缀。自古，家乡就流传着一个谚语："猫捉鼠、狗看家，东养鸡、西养鸭。养殖猪羊利更大，除了吃肉换酒茶。"清晨起来，狗儿跟着男人去挑水，猫儿陪着女人来做饭。晚上回来，鸡鸭扯着嗓子"咕咕咕嘎嘎嘎"地呼唤主人，羊儿扬起脖子"咩咩咩"地叫个不停。而"壳郎猪"的哼唧声更是此起彼伏，不绝于耳。庭院内外，人畜相伴；邻里之间，鸡犬相闻。但是如此一来，家禽的粪便比比皆是，让人无处下脚。

菜园是人们餐桌上的物质保障，也是写在大地上的诗篇。从前，每家都有一个菜园子。菜园的四周会种上各种果树，不是桃杏，便是梨枣。为了防止禽畜进园祸害，农人们常常在四周扎上一道半人高的篱笆墙。中间的开阔地，种的则是各种蔬菜。茄辣葱韭，一字排开；豆角丝瓜，应有尽有。春天，桃红梨白，簇拥枝头；秋天，色彩斑斓，硕果累累。四季当中，除了冬季，菜园里都是姹紫嫣红，鸟语花香，蜂蝶纷绕，生机盎然。

村庄的符号还有很多，比如石磨、水窖、草垛、农舍、果园、羊圈、山路等。

时如白驹过隙，转眼离开家乡已经三十多年了。那古老的村庄符号，不仅伴随着我们一路走来，还带给我们无尽的回味。它们就像一座座灯塔，无时无刻不在照亮我们的人生之路。时至今日，它们仍是我心中一道道永远挥之不去的乡愁！

童年的那扇窗

胡美云

当三妹和小弟相继出生后，我自由的童年结束了。

"小美云诶，去给弟弟洗下尿布。"

"小美云诶，妹妹又哭了，你哄一下。"

"小美云诶，快点起床，我要到田里去了，家里给你，你看好弟弟和妹妹。"

一个仅仅十岁的孩子，忙得像个大人。隔壁的大奶奶曾不止一次对我母亲说着："大娘啦，你看你家大伢带小伢，大伢可怜，小伢遭罪哦！"

可是，母亲又有什么办法呢？在那贫瘠的年月里。

同龄的小伙伴陆续上小学了，而我被无奈的母亲依赖着，带着两个妹妹和弟弟。母亲不止一次愧疚地对我说："小美云啦，你就不要读书了吧……"

心里是怎样委屈的，现在不记得了，只记得我经常去和平小学"看课"。我带领的"儿童团"走进校园的时候，负责看钟打上下课铃铛的校工不在，铃铛在屋檐下晃荡着。我喜欢听学校的铃声，每当铃铛响起来的时候，便有许多只鸟飞起来，它们掠过树梢，飞过长空，天空便越发的空了，远了，蓝了，心里那团解不开的云，便越发浓了。

和平小学仅有一、二年级，两个班，三个老师，几间简陋的教室，一个平坦的操场，上面除了蔓草和结着红果子的小灌木，便是光秃秃、踩得平滑的黄土地。学校的门是大开的，风自由来去，村里的狗也可以摇着尾巴自由出入。

记忆最深刻的是学校的窗户。窗户是木格的，木条不是木匠刨出来的，多是原生态的木棍，松树或杉树的，因为不断有人摩挲，它们便如包浆一般润泽，如桐油油过那般光滑。因为窗户小，且不是玻璃，这窗采光便不是很好。我记得那时候还没有通电，屋里靠自然采光，讲台上的老师，便影影绰绰着。

　　我趴在木格窗边看课。校园里那么静,静得听得见鸟的鸣啭啁啾,听得见扁豆花开放的声音,听得见蝴蝶扇动翅膀的声音,听得见弟妹们讨论蚂蚁抬食物的声音,我关掉所有的器官,捕捉三尺讲台前,那个叫"老师"的人,各种手势和表情外的声音。那声音那么模糊,就像夜航船的汽笛,就像一盏远去的渔火,就像梦里谁的笑容。我只能隐隐约约地听,大多时候,我只是在看,我多么希望,那间叫"教室"的屋子里,有我的一张桌子。

　　仇老师看到我,愣了一下,一时忘了要说的话,停滞了一下后,又开始上起课来。他的目光不时扫过来,带着怜惜。我读懂了他眼里的爱怜,便不再担忧他让校工驱赶我出去,便敢扒着窗户,想让自己离得更近一些。

　　仇老师的声音高了一度,就像被剪了灯芯的油灯。我听得清楚多了,小小的心里,蓄满了感恩的泪水。

　　有一次,弟弟忽然哭起来,原来他不小心摔倒了。我只好跑过去抱他,哄他。这时候,下课铃响了,仇老师夹着书本走出来,他来到我面前,促狭地对我笑着,说:"丫头,你听,你妈又在喊了——小美云啦……"停了会儿,他正色说,"小美云啊,你要上学啊!"

　　学不是想上就上的,母亲那么忙,甚至连听我哭诉的时间都没有。因为与仇老师渐渐相熟,我便可以天天来听课了。是的,听课,不是迷迷糊糊地

看课。有很多时候，我被仇老师叫进教室，坐在有事请假的学生座位上，和学生们一起听课。

仇老师，他是多么喜欢爱学习的孩子啊！

"小美云，你一定要上学啊！"他总是这样对我说，叹息并劝导着。

最后一名同龄的小伙伴也入学后，我隐忍很久的眼泪决堤了，我又哭又叫地拖着母亲往学校走，我向她保证读书、家务两不误，保证放学后还带弟妹，保证读书后成绩好。不记得素来坚强的母亲有没有流泪，只记得她和老师打了招呼，先欠着学费，我便算正式上学了。

很多年之后，我也成了一名教师。虽然清贫，但我快乐，无怨无悔。我不敢说自己能给孩子们带来多少深厚的学养和远大的前程，但我一定会把爱和希望接力给他们。教育更多时候，不只是传授知识，而是在他们的心里种下爱的种子。一个具有爱的能力的人，他的人生一定不会差；而爱的能力，无非是可以打开自己的窗户，也能为别人打开窗户。

人到中年，经历过很多事，闯荡过很多门，却一直记得那扇窗，那扇用爱打开的窗，那扇充满光和热的窗，那扇温柔的窗。

那扇窗后，面容永新，我也会坐在窗后，对着每一个面孔微笑。

思乡流年

刘云利

人至中年，上有老下有小，该到了承担责任的年岁了，尤其女儿渐渐长大后，我对"父母"二字的体会更加深切，越发感觉到责任的重大，越发体会到为人父母的艰辛，也越发强烈地思念老家和远在老家的父母。

但对我来说，归乡回家却是一件奢侈的事情，因为我工作生活的城市远在家乡千里之外，只有放长假才能回家看望父母。而且，这种日子一晃就是二十多年了，二十年弹指一挥间，真是犹如白驹过隙。几年前，当我还是青年时，主要精力放在为事业和家庭打拼上，归乡的概念比较模糊，甚至忙起来一个月打不上几次电话，都不觉得如何。

但最近几年，感受颇深，父母已年近七旬，头发已经稀疏花白，脸上满是纵横的沟壑。我每次打电话，父母都是报喜不报忧，总安慰我说："孩子，你放心工作吧，家里一切都好，用心经营好你自己的小家庭。"但每次回家我都能看到家里新增的空药瓶。

有一次，父亲偷偷地告诉我，母亲的膝盖总是疼，她自己瞒着我和哥哥去医院看病，说是膝盖里有积水，药也吃了，针也打了，但效果并不理想。听着父亲轻描淡写的叙述，我也没当回事。当我回家看着步履蹒跚的母亲，依然坚持在门口等我时，我愧疚万分。母亲含辛茹苦把我养大，供我上大学，但需要我在身边照顾时，我却远在天涯，那种针扎似的疼痛令我没齿难忘。

一次偶然的机会，母亲听说用艾灸治疗效果不错，我知道后兴奋地买了足够一年使用的艾灸条寄回家。后来，母亲高兴地告诉我，这个办法真是对症下药，腿已经好多了，但我的心却久久难以平静。

今年"十一"假期，我独自驱车回老家。由于是小长假，路上的车很多，再加上事故导致部分路段拥堵，所以天黑还没有到家。等到家的胡同口时，我看到一个佝偻着背的熟悉身影，我赶紧下车走向前："爸，我回来了。"父亲微笑着："嗯，嗯，赶紧回家吧，你妈等着急了。"到家后，母亲告诉我，父亲已经去过村头好几趟了，怕我高速上接打电话有危险。听着母亲的话语，再回头看看父亲弯曲的背影，我的眼眶瞬间湿润了，真是男儿有泪不轻弹，只是未到动情处。虽然已经年过四十，也早已独自撑起一片天，但在父亲眼里，我依然还是个孩子，依然是他心头永远的牵挂。

老家的房子已经住了好多年了，虽然还不算太破旧，但屋内墙皮部分脱落，室内保温效果也不好了。我想出钱帮着重新装修一下，但父亲执意不肯，他总是说，"我们都这把年纪了，不要好了，将就能住就行了"。我晓得，父亲是怕花我的钱，他知道儿子漂泊在外不容易，需要用钱的地方很多，尽量给孩子多攒点钱。这或许就是天下父母共同的心愿吧。

此心安处是吾乡，对远在异乡的游子来说，父母在的地方就是故乡。作家冯骥才说，远去的故乡，是灵魂的巢。曾几何时，我感到"灵魂"无处安放。

某天灵感偶至，我突然有了一个想法，我让父亲每半个月拍一张老家小院的照片，有全景也有特写，有春秋也有冬夏，有春天艳红的石榴花，有夏天繁盛的蔬菜园，有秋天硕果累累的柿子树，有冬天白雪皑皑的尖屋顶。当我思念成疾的时候，我就翻开这些照片看看，哪个季节就看哪个季节的照片，感同身受地沉浸在光影呈现的思乡境遇中，犹如一年四季都回到过小院一样。

故乡是根，光影思乡，灵魂有巢。但我深深地懂得，这只是打开思乡心结的一扇窗，纵有千万次的思念，不如跨越千里的相见，那种温暖如春的陪伴，才是给父母最好的礼物。

老砖房的童年

陈　呈

　　因为母亲是大学教师，我的童年基本是在大学校园里度过的。那时的青年教师楼建成年份不一，但基本上都是些老房子，我家就住在一幢四层砖房的二单元里，楼房太老了，楼面没有贴瓷砖，就是红色的旧砖本色地裸露着。老砖房时不时停电，附近的路灯也少，又位于学校地势低洼的地方，每次灯灭了就会有种特别阴森的感觉。我的胆子小，最初一听到别人说"二单元"，就会条件反射地颤抖一下。后来和家人散步回家，走到老砖房楼下，他们总爱逗我，突然说一句"二单元"，但久了我也就不怕了。

　　在昏黄不清的楼道里，有着很高的阶梯。那时我身板小，每登上一步都挺费劲，而我家还住在顶楼，所以我的梦里常出现一不留神踩空滚到下面的情景。二楼住着一个精神状态不太好的老太太，有时路过，会碰到她站在走廊里大骂："李老头，你不文明！"但似乎也没听说隔壁老爷爷怎么不文明，后来我听到她尖厉的声音就赶紧逃跑。老砖房的屋顶是倾斜的三角结构，由毛毡和瓦搭起来，常常雨天一场大风，就把毛毡吹飞了，家里随即开始漏雨，父母会在客厅、卧室摆上几个盆来接雨，晴天躺在床上往屋顶上望，白色的屋顶全是一块块一圈圈晕开的或深或浅的黄色雨渍，母亲看我盯着它们，就会开玩笑说："像不像狗狗撒的尿？"

　　那时整栋楼，甚至周围其他的老房子里，住着的差不多都是青年教师家庭，孩子们也差不多大，有的家里大人出去忙了，其他家就彼此照顾孩子管饭。也许是吃得少比较稀罕，也许是别人家真做得好吃些，我其实对家里的饭菜兴趣不大，常常盼望着家里大人都去忙了，就有机会吃隔壁的酸萝卜老鸭汤等等了。吃了一圈后，我发现自己最喜欢楼下那家做的糖醋里脊、鱼香狮子头，甚至怀疑自己现在偏好酸甜口味的菜，就与此有关。后来听家人讲，那时候为了节约些钱，那家的父亲一到周末赶场的日子就去买好大一兜肉背回来。但小孩子是不管这些难处的，吃完饭我常和那对年轻父母一起看郑少秋版的《香帅传奇》，而他家和我同龄的小姑娘就在一边戴着假指甲苦练琵琶。长大后，我才知道琵琶是国乐里比较难掌握的，但她那时就弹得有模有样了。我和男生玩的时候更多，总觉得她是个小哭包，如今想来，她为了练好琵琶，不知抹过多少次眼泪。

像我这样，家里放养式培育的小伙伴也有不少。我们喜欢在老砖房下面的斜坡上打羽毛球，也不管根本没有专门场地的球网，拿粉笔或者小石头在地上画根中间线，就能打上半天，打法路数很"野"，但就是不爱捡球，所以爱打高远球胜过扣杀，以至于我后来在球场上纠正了好久，才掌握了发球边线等各种规矩。小孩子自然也有闹矛盾的时候，拿着拍子追打到单元楼下，一个压着一个打。那时一般家庭的入户门有两层，一层是防盗门，平时有人时一般不关防盗门，就只关里层绿色的防蚊纱门。大人们透过纱门看见我们打架了，就会马上出来劝架，把我们拉开。但小孩子往往不记仇，第二天我们又和好如初，一起打球了。我有个玩得很好的小朋友就是一起打羽毛球的小伙伴，后来他父母调走了，我们就再也没见过，那是我经历的第一次真正的人生离别。

老砖房如今还好好地矗立在那里，只是孩子们都渐渐长大离开，曾经的青年教师也渐渐步入退休年龄，曾经的邻居很多都搬到了大学城新校区，或者在校外买房住了。如今我也人到中年，工作繁忙，很难再回去，也不再有久留的理由了。有人说，幸福的人是不断用童年治愈成年。幸而有老砖房的种种回忆，我一直将当年那些厚重的酸甜苦辣、悲欢离合珍藏在心里，在梦中一次次返回我的童年老基地。

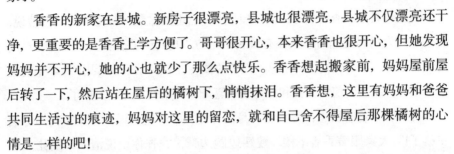

怀念一棵树

朱　泓

　　香香家搬迁的时候，村里只剩两三户人家了。

　　香香的新家在县城。新房子很漂亮，县城也很漂亮，县城不仅漂亮还干净，更重要的是香香上学方便了。哥哥很开心，本来香香也很开心，但她发现妈妈并不开心，她的心也就少了那么点快乐。香香想起搬家前，妈妈屋前屋后转了一下，然后站在屋后的橘树下，悄悄抹泪。香香想，这里有妈妈和爸爸共同生活过的痕迹，妈妈对这里的留恋，就和自己舍不得屋后那棵橘树的心情是一样的吧！

　　说到橘树，香香心里就生出一些情愫来。那棵橘树从她记事起就有了，那时爸爸经常让她坐在他宽厚的肩膀上，温暖的大手握着她的小手高举着，围着橘子树给她飞的感觉。每当橘子成熟，爸爸会抱着妈妈摘橘子，香香也会吵着要爸爸抱她去摘。可惜在香香五岁那年，爸爸因一场意外永远离去了。橘子树依然每年都结出很多果实，吃不掉，妈妈会摘一些送给左邻右舍。香香特别喜欢橘子树，春天橘树开花时，妈妈会剪掉一些枝丫，香香则在树下捡花瓣和小伙伴玩过家家；夏季橘树挂果时，妈妈又会摘掉一些果子，香香则在树下数果子；秋季橘子金黄了，香香做完作业，便看着被沉甸甸的果子压弯腰肢的橘树眉开眼笑；冬天，橘树依然青枝绿叶，若遇下雪，香香便在树下堆个雪人陪伴橘树度过漫漫长夜。想着这些，香香的脸上漾出甜甜的笑来，香香想，等她长大了，一定再回到村里，建个漂亮的房子和妈妈一起住，房子四周都栽上橘树。

　　生活的节奏于香香是快的，除了每年清明节和过小年时她会和妈妈一起回到村里去扫墓祭祖，平时都忙着学习。每一年回去，村子的变化就让她揪心一点。村里只剩毛狗爷一家了。说是一家，其实就只有毛狗爷和他的大花狗外加几只鸡鸭而已。不过，香香还是开心多过失落，因为她最在意的那棵橘树还蓬勃旺盛，四周没有杂草，估计是毛狗爷整理的。香香从心里感激毛狗爷，后来每次回去，总会带上点礼物……

若干年后，香香大学毕业在外有了工作，没几年她就有了自己全新的生活。忙碌的生活节奏，让香香连回家看望妈妈的时间都少了，橘树也似乎从她记忆里抹除了。当她再次赶回家的时候，是哥哥打电话，说患有阿尔茨海默病的妈妈不见。虽然已报警，但三天过去了，还是音讯全无！

香香和老公连忙请了假，开车赶了回来。

一进哥哥家，香香愣了，发现屋里和阳台上的盆栽，都是橘树。嫂嫂说，这些是因为妈妈犯病时总坐在有橘树的地方，我们试了很多次，发现她对橘树情有独钟，于是我们便弄了这一屋子的橘树盆栽，结果真管用！大半年妈在家都很好，没想到前两天我和你哥去喝喜酒，回来就不见她人影了。

香香听了若有所思，突然她转身往外跑去，边跑边说："快快！我知道妈在哪了！"大家跟着香香下楼，嫂嫂边跑边喊，香香你说说清楚，别让人瞎急呀！

"上车吧，去老屋！"香香说这话时，车子已发响了。

当他们赶到蒿草丛生的老屋时，眼前的一幕让香香不禁鼻头发酸。只见橘树旁坐着两个人，一个是毛狗爷，另一个就是妈妈了。香香喊了一声"妈——"就扑进妈妈怀里，泪水抑不住地嗒嗒滴落。妈妈看了看香香，憨憨地笑了笑，然后将头靠在橘树上，轻轻哼起了一首曲子。香香记得爸爸在世时就经常哼唱这首曲子。

香香以为妈妈看见自己，脑子会清醒一些。可是，她想错了。这让她更加难过。

香香扶着妈妈站起来的时候，哥哥正在和毛狗爷说话。香香没想到毛狗爷除了头发全白了，身体还很健朗。

"孩子，你们别难过，人老了，难免这里那里出毛病。你妈是个顶好的人，唉，就是太重情，你们搬走后，每年她都抽空回来几趟，就只为打理这棵橘树。"

"毛狗爷，这棵橘树有什么说道吗?"香香很好奇。

"你们不知道吗? 这棵树呀，是你爸妈订婚那天共同种下的!"

光影流年

孟宪丛

似水流年，划过的总是淡淡的眷恋。

老家的墙上挂着两个木制相框，里面装着二吋、三吋大大小小的黑白照片，这相框以及相框中的照片也算是家里重要的饰物之一。望着这一张张光影里凝成的方寸，激活了我沉淀在记忆里的往事，脑海中浮现出一个个梦幻般的场景。

记得第一次照相是在七岁那年的春天，我跟着妈妈坐着生产队的马车前去镇上照相。一路马铃叮当马蹄疾，满目春色景宜人。照相时，我好奇地看着摄影师傅钻到黑布里面摆弄着照相机，以至于照片上的我昂着头，睁着大眼睛，脖子伸得老长……

每当看着父亲往相框里装相片，就觉得神圣而庄重。我趴在炕上，注视着父亲小心翼翼地把相框从墙上摘下，扣放在柜子上，然后用干毛巾拂去上面的尘土，拔下别挡板的小钉子，将硬纸挡板取下来，把一张张小照片叠起来放在旁边，噘起嘴对着相框里的玻璃四周哈气，用毛巾仔细把玻璃擦得锃亮，再把所有照片按大小轻轻地摆放整齐，虔诚得像个佛教徒。待相框反过来的时候，照片摆放得密而有间，疏而不挤，恰到好处。每当看着有自己的照片装进去，总是端详良久，泛起一波一波的小激动。

说真的，我挺喜欢拍照，小时候拍照是觉得新奇，想看看照片上自己的喜怒哀乐，而长大后拍照是想留住时光里的每一段美好记忆。但，过去照相并非易事，自七岁那年那张"伸脖子"照之后，便没有机会再照相。直到初中毕业那年，生产队队长批准用三套马车拉着我们全班二十几个同学，到镇里的照相馆拍了一张黑白初中毕业纪念照，随着一道弧光闪过，留下了我们青涩的青春印记。

当历史的时针指向 20 世纪 80 年代，中国共产党带领我们实行改革开放，如一声春雷，中国进入了一个新世界，由此万物蓬勃生长，农村经济踏上了繁荣兴盛的大道，人们的生活水平有了日新月异的变化，照相的机会也日渐增多，相片也由黑白两色走向五颜六色。照相也不再是国营照相馆一家独享，不少照相个体走村串户上门照相，人们照相方便了许多。1988 年，我的第一张彩色照片是和妻子的结婚照，我高她矮，为了显示"平等"，只好从墙角提块砖头过来，让她踩上去。那时两人不好意思靠得太紧，刚站稳，随着一声"咔嚓"留下了一张"非常必要"的合影照。

结婚那天，母亲打早步行六里多路，执意请了邻村的个体户摄影师，为我们婚礼照相。母亲说，现在条件好了，孩子们一辈子结一次婚，怎么也得留个纪念。其实，母亲雇摄影师，还有一个目的就是借着结婚办喜事，家人们都难得聚齐，要拍个全家福。那天，院子里挂满了红彩条，红对联，红灯笼，母亲忙前忙后，指挥摄影师一会儿拍装饰喜庆的婚房，一会儿拍大红被褥，一会儿拍色香味俱佳的饭菜，俨然一位大导演的风范，尽管有些疲惫，但难掩内心的兴奋。最后，让摄影师拍全家福，留下了一张中间父母端坐，我和妻子、姐姐妹妹哥哥两侧，小侄女手拿一束鲜花，靠在奶奶腿上歪着头注视镜头的照片，照片上一家人笑容满面，春风荡漾。这张全家福，是我家最好看的四吋"大"照片，也是我家唯一一张全家福。这张全家福被父亲装

在了相框的中央，全家福的周围布置了我结婚时的其他照片。好几次我回老家，见母亲在擦抹大红柜子的时候，总要停下来对着墙上相框里的这张照片端详良久。在母亲看来，这张全家福是她导演的最得意的作品，里面倾注了多少她用乳汁浇灌儿女们的母爱，饱含了多少用汗水浸润儿女们成长的幸福。

其实，只要稍微留意一下时下的结婚照，多是光艳照人，两人相依相偎，甜蜜得令人眼热，加上各种浪漫的背景和造型，颇具明星感觉的艺术照，再衬以款式新颖、

高雅华贵的水晶大相框或纪念相册，挂在客厅或卧室中，成为许多年轻人家庭中一道亮丽的风景。虽然这些照片价格不菲，但富足的人们并不在乎，总要留下一生中最重要的青春浪漫的气息和甜蜜温馨的回忆。

2000年5月，我回老家，二哥正在院子里给一头红色耕牛刷毛。见我背着照相机，便让我给他和牛拍一张合影照。他说，这是刚买的耕牛，四岁，膘好，正是干活的好年龄，这回耕地种地不用犯愁，得照相留个纪念。我知道，二哥家里生活困难，前几年为了给自己看病，把家里唯一的耕牛卖了以后，就一直靠亲戚朋友帮衬维持着春种秋收，有一头属于自己的耕牛是二哥多年的心愿，如今这个心愿实现了，二哥自然高兴得不得了。于是，我拍下了一张二哥左手牵着缰绳，右手搭在牛背上，二哥满脸自信、红牛抬头目视前方的"人牛和谐"照。转眼快二十年过去了，现在二哥家已今非昔比，镇里通过危房改造，把他的低矮的土坯房变成了窗明几净的砖瓦房，他通过养殖增加了收入，他常说，得感谢党和政府带来的幸福生活。

如今的照片上，穿着或是西装革履，或是鲜亮的休闲运动套装，背景也是碧波的大海，辽阔的草原，杭州西湖、桂林山水、黄山云海，还有日月潭风光、摩天台夜景，甚至埃菲尔铁塔、阿姆斯特丹运河、彼得大帝夏宫……而相片大多是自己相机拍的，多出自亲人或亲朋好友之手。

现在使用的照相机都是高清晰数码相机，不仅消除了换取胶卷的麻烦，而且挑选照片也十分方便。就是随手摸出手机照出来的照片也是特别清晰，将照片储存在电脑里，形成一个普通相册不能代替的大容量"电脑相册"。翻开相册，一片五彩缤纷展现在眼前，风景人物照、朋友聚会照、孩子生日照、会议留念照，内容繁多，神态各异。有了耶字手势，OK手势，兰花指手势，双手托下巴、单臂支撑歪头等萌萌哒造型。照片上绽开的笑靥，秀美的景色，漂亮的服饰，无不展示着人们生活水平的提高和精神风貌的变化。

一张张小小的照片，虽不起眼，却抖落出多少春夏秋冬，定格成一束束时代的永恒，真实地记录着我们每个人、每个家庭，乃至整个社会的历程，从中既可读出过去艰苦的岁月，也可折射出今天我们生活的富足。在庆祝中国共产党成立一百周年的喜庆日子里，看着五彩缤纷的照片，感受党带领全国人民奋力拼搏取得的巨大成果，那份自豪感就不由得在心里轻轻地荡漾开来……

老家的核桃树

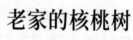

郝 良

每一个家都有一件宝，我一直是这样固执地认为。就说那一贫如洗的家庭，说不定那口铁锅就是家里的宝。我家里的宝呢？——题记

从我记事起，老屋的门前就有两棵大树，一棵是核桃树，一棵是樱桃树。两棵树差不多一样粗，我伸开小手臂，还围不过来。但那棵樱桃树很快就被砍掉了，于是，只留下这株核桃树一直伴随着我家的老屋。

记得过腊八节时，父母会拿着弯刀在核桃树上砍几道小小的口子，然后填上一些米或是饭，一边填一边念叨：腊月八，结疙瘩，给个疙瘩莫落哒！"树还会吃饭？"站在一边的我满是不解。"这样做了，明年核桃树就会结得更多，还不得掉下来！你也来多说几遍，腊月八，结疙瘩，给个疙瘩莫落哒！腊月八……"

那时，在我们紧挨着的三个大院子里，每个院子里都有一棵核桃树。迎春家的是一棵铁核桃，果大，壳壳却硬如磐石，费劲砸开后，还得用镰刀尖或是竹签去掏；袁地果家的是纸核桃，和迎春的刚好相反，核桃壳薄如纸屑，一掉到地上，核桃仁就露了出来，直接就可以吃，虽然省事，但不耐储藏；我家是米核桃，果不大不小，壳壳不厚不薄，成年人用手抓上几个，稍一用力，则可破壳，最为神奇的是，我家核桃有种不一样的香味，吃后嘴里留香。这倒不是我自夸，而是乡邻们比较着来的。乡亲们纷纷拿了我家的核桃做种子，奇怪的是，这些核桃树长大后结的核桃要么壳壳很硬，要么香味全无，一点也没继承我家核桃的神韵。

我家的核桃树靠着公路边，旁边又是一排石梯子，再加上父母的为人，我家核桃树下就成了乡亲们聚会小憩的好去处。尤其是一进六、七月，核桃树枝繁叶茂，犹如一把撑开的大伞，乡亲们一忙完农活，就会跑到核桃树下来乘凉。女的搓麻绳、扎鞋底，扪虱子，男的打个光胴胴，端着土巴碗，稀饭喝得嗞嗞响，一边摆龙门阵，一边不忘和那些妇女打情骂俏，开点荤玩笑。

我们这些小顽童自然是不会在树下安坐半分的,一个个像猴子一样,不光是男孩,女孩也是爬树的高手,两只手先搓一搓,再往手心啪的一声吐点口水,手一抓,脚一蹬,加上核桃树丫多枝密,几拱几拱,很快就上了树,大人也不管,只是说一声,慢点哈,滚下来脑壳搭个包就该背时。胆子大的爬得高,胆子小的就在下面,一人搂着一根核桃枝,一边摇,一边高声反复地唱:摇啊摇,吃核桃,摇啊摇,吃核桃。稻黄核桃熟,核桃要九月才熟呢,于是,下面的大人开始吼了:摇啥子,摇落了吃个铲铲。

有调皮的,遇到和自己吵过架、有矛盾的,趁下面的人低头没留神,噌噌爬上树,掏出小鸡鸡,站在树上,对着下面开始撒尿,"刚才都是大晴天,怎么下起雨来了",抬头一望,妈哟,于是捡起石块或是用长棍棍开始反击,自然,撒尿的还逃不脱家长的一顿巴掌。

在收获前,风一吹,一些先熟的核桃便会掉下来,落在瓦房或是石梯上,听见砰的一声,就知道是核桃落了,于是跑出门去睁大眼睛找。那时大哥和我们已经分了家,基本上到打核桃的时候,都是大哥拿着一根长竹竿,爬上树去敲核桃,我们就在下面捡,收拢了后,再数个数,和大哥家平分。我那时很不服气,愤愤不平:"妈,明明我们这边人多些,为啥子要一人一半呢?"母亲把我的脑袋瓜子一摸:"都是一大家人嘛,你硬是精灵得很!"

核桃打下来后,放上一两天,然后就开始剥壳,大多数核桃都是轻轻一敲,核桃外壳就自然分离,有些就要用镰刀去划,一趟功夫下来,两只手被核桃外壳的汁染得黢黑,要好多天脱层皮后才恢复正常。随后,摊在簸箕里,晒几个大太阳,便用口袋装好,放进仓里,一直要到过年的时候才拿出来吃。对我而言,肯定是熬不了这么久的,自己都记不清有多少次悄悄钻进仓里去偷核桃吃。在那食不果腹的年月,还有什么能比如此美味的核桃更具有吸引力呢?

不知道是不是父母待人特别大方的缘故，一到打核桃的时候，上上下下的几个院子老老少少都会跑过来捡核桃。竹竿一敲，核桃像下冰雹般地噼噼啪啪直往下掉，"这里有两个""那里有三个""哎哟，核桃落在我脑壳上了！"尖叫声、惊呼声，嘻嘻哈哈，热闹得很，当然，大人都还是自觉，捡上十几二十个打打牙祭就收手了，而那些小孩子则不然，用衣襟统了一包后倒回家里，又飞快地跑过来捡，我和几个姐姐心里很不安逸，"捡得差不多就行了哦，脸皮厚！"对方要么置若罔闻，要么嬉皮笑脸，"我来帮你捡，要不要得哇！"于是，只有靠自己加快反应速度，让身手变得越发敏捷。

随着一天天地长大，乡亲们的日子都慢慢好了起来，而我家的核桃树一天天老了，花虽然还是开得多，但最后能长成器的少了，不少核桃还不到半熟就纷纷掉下来。而我也到外地读书去了，离自己亲手去收捡核桃的日子也渐行渐远。父亲就会把核桃晒干后，给我捎到学校来："补脑子的，一天多吃几个！"

刚走出大学校园那一年，母亲就走了，在外漂泊的那些日子，只有春节的时候才回到老家看看，核桃树似乎也一下老了很多，结的果也越来越少。

前些年，我得重病，家里人去一个神婆家给我算命，当神婆说出我家门前有一棵大树的时候，家里人面露惊异，后来在神婆的唠唠叨叨中，说这棵树居然一直在保佑着我，要我们一定好好地把这株树护好。当我打电话给父亲说起这件事后，父亲在电话那头声音哽咽："我晓得，我早就晓得，这棵树通人性的，我当初栽它的时候心里就许过愿的！"

如今，核桃结得不多，而且还被松鼠盯上了，核桃还没成熟时，这些小家伙就顶着个大尾巴，一蹦一跳地来偷核桃。"原来想在树底下围一圈刺，这样松鼠上去不了，多多少少还能收捡几个核桃，后来想想又算了，这些家伙，原来只有一两只，后来尝到甜头了，拖了好大一路来，就算是把它们养起来吧！"父亲一笑，"只是你就吃不成了哦！"

现在的超市、干果店到处都在卖核桃，我也因为潜意识里的核桃缘分，常常会买一些来放在家里，早餐时拿个钳子，敲上几个，吃在嘴里，却没有半点老家核桃的那种香味！只是徒添了几分怅然。

"你过了铁山，往堡子的方向开车，过了米城街上，再转几个弯，就会看到一棵大核桃树，那里就是我的老家！"每次朋友问起我的老家在哪里时，我都会这样介绍。回家，第一眼看到的就是这棵核桃树，抑或在我心里，已经把这棵核桃树当成了家的标志！

袁地果家的核桃树因为他们搬家在二十多年前就被砍掉了，迎春家的核桃树因为修建新房在十多年前也没逃脱被砍的宿命，我家的核桃树呢？

上次父亲过生日我回去的时候，父亲指着核桃树上面新发的一个枝丫给我看："这么多年了，我也没想到它居然还能新长出了这么大的一根枝丫，直直地向上，这是个好兆头哦！"我再低头一看，核桃树底下还插着几根还未燃尽的香烛！

看看已是白发苍苍的父亲，再抚摸着这棵树干上已经长满青苔的核桃树，心里不禁满是悲凉，当初种下它的那个人已经年近八旬，当初在它的树荫庇护之下嬉戏玩耍的小男孩也过不惑之年，时间是如此的冷漠，昔日的点点滴滴似乎都将烟消云散，父亲年事已高，早晚都会离我而去，老屋没人住的话，很快就会破败不堪，这棵核桃树呢，这棵保佑着我的核桃树呢？没有了老屋的相伴，在没人守护的日子里，它又能活多久？

我想，下一次我回到老家时，我会抱着这棵核桃树，我的脸依偎着它的身躯，留下一张照片，没什么理由，就是想拥抱它，紧紧地拥抱……

白沙河村的陈年往事

王文英

1. 光棍儿们的嗜好

多年以前，白沙河村的光棍儿与村南那条小河里的石头一样多。

清晨，河里的石头还在熟睡，村里的光棍儿们却轻飘飘地走在村中的土路上。他们往往彻夜不眠不休，且整宿亢奋异常。光棍儿们光顾的是一座座低矮的屋子，几张烂羊皮褥子捂着严严实实的小窗户，油灯的黄晕铺洒在屋子地面上，莜麦碎秸穰和上泥巴抹得光溜溜的地上，盘腿的、圪蹴的，那些破衣烂衫里浸透的刺鼻体味整夜弥漫在那个狭小的空间里。

十几个老小光棍儿围坐在一起，一个人的手心里攥着几根火柴棍儿，其余那些人，瞪着眼睛瞅准了机会下注，一个回合的胜负分分钟便见了分晓。那些黝黑的脸膛紫一阵青一阵，像缺雨天里的葵花叶子，时而卷曲着时而舒展开来。嘴巴周围乱糟糟的胡子东一撮西一绺地支棱着，似久旱庄稼地里倔强的野草。

夜，说长也长说短也短。赢了钱的光棍汉们吆五喝六地让房东去拿火腿肠、熟鸡蛋，夜长，不吃白不吃。输了钱的，最不愿听到公鸡打鸣。天不要明，兴许瘪下去的衣兜还会鼓起来。

天终归明了。光棍们怀着各不相同的心思离开了，赢家和输家脚底都是虚空的。他们急需要睡个饱觉，睡足后再消遣掉下一个夜晚。或许赌博会在下一个夜晚继续，也或许会有几个光棍汉缺席。没来赌场的光棍们通常会去另一个地方——他们各自经常光顾的人家，那里有光棍汉日思夜想的女人。与相好的幽会是他们贫穷生活中的另一件快事，他们总是兴冲冲地来去。

衣兜里有俩子儿的光棍底气是足的，随便给相好的撂下几张毛票，那女人就能神气几天。而穷到叮当响的光棍在去相好那里前都会大费周章。有个笑话说的是一个光棍夜里去会相好的，走进堂屋后大声说"半袋果子，我给你倒缸里吧"，随后"扑棱扑棱"响了好半天。及至天明，那女人掀开缸盖，缸沿上挂着的一根绳子上只拴着一个红果子，女人的红脸立马绿了。

那个年月，白沙河村光棍们的日子好过也难过，不管咋过，日子还得一天天地过。

2. 兰子的烦恼

兰子家位于白沙河村中央，院子东挨村子一条较宽敞的土路，房后是农业社的粮库，西面紧挨着一处大院子。兰子省吃俭用地盖好房子后就后悔了，她埋怨当家的没打问好邻家。

那时村子的房子都是先请木匠师傅将房梁和柱子在地基上立起来，榫卯吻合后结实地撑起房子框架，而后才在柱子间的石头地基上砌上土坯子。砌土坯时通常不用花工钱，乡里乡亲们闲时帮把手，只需管几顿饭。油炸大板糕可以搭在大海碗的边上，胡麻油拌土豆丝和细粉，若能生上一碗豆芽拌进去，凉拌菜会更爽口。在这项工程中，黄土地上的受苦人最愿意吃的是那锅肥猪肉炖粉条豆腐。一年四季几乎见不到几滴腥荤的庄稼汉们每人能吸溜两三碗。

兰子家房盖得周正又向阳，那几天诸事顺利。做了几顿盖房糕饭的婶子大娘们嘻哈拉笑的，帮工做营生的叔叔大爷们吃得也满意，兰子心里也舒坦。可一个月后当兰子一家住进新房后，她就不舒坦了。

兰子的烦恼来自紧墙接壁的西院。那是一处六间正房的大院子，在兰子新房落成后才张罗盖的，比兰子的房子整整多出三间。房子的女主人是兰子一个本家婶婆，老太太寡居多年。自打兰子嫁到白沙河村老太太就是寡妇，所不同的是，那时这个婶婆两只眼睛好好的。当两家人都住进新房后，兰子发现那婶婆的右眼是瘪的，眼皮已牢牢长在那个瘪瘪的坑里。兰子背地里就叫她瞎妖婆。

事实上瞎妖婆并不瞎，她还有一只眼睛能看见。兰子这样称呼她，多多少少有泄愤的意味在其中。瞎妖婆被兰子冠名为妖，其实就是因为老太太年龄大，七十多岁的人还在邻里横行霸道。四邻八舍的人家都不愿与瞎妖婆做邻居，都难以吃咽老太太的飞扬跋扈和她无休止的言语上的欺凌与攻击。

瞎妖婆上了年纪，但身板硬朗。六个儿子中五个是光棍儿，家里吃闲饭的少，瞎妖婆就整天待在家里不用出工。后来，兰子发现自家的几只老母鸡会轮番失踪，少则三四天，多则十天半月。再寻回家门的母鸡们头是苍白的，抱起来都轻了不少。老母鸡那样走失又回来几次后，兰子终于发现是瞎妖婆在捣鬼。有天起响后，兰子正蹲茅坑，突然她走失几天的大黄"蛋呱呱——蛋呱呱"地从瞎妖婆的羊圈顶上飞下来，落在茅坑墙上，结结实实地吓了兰子一大跳。兰子恨得差点儿牙根儿锉出了火星子，瞎妖婆圈起自己的母鸡为她下蛋却不喂鸡食，害得老母鸡几天下来都瘦了不少。

这还不算，瞎妖婆每天一大早就会掸子笤帚地在兰子西墙头上磕打，"枪崩、刀砍"地边磕打边骂。

兰子努力压制着自己的怒火，她觉得自己家单门独户的，惹不起瞎妖婆。返回来说，瞎妖婆寡妇失业的，拉扯大那么多儿子，而且大都还没有娶上媳妇，指不定那老婆子心理早就有病了。兰子不愿也不想与一个疯婆子计较，那样的话自己不是也有病了吗？兰子实在有气的时候就唠叨当家的，她男人始终黑着脸："你不要尿洗她！"

像她男人说的那样，兰子一直不理睬瞎妖婆，但那样并不等于她没有烦恼。

3. 大妈走了

大妈走了，入土一个多月后，消息才传回了白沙河村。

李姓一大家男男女女义愤填膺，一个个抡胳膊挽袖子地要去东村找魏老头算后账。

大妈是从白沙河村李家改嫁到东村的。那年大妈坐着东村魏老头的驴车，一把鼻涕一把泪地出了村子。兴许大妈知道这一走，便断了白沙河村这条路。大妈在白沙河村度过了大半辈子，很少出过村子。到老了，这次出村却一下子撒下了白沙河村四十多年的日日夜夜。

大妈是在十六岁上被大爹娶进家门的。大妈一辈子没有生养过娃娃，年轻时曾经抱养过一儿一女。或许大妈命里注定无儿无女，俩孩子都在三四岁上夭折了。大爹大妈成了村里的"五保户"。

大爹从年轻时起一直担任生产队上的保管员，又没有孩子拖累，大爹挣的工分足够老两口生活。这样，大妈在中年后就几乎不下田干活儿。滋润的小日子一直持续到分产到户，大爹大妈也像其他社员一样分了承包地，自己开始亲自务营责任田。大爹老两口前半辈子没多干过农活儿，他家地里的庄稼收成可想而知。

随着年岁越来越大，大爹老两口生活也越来越艰难。种田十来年后，大爹突然无征兆地撇下大妈走了，寡居的大妈日子更加难熬。

不得已，大妈的娘家侄子牵线，无依无靠的大妈在六十多岁上改嫁东村魏老头。去了东村，小了大妈好几岁的魏老头仍是庄稼地里的一把好手，大妈又过起了衣食无忧的日子。

一年又一年，白沙河村李姓一门似乎遗忘了大爹和大妈这两位族人。直到大妈故去，依然硬朗的魏老头将大妈悄悄地安葬在自家坟茔里，白沙河村的人们却像村南的白沙河一样暗哑着。

当消息最终传进李姓族人的耳朵里后，白沙河村沸腾了。所有李姓族人都说该去东村将大妈的尸身请回来，这样也算给大爹一个交代。事情吵吵闹闹了好一阵子，后来村里一位一辈子给人择日子的先生说"大妈已经走了，就入土为安吧！其实也没那么多讲究"，族人皆无语。或许大家伙儿都明白折腾一回也是要付出代价的，后来这事就慢慢不了了之了……

那些年，白沙河村的故事很多。如今，大部分都随着时光流转被淹没在陈年烟尘里，那些留在人们记忆里的点点滴滴也渐渐模糊起来，那些多年来辗转在人们茶余饭后的鸡零狗碎也被匆促的脚步撵入时光的沟壑里。今天，"光棍儿"也演变成了一个词语，被流传在村里老辈儿人们瘪瘪的嘴巴上；"瞎妖婆"和"大妈"这样的老人也早已淡出了人们的生活，再也不见。相信白沙河村以后的故事将褪去流年里沧桑与凄楚的影子，带给后世的必将是美丽与阳光……

我的后院，我的童年

张亚凌

相对于干干净净只有一棵树的前院，我更喜欢后院。

后院是姥姥的地盘，她麾下一头猪，两只羊，一群鸡。只有家里来了害怕狗的客人，那条看起来凶巴巴的大狗才会出现在后院。即便暂时被驱赶到后院，狗也不藏着掖着自己的尊贵，对后院的土著们不理不睬。除非实在无聊透了，就策划并开演"鸡飞狗跳羊叫"的情景剧。狗的游戏向来与猪无关。好像狗也有自己的原则，即便再堕落也不会与猪为伍。

姥姥在后院种了很多菜，也种下了我的好奇与快乐。

挖出种子看发芽没，拔出苗儿比一下长短，掐下花儿玩，摘了果子尝，以至于姥姥常拍打着我的小手训斥："这东西比鸡爪子还贱啊。"

瞧她，说的啥话？鸡哪有好奇心，能跟我比？我不怕累不嫌脏地将种子从土里翻出来就是替她操心，看发芽了没。挖出来再埋进去，反反复复，不也挺烦人的？我把秧苗拔出来，比完长短又将它们重新栽好，又不是不管。我把辣椒从指甲盖那么大直尝到比手指还长，才知道它们是慢慢变辣的。黄瓜的花，戴在头上实在好看，女娃娃不爱美不就成了野小子？姥姥就知道吃，咋会想到这些有趣的事？还说我是"小害人精"，顶得上一窝地老鼠。

哪里是手贱，哪里是害人精，分明是满满的好奇在心里挠痒痒。

姥姥在后院种的菜，不怕猪拱，猪在圈里出不来。多年后才知道姥姥辛辛苦苦养了多少年，养出的都是蠢猪，不像人家王小波那头，特立独行。也不怕羊踩，羊从家里到地里，不是用镢子扎在地上就是用绳子绑在树上。羊们的活动范围一直是个挣不开的圈，好像也没见它们耍性子闹腾过。更不怕鸡啄，轻佻的鸡们就没耐心把种子扒拉出来吃掉。

单单怕我。

只要我在菜地边一站，秧苗们就都晃动起来，缩头缩脑，想逃离我的好奇，怕我探个究竟。

后院除了菜地，还一直酝酿着我努力制造的热闹。

我费尽九牛二虎之力逮住的鸡，丢进猪圈或者摁在羊身上，我想看鸡跟猪打架，想看鸡跟羊干仗，我创造了很多条件，一场也没发生。鸡总会大叫着像受了很大委屈般很快飞离，怕惹上祸端，已经成功逃离了还惊魂未定地叫上半天才能平息。就像做了坏事的我，不等姥姥举手，就大喊大叫蹦着跳着逃走了。是不是弱小者都懂得以溜来自保的道理？

　　我抱起比猫大不了多少的小狗丢进猪圈里，小狗倒狗视眈眈，汪汪地叫着向前冲。那头庞然大物则越缩越里，直至退无可退的墙角。再小的狗都不怕大个的猪。厉害不厉害与形体大小无关，秤砣虽小压千斤，白杨树挺得那么高还不是任由鸟儿在枝丫胡作非为？

　　家里能跳会蹦爱转圈的，对我都很友善。我扯狗的耳朵，抓羊的尾巴，它们都不闹情绪。只是有次突发奇想，把猪赶出猪圈，泼了几盆水给它冲洗了一下，骑猪玩，被撂倒了。蠢猪嘛，咋知道我是它的小主人？看来跟聪明的打交道容易，防不胜防的是笨蛋——不知道啥时候就把你撂倒了。

　　除了小屁股被疯癫的蠢猪差点摔成两半，我很努力了还是没有让热闹像烟花般在后院绽放。看来需要配合才能完成的总有太大的难度，剃头挑子一头热是不会有好结果的。

　　无法点燃热闹，那就适应安静吧。

　　躺在后院的麦秸堆上是不错的选择。只是麦秸堆很光滑，爬上去不容易，得溜下来好几次才能爬到顶。

　　坐着俯视，飘飘然，感觉自己立马成了后院的老大。也曾在兜里装了些小石子，对着猪，对着羊，对着鸡，扔过去，从来没有瞄准过。

　　躺着，看到最多的是云朵。看着看着，似乎成了五彩祥云，到了我的脚下。那时与云有关的只看过《大闹天宫》《三打白骨精》，孙悟空动辄就踩云而来驾云而去。在想象中，我已经会腾云驾雾来去自如，几乎成仙。

　　有想象就要落实。辛辛苦苦逮住一只鸡，抱着鸡辛辛苦苦爬上麦秸堆，站立着高高举起手臂，放飞。想象着把它抱上这么高的地儿，应该也会像燕子般飞起来吧。事实是，不争气的鸡一脱手就扑棱着翅膀直接落下去。鸡的事件让年幼的我明白：翅膀不够厉害自己飞不起来，举得再高都是白费劲，搞不好还会被摔死。

偶尔也会飞过一只燕子，也是老高老高。麻雀是懒家伙，也经常落在麦秸堆上，我挥着手想吓走它，那家伙更像家养的，不怕人，只是从这里蹦跳到那里。我也拿它没办法。它顶讨厌了，每次晒粮食，我的任务就是驱赶它。燕子，喜鹊，我所知道的好看的鸟儿，从不落麦秸堆上，至少我没看见过，它们会不会连落个脚都很讲究？

　　一次站在麦秸堆上双手叉腰俯视后院，竟心生无趣之感：哼哼唧唧的猪懂啥，只会低头找虫子吃的鸡懂啥，只会吃草转圈的羊懂啥，我呢，又懂啥？要是不好好学点本事长点能耐，跟它们有啥区别？我似乎该好好上课好好做作业了。

　　我走出了后院，我的童年也画上了句号。连姥姥都说，我变了个人。

回不去的故乡

顾晓蕊

春日的一个夜晚，看吴冠中的画，是一组关于树的。黑瓦白墙的屋舍，房前房后种有树，几抹乱红，繁花点点。抑或是低矮的院墙外，种有数行青竹，竹高而直，青碧喜人。到处充盈着绿意，那一汪汪绿，似是要从树干上枝叶间流淌出来。淌入眼里，淌到心里，淌进乡人的酣梦里。村外一条清碧明澈的小河，终年潺潺流淌，环绕护佑着宁谧的村庄。

这般水墨浸染的村庄，曾浮现在我的梦中。在一棵树的招引下，沿着一缕花香，我又回到故乡。然而，令人唏嘘感伤的是，如此美好的情境，只可在梦中寻得。少小离家，我游走在不同的城市，故乡已淡出记忆。尤其近年来，祖父母相继离世，回乡的次数就更少了。

按乡下的风俗，"早清明，晚十一"，父母会在清明前回乡扫墓。以往父母想到我忙，并不勉强随行，我也嫌路上颠簸，便找理由推托。而今年父亲打来电话，话语中有不容拒绝的坚定。

长途车驶进县城后，拐到一条坑洼土路上。车颠得很厉害，拥挤的车厢中飘浮着一股咸湿难闻的气息，我有些晕车，胃里一阵翻涌。我朝车窗外望去，目光追赶着田间几株稀落的杏花。终于下了车，在岔路口等三轮车时，父亲回头深望我一眼，说，你来领路吧！我四下眺望，一时愣怔在那儿，不知该往哪边走。人到中年，却不认得回乡的路，我不免伤怀，颇有些尴尬。

我和你妈年岁大了，记性已不如从前，说不定以后回来，就全靠你带路了。唉……父亲的叹息极轻，却似一阵风，在我的心湖上荡起细小的涟漪。

我一脸羞赧地望去，父母的鬓间掺杂不少白发，恍若秋日苇塘中的芦花。为掩饰自己的窘迫，我低声辩解道，回老家的次数本来就少，车厢里气味难闻，又颠得七荤八素的，哪还顾得上记路？

当然这是借口，连自己也觉牵强。还有句没说出的话，那便是记忆中的故乡，已沦陷在时光深处，一切都变了模样。

中原腹地有个叫竹园的村子，是我的衣胞之地。村中的孩子们，一茬一茬地长大，之后逃离土地，到城市中去寻梦。而今它与附近的村庄，有越来越相似的面孔，像一位老人沟壑遍布的憔悴的脸。

这不是我童年的那个村庄，我曾一次又一次地，透过被岁月淘洗的记忆，以及父亲散乱的回忆，试着去打碎、拼接、还原，一个真实的有温度的故乡。

在记忆里，树是村庄的灵魂。家家户户院里种有桃树、杏树、石榴树、樱桃树等，墙角植有青竹。院落之间但凡有点空地，都被栽上泡桐树、洋槐树、杨树、榆树，村后还有一大片茂密的竹林。"风吹梅蕊闹，雨红杏花香。""窗前一丛竹，青翠独言奇。""砌下梧桐叶正齐，花繁雨后压枝低。"……生长在古诗中的树，跟乡村的树是一样的，只是村民们并不知晓，它们已被吟咏千年。

我家老屋的门前，种有一棵杏树，一棵桃树。父亲是位军人，常年驻守海岛，这两棵树是他在我和弟弟出生后，回家探亲时栽下的。在母亲温柔目光的抚摸下，它们不断抽枝绽叶，只几年工夫，就超过我的个头。春天来时，杏花落了，桃花开，小院的春天是醉人的。

听父亲说起过，早年乡下有土匪出没，为防乱世遭劫，村子四周筑有寨墙，墙外挖有护村河。再后来寨墙被拆毁，十几米宽的壕沟还在。我隐约记事起，春长雨水多。雨一旦下起来，跟天漏了似的，淋淋沥沥的，得下上一两天。水恣意地流淌，护村河沟、村里的大坑、田间的水渠，都溢满了水。村庄被水分隔开来，成为汪洋中的一个个小岛。

我家前面有个大坑塘，水总是满的。有一年父亲休假归来，在塘里种上了荷花，第二年春暮夏初，青碧的荷叶挤了半塘。母亲常到塘边洗衣服，棒槌一下下地用力敲着。塘边有株粗大的紫藤树，紫藤花盛开时，远看宛如一片紫云。我喜欢坐在藤条上荡秋千，仰头向上看，觉得好似荡进云彩里。

在树的护佑下，水的滋养下，村庄古朴中透出几许灵气。春日的清晨，村民在鸟儿的啁啾中醒来，去往田间劳作，待到傍晚时分，他们蹚着花香缓缓归来。这时放牧的孩子也回来了，他们会缠着大人，去河沟里、水渠里叉鱼。有水的地方，自然有鱼。洗好的鱼用清水煮了，放点盐、葱花。熬得泛白的清香鱼汤，就着灿黄的苞米面饼子，就是一顿美餐了。

乡里人的心，是简朴而天真的。到田地里去做活，屋门从不上锁，没听说谁家丢过东西。做饭时，发现少盐缺醋，便去邻家借来。飘荡在村庄上空的炊烟也如人一般，有天然的亲近感，在相互凝视中袅袅起舞，或干脆纠缠在一起。

不知何时起，"树绕村庄，水满陂塘"的景况一去不复返了。成片成片的竹子被砍掉，村中大树多被齐腰砍断，壕沟水渠填上了土，坑塘中的水也干涸了。记得前几年回乡时，我绕塘而行，怎么也找不到那片紫藤花云。我感到有些恍惚，这使得原本稀薄的童年记忆，兀然可疑了起来。

炊烟远去了，灶台被燃气灶取代，面对一大桌的饭菜，却再也品不出故乡的味道。牧童不见了，落日斜晖，坡上老牛，成了美丽虚幻的剪影。村中的青壮年大都外出打工，有人用攒下的钱，在村中盖起气派的两层小楼，红漆木门上挂着把沉重的大锁。他们脚步匆匆地来去，将空荡荡的房子，以及漫无边际的孤独留给老人和孩子。

那天，我最终还是紧随在父母身后，回到了故乡。老屋已然苍老，院内静立着一株杏树，并非早年的那一株，却带着熟稔的旧日气息。有风吹来，片片杏花落，花飞如雪。我伫立在树下，凝望着一地单薄轻软的花瓣，心里充溢着难言的深深的忧伤。

或许多年前那个夏日，我扯着母亲的衣襟，踏上北去的列车，就已注定了这样的结局。故乡之所以令人难忘，是因为那里的山石草木，见证过一段山河岁月，跟一个人的精神成长有着某种隐秘的联系。而今记忆就这么断裂了，回不去了，再也回不去了，故乡已消逝在岁月的拐角处。

不晚的桑榆

李艺群

有一天，桂玲同学突然问我：三十好几了，才立志成为一名书法家，会不会太晚？想起上学时，她静静地坐在座位上临摹字帖的认真样，回复：莫道桑榆晚，为霞尚满天。有了明确的目标后，桂玲便开启了她的追梦之旅。找出以前的硬笔书法字帖，带到办公室，抽空就练。周末时间和女儿一起拜师学艺，既学硬笔书法，也学软笔书法。坚持了三年，她的书艺进步神速。参加市硬笔书法比赛、市软笔书法比赛，均获得了一等奖，也顺利加入了市书法家协会。第五年，参加全国人大省展，成功入展。第六年，参加省笔墨中国书法比赛，获得三等奖。省计划生育协会和省文联联合举办书画展，书法老师推荐她去参加。满足两次入省展的要求后，书法老师又鼎力推荐她入省书法家协会。历时八年，四十五岁的桂玲终于圆梦，成为省书法家协会的新成员。桂玲的下一个目标是中国书法家协会，我相信她一定能实现，因为对于一个真正有追求的人来说，生命的每个时期都是年轻的，及时的。

天津大学网络教育学院举行了一场毕业典礼，吸引了众多媒体到场，因为毕业生中，有一位特殊的同学——八十一岁的薛敏修。经过四年的学习，薛敏修终于拿到了她的大学本科毕业证。手捧毕业证，薛敏修的脸上挂着笑容，她说："别叫我薛奶奶，叫我薛敏修同学。"八十一岁的薛敏修同学会四门语言（英、法、俄、拉丁），会制作 EXCEL 表格，会用 PHOTOSHOP 后期处理照片。在这个世界上，有一件永远都不晚的事，它的名字叫"努力"。

陈忠实可以说是一位厚积薄发的作家，他在四十岁之后开始写作《白鹿原》，一直写了六年的时间，这部小说才出版。这部小说一出版，便受到了读者的喜爱，成了当代小说里的一部经典之作。尽管陈忠实在出版《白鹿原》之前，也出版过一些作品，但是这些作品，都不怎么样，并没有给他带来什么，直到出版了《白鹿原》，他才一下子火了起来，而且还凭借着这部小说，获得了茅盾文学奖。早成者未必有成，晚达者未必不达。人生最坏的结果，不过是大器晚成。

有位过完八十岁生日的老人，在公园里等人下棋，遇到一位画家，攀谈中画家知道老人靠下棋打发日子，就建议老人学绘画。老人说："我连画笔都不会拿，怎么作画呢？"画家说："你可以去试一试呀。"老人一想，对呀，不试怎么知道呢？这一试，老人竟与绘画结下了不解之缘。几年以后，老人成了美国著名画家，他就是哈里·利伯曼。人生有无限的可能，年龄从来都不是问题。

常言说种一棵树，最好的时候是十年前，其次就是现在。做自己喜欢的事，没有太晚，也不会太晚。真正晚的，是那份不愿意而已。

和明天相比，今天永远是年轻的。

心若琉璃

无惧风浪急

鲁迅的笑

周作人

鲁迅去世已满二十年了，一直受到人民的景仰，为他发表的文章不可计算，绘画雕像就照相所见，也已不少。这些固然是极好的纪念，但是据个人的感想来说，还有一个角落，似乎表现得不够充分，这便不能显出鲁迅的全部面貌来。这好比是个盾，它有着两面，虽然很有点不同，可是互相为用，不可偏废的。鲁迅最是一个敌我分明的人，他对于敌人丝毫不留情，如果是要咬人的叭儿狗，就是落了水，他也还是不客气的要打。他的文学工作差不多一直是战斗，自小说以至一切杂文，所以他在这些上面表现出来的，全是他的战斗的愤怒相，有如佛教上所显现的降魔的佛像，形象是严厉可畏的。但是他对于友人另有一副和善的面貌，正如盾的向里的一面，这与向外的蒙着犀兕皮的大不相同，可能是为了便于使用，贴上一层古代天鹅绒的里子的。他的战斗是有目的的，这并非单纯的为杀敌而杀敌，实在乃是为了要救护亲人，援助友人，所以那么的奋斗，变相降魔的佛回过头来对众生的时候，原是一副十分和气的金面。鲁迅为了摧毁反革命势力——降魔——而战斗，这伟大的工作，和相随而来的愤怒相，我们应该尊重，但是同时也不可忘记他的别一方面，对于友人特别是青年和儿童那和善的笑容。

我曾见过些鲁迅的画像，大都是严肃有余而和蔼不足。可能是鲁迅的照相大多数由于摄影时的矜持，显得紧张一点，第二点则是画家不曾和他亲近过，凭了他的文字的印象，得到的是战斗的气氛为多，这也可以说是难怪的事。偶然画一张轩眉怒目，正要动手写反击"正人君子"的文章时的像，那也是好的，但如果多是紧张严肃的这一类的画像，便未免有单面之嫌了。大凡与他生前相识的友人，在学校里听过讲的学生，和他共同工作，做过文艺运动的人，我想都会体会到他的和善的一面，多少有过些经验。有一位北京大学听讲小说史的人，曾记述过这么一回事情。鲁迅讲小说到了《红楼梦》，大概引用了一节关于林黛玉的本文，便问大家爱林黛玉不爱？大家回答，大抵都说是爱的吧，学生中间忽然有人询问，周先生爱不爱林黛玉？鲁迅答说，我不爱。学生又问，为什么不爱？鲁迅道，因为她老是哭哭啼啼。那时他一定回答得很郑重，可是我们猜想在他嘴边一定有一点笑影，给予大家很大的亲和之感。他的文章上也多有滑稽讽刺成分，这落在敌人身上，是一种鞭打，但在友人方面看去，却能引起若干快感。我们不想强调这一方面，只是说明也不可以忽略罢了。本来这两者的成分也并不是平均的，平常表现出来还是严肃这一面为多。我对于美术全是门外汉，只觉得在鲁迅生前，陶元庆给他画过一张像，觉得很不差，鲁迅自己当时也很满意，仿佛是适中的表现出了鲁迅的精神。

和平礼物

林徽因

在北京举行的亚洲及太平洋区域和平会议的繁重而又细致的筹备工作中，活跃着一个小小部分，那就是在准备着中国人民献给和平代表们的礼物，作为代表们回国以后的纪念品。

经过艺术工作者们热烈的讨论、设计和选择，决定了四大种类礼物：

第一类是专为这次会议而设计的特别的纪念物两种：一是华丽而轻柔的丝质彩印头巾；一是充满节日气氛的刺绣和"平金"的女子坎肩。这两种礼物都有象征和平的图案；都是以飞翔的和平白鸽为主题；图案富于东方格调，色彩鲜明，极为别致。

第二类是道地的中国手工艺品，是出产在北京的几种特种手工艺品，如景泰蓝、镶嵌漆器、"花丝"银饰物、细工绝技的象牙刻字和挑花手绢等。

还有两类：一是各种精印画册；一是文学创作中的名著。画册包括年画集、民间剪纸窗花、敦煌古代壁画的复制画册和老画家与新画家的创作选集等。文学名著包括获得斯大林奖金的三部荣誉作品。

这些礼物中每一件都渗透和充满着中国人民对和平的真挚的愿望。由巨大丰富的画册，到小巧玲珑的银丝的和平鸽子胸针，到必须用放大镜照着看的象牙米粒雕刻的毕加索的和平鸽子，和鸽子四周的四国文字的"和平"字样，无一不是一种和平的呼声。这呼声似乎在说："和平代表们珍重，珍重，纪念着你们这次团结争取和平的光荣会议，继续奋斗吧。不要忘记正在和平建设、拯救亚洲和世界和平的中国人民。看，我们辛勤劳动的一双双的手是永远愿为和平美好的生活服务的。不论我们是用笔墨写出的，颜色画出的，刀子刻出的，针线绣出的，或是用各种工艺材料制造的，它们都说明一个愿望：我们需要和平。代表们，把我们五亿人民保卫和平的意志传达给亚洲及太平洋各岸的你们祖国里的人民吧。"

我们选定了北京的手工艺品作为礼品的一部，也是有原因的。中国工艺的卓越的"工夫"，在世界上古今著名，但这还不是我们选择它的主要原因。我们选择它是因为解放以后，我们新图案设计的兴起，代表了我们新社会在艺术方面一股新生的力量。它在工艺方面正是剔除封建糟粕、恢复民族传统的一支文化生力军。这些似乎平凡的工艺品，每件都确是既代表我们的艺术传统，又代表我们蓬勃气象的创作。我们有很好的理由拿它们来送给为和平而奋斗的代表们。

这些礼品中的景泰蓝图案，有出自汉代刻玉纹样，有出自敦煌北魏藻井和隋唐边饰图案，也有出自宋锦草纹，明清彩磁的。但这些都是经过融会贯通，要求达到体型和图案的统一性的。在体型方面，我们着重轮廓线的柔和优美和实用方面相结合，如台灯，如小圆盒，都是经过用心处理的。在色彩方面，我们要对比活泼而设色调和，要取得华贵而安静的总效果，向敦煌传统看齐的。这些都是一反过去封建没落时期的繁琐、堆砌、不健康的工艺作风的。所以这些也说明了我们是努力发扬祖国艺术的幸福人民。我们渴望的就是和平的世界。

在景泰蓝制作期间，工人同志们的生产态度更说明了这问题。当他们知道了他们所承担的工作跟和平有关时，他们的情绪是那么高涨，他们以高度的热诚来对待他们手中那一系列繁重的掐丝、点蓝和打磨的工作。过去"慢工出细活"的思想，完全被"找窍门"的热情所代替。他们不断地缩短制作过程，又自动地加班和缩短午后的休息时间，提早完成了任务。在瑞华等五个独立作坊中，由于工人们工作的积极和认真，使珐琅质地特别匀净，图案的线纹和颜色都非常准确。工人们说：我们的生活一天比一天美满，我们要保证我们的和平幸福生活，承制和平礼品是我们最光荣的任务。当和平宾馆的工人们在一层楼一层楼地建筑上去的时候，这边景泰蓝的工人们也正在一个盒子、一个烟碟上点着珐琅或脚蹬转轮，目不转睛地打磨着台灯座，心里也只有一个念头："是的，我们要过和平的日子。这些美丽的纪念品，无论它们是银丝胸针，还是螺钿漆盒；上面是安静的莲花，还是飞舞的鸽子；它们都是在这种酷爱和平的情绪下完成的。它们是'不简单'的；这些中国劳动人民所积累的智慧的结晶，今天为全世界人民光明的目的——和平而服务了。"

礼品中还应该特别详细介绍的是丝质彩印头巾的图案和刺绣坎肩的制作过程。

头巾的图案本身，就有重要的历史意义。这个彩色图案是由敦煌千佛洞内，北魏时代天花上取来应用的。我们对它的内容只加以简单的变革，将内心主题改为和平鸽子后，它就完全适合于我们这次的特殊用途了。有意义的是：它上面的花纹就是一千多年前，亚洲几个民族在文化艺术上和平交流的记录：西周北魏的"忍冬叶"草纹就是古代西域伊兰语系民族送给我们的——来自中亚细亚的影响。中间的大莲花是我们邻邦印度民族在艺术图案上宝贵的赠礼。莲瓣花纹今天在我国的雕刻图案中已极普遍地应用着。我们的亚洲国家的代表们一定都会认出它们的来历。这些花样里还有来自更遥远的希腊的，它们是通过波斯（伊朗）和印度的健驮罗而来到我国的。

这个图案在颜色上比如土黄、石绿、赭红和浅灰蓝等美妙的配合，也是受过许多外来影响之后，才在中国生根的。以这个图案作为保卫亚洲和世界和平的纪念物是再巧妙、再适当没有的。三位女青年工作同志赶完了这个细致的图样之后，兴奋得说不出话来。她们曾愉快地做过许多临摹工作，但这次向着这样光荣的目的赶任务，使她们感到像做了和平战士一样的骄傲。

在刺绣坎肩制作过程中，由镶边到配色都是工人和艺术工作者集体创造的记录。永合成衣铺内，两位女工同志和四位男工同志，都是热情高涨地用尽一切力量，为和平礼品工作。他们用套裁方法，节省下材料，增产了八件成品。在二十天的工作中，他们每天都是由早晨七点工作至夜深十二点。只有一次因为等衣料，工作中断过两小时。参加这次工作的刺绣业工作者共有十七家独立生产户，原来每日十小时的工作都增至十四至十六小时，共完成二百十六只鸽子。绣工和金线平金都做得非常整齐。这一百零八件坎肩因不同绣边，不同颜色的处理，每一件都不同而又都够得上称为一件优秀的艺术品。三年来我们欢庆节日正要求有像这一类美丽服装的点缀，青年男女披上金绣彩边的坎肩会特别显出东方民族的色彩。但更有意思的是世界上许多国家的男女都用绣花坎肩，如西班牙、匈牙利与罗马尼亚等；此外在我国的西南与西北，男子们也常穿革制背心，上面也有图案。

和平战士们，请接受这份小小的和平礼品吧，这是中国劳动人民送给你们的一点小小的纪念品。

凌晨四点的月光

陈志宏

时至今日，我再也没有像那晚那样默默凝视凌晨四点的月。

厚厚的夜幕，一轮残月发出惨白的光，微亮的一点，虚弱无力，像大病初愈的样子。远山如墨，近树似黛，世间万物好似沐在牛乳中，虚虚浮浮，看不真切了。周遭虫嘶不歇，间或一声夜鸟长啼，划破长空，静夜逾静。

陪我一起看月，是远道而来的小叔叔。

那年我刚好20岁，一个早春的夜里，父亲遽然离世，顿感天塌地陷，命运被一股奇异的力量裹挟着，毫无反抗之力，不知不觉堕入暗夜，看不到一丝光亮，摸不到前行的路。灰暗的心，把文字涂抹成颓废态，发表在校报上，七弯八拐，被叔叔知道了。他决定南下赣州来看我。

一见到我，叔叔板起脸孔，严厉训斥："你不要想年事（方言，蠢事之意），都这么大的人了，要懂事呀！你爸不在世了，更要学会坚强。寻短见是最没出息的，你爸在九泉之下都不得安生！"

无言以对。

我默默低头，努力控制眼泪不要流出来，一眨眼，泪珠还是不听话，落了下来，沾湿了鞋面。

叔叔陪我在食堂吃了一顿晚饭，顺便给了我60块钱。钱这么俗气的东西，那时，让我感受到亲情的可贵，爱的温暖。饭后，叔叔陪我在校园里走了一圈又一圈，两人无言，唯有春风笑。

父亲有四兄弟，唯有叔叔成功跳出农门，在省城邮电单位上班。我在村里，他在城里，平时接触很少，叔侄关系并不算亲近。他从南昌过来，突然出现在我面前的时候，虽忧郁不散，但惊喜已至。关键时刻，亲情总能显现其威力，展示其魅力。

叔叔收入并不算高，为了省钱，他托熟人关系，搭乘"昌吉赣"线邮车过来的。他们沿105国道一路收放邮包，原本五六个小时的车程，硬是走了十多个钟头。邮车披星出发，下午才把叔叔送到我校门口，接着，他们又往赣州城驶去。

和开车师傅约好，第二天凌晨四点，邮车拐进来，到我们校门口，接叔叔回南昌。

那夜，叔叔和我挤在学生宿舍单人小床上，怕打扰其他同学休息，相卧无言。时光飞快，临近凌晨四点，我们迷迷糊糊爬起来，急急慌慌赶去校门口，却没看见邮车的踪影。

叔叔看手表，才四点过五分，在月光下焦急地徘徊，生怕错过了车。那时没有手机，连传呼机的踪影都还没出现，无法与邮车师傅联系，只有干等。

我静立月下，抬头凝望月光，环视远山近树，溶溶月慢慢化解心头结，驱散心底无尽的阴暗。千年月照方寸心，如清水洗尘，一点点去除心间的轻尘浮埃。

凌晨四点的月光是我人生的初见。此前和之后，我都不曾认真打量过这个时间点上的月。如水的月光，让我感受到了亲情的可贵，读懂了人生的不易。

那片赣南月，以亮光为笔，以大地作纸，重重地写下人生忠告："生活就是，生下来，活下去。"并一字字烙进我心里，让我警醒过来。

久等车不来，叔叔收脚，不再踱步，蜷缩在月下小憩，我紧挨着他，席地而坐，不知不觉我们叔侄俩竟在月光里沉沉睡去。

邮车喇叭在校门口响起的时候，时针指向六点，天亮了。

看到邮车鲜红的尾灯在赣南山区林密的道路上渐行渐远，站在清晨的我，伸了一个懒腰，默默地告诉自己：真的，天亮了。

凌晨四点的月光不见了，消失在我二十岁的那年。

披上勇敢的铠甲，做自己的保护神

朱云乔

坚强是柔软生出的茧，在黎明前的黑暗中幻化成刀枪不入的铠甲，将所有的脆弱都守护其中。奔走于茫茫尘世，别忘了保护好自己。

雯姐是个五十多岁的"姑娘"，她和儿子走在一起，经常被别人误认为情侣，甚至还有人说他们长得有"夫妻相"。与雯姐初次相识，是在飞往广州的飞机上。她坐在我旁边紧挨舷窗的位置上，手里拿着一张英文报纸正看得出神。

那时候我并不知道她的年纪，直到有一天看见她和她三十岁的儿子一起出现，我简直惊呆了。雯姐是个爱美的女人，多年来非常注重保养。她曾做过理货员、导游，还开过店，最忙的时候身兼三职。即便如此，她依然会挤出时间来健身、美容。她爽朗而健谈，大到国家新闻，小到家常邻里，只要和她在一起，什么话题都聊得开。

其实，一个人年轻与否，最重要的是心态，而非年纪。有人年过花甲依然精神矍铄，也有人正值花季却萎靡不振。无论在哪一个年纪，请记得爱惜自己。

可以忙碌，但请不要熬夜；可以晚起，但请记得给自己买一份早餐。我们在这茫茫尘世里孤军奋战，如果连自己都不爱，又怎么去爱别人？

有人为了工作，不惜以健康为代价，最后赚来的钱，还没来得及享受却花在了病床上。医院里的消毒水味道弥漫周遭，那时你会痛苦地发现，无论你用健康换来了多少荣华富贵，就算散尽家财也无法换回最珍贵的健康。

有人说忙碌与健康如同鱼和熊掌，其实不然。如果你没有好好地爱惜自己，任何理由都是苍白无力的借口。很多漂亮的影星忙着拍戏，加班加点也是家常便饭。但是很多年过去了，我们一天天长大，甚至老去，那些漂亮的影星却美丽一如当年。

付出的同时，要保留底线，无论是对他人的付出，还是对自己的付出。这份底线，就是对自己最好的保护。破釜沉舟的成功毕竟只是少数，无论何时，向前奔跑的同时要记得给自己留一条后路。

风雪来时，记得为自己沏一壶热茶。对于爱你的人来说，保护好自己，就是对他们最大的安慰。

人生"三得"

曾正伟

人生，其实是一场单程的苦旅。活着，或许就是一种蛰伏的修行。在这个过程中，难免会出现许多关键时刻。每当这时，我们就应该懂得人生"三得"。

首先是忍得。苏轼说："所就者大，则必有所忍。"一个人只有忍得住气，才能成得了大器。孔子周游列国，忍受饥寒交迫；勾践卧薪尝胆，忍受亡国之恨；韩信当街匍匐，忍受胯下之辱；司马迁撰写《史记》，忍受宫刑之痛。凡是青史留名者，无一不是得"忍"字之精髓。

相反，那些忍耐不住的人，逞一时之能，图一时之快，最后不仅事与愿违，还付出了沉重的代价。项羽兵败不肯过江东，导致身首异处；吴三桂冲冠一怒为红颜，导致不得善终。

一时的隐忍，并不是怯懦，更不是无能，而是一种无声的进取。它不仅能消灾避祸，化解纷争，还能保全自身，成就自我。由此可见，只有忍常人所不能忍，方可为常人所不能为。

其次是容得。曾子曰："夫子之道，忠恕而已矣。""忠"即忠诚律己，"恕"即宽恕待人。赵国的蔺相如完璧归赵后，被拜为上卿，位列廉颇之上。廉颇处处与蔺相如难堪，当他得知蔺相如这样做是为了国家利益时，他羞愧难当，便负荆请罪。

三国时的周瑜足智多谋，才华出众，可他一生胸襟狭窄，嫉贤妒能，导致英年早逝。在领教孔明的超人才能后，他就想借机除掉孔明。最后适得其反，不得不发出"既生瑜，何生亮"的悲叹！

林则徐有联曰："海纳百川，有容乃大；壁立千仞，无欲则刚。"一个人只有高瞻远瞩，去宽恕、包容他人，方能使自己的内心得到洗礼，和世界温暖相拥。

最后是舍得。佛家说："舍，就是得；不舍，哪有得?""舍"与"得"，其实是一种因果关系。"舍"是因，"得"是果。战国时期的孟尝君养了很多门客，其中有个名叫冯谖的。一次，孟尝君派他到薛地收债，没想到他竟然把百姓的债据付之一炬。后来，孟尝君因遭免职而走投无路，只好来到了薛地。出人意料的是，百姓们扶老携幼，夹道欢迎。孟尝君恍然大悟，当年冯谖的行为看似是一种"失去"，其实是一种"获得"。

相反，巴尔扎克笔下的吝啬鬼葛朗台就永远成为人间贪婪成性、患得患失的反面教材。

"舍"与"得"之间，本就蕴藏着许多机缘。很多人只在乎得到什么，却从来不想失去什么。殊不知，当你攥紧拳头时，手里其实什么也没有；当你张开手掌时，世界就在你手上。

生活中，处处充满了禅意，真正的智者从来都是能屈能伸、宽宏大量、宠辱不惊。凡事我们只有做到"忍得""容得"和"舍得"，才能真正领悟人生的真谛、成就人生的格局！

抛开胆怯让自信一路随行

才春新

我们每一个人都渴望成功，但不是每一个人随随便便地就能成功。成功的路上布满荆棘，令多少人望而生畏？相信，只有自信才能增添人跨越荆棘的勇气，只有自信才能帮助人勇敢地迈向成功。

儿子十四岁，读初二，在学校也算是一个学习较优秀的孩子，但我曾一度觉得他身上就缺乏一份自信。

比如，儿子身上很有一种"英雄主义"情怀。他自幼喜好三国，什么关羽、张飞、赵子龙；什么典韦、许褚、吕布等都是他的崇拜对象。很小的时候他就喜欢拿起棍子、棒子煞有介事地胡乱比画。有一次姐妹们一起带他出游，琳琅满目的纪念品，他唯独相中了一杆丈二长的"方天画戟"，真有些令我们为难，携带多有不便啊！但无论怎样劝说也没能阻止他买下来。上小学的时候，一提起这些人物他便能"信口开河"，滔滔不绝地讲出他们诸多事迹。我也时常听得动容，一边听也一边欣赏他有几分口才。然而，他时不时极羡慕地对我说某某同学演讲很厉害。我就说，你也很厉害啊！他嗫嚅地说："我？我不行。我不敢上台，怕忘词。"

我给他讲起朋友空间的一则小故事：在乡下小村里有个靠卖豆腐出名的"豆腐王"，他不但姓王，豆腐还做得好。豆腐王为人憨厚，很能干，每天半夜就起来做豆腐，清晨大街小巷地吆喝着卖，无论春夏秋冬，无论雨天雪天，就像钟表一样唤醒村里的人们亮天捡豆腐，很少耽搁。豆腐王家有个儿子叫小刚，这孩子打小聪明，上小学时就是周边数得上的好学生。有一次，他经过学校的层层选拔，被推举到县上参加演讲比赛。这是个大场子，可不能有啥闪失，所以在班级，在学校，小刚一次次地站到会场上试讲，可以说稿子达到了倒背如流的程度。比赛那天，豆腐王破天荒地耽误卖豆腐，亲自骑着自行车送他。本来小刚很有把握，可是越接近比赛地点他越紧张。到了比赛大门口，他很不安地对父亲说："爸，我怕到时万一紧张忘了词。"父亲笑笑说："没事，我昨晚上也寻思，已经把你每一句话的头一个字抄在纸上了。来，装在衣服兜里，你若忘了就悄悄瞄一眼。"小刚摸着父亲装在兜里的纸片上场，心里觉得特别踏实。很快，在一阵热烈的掌声中他非常顺利地完成了演讲。刚走到台下，一头大汗的父亲就迎上来，结结巴巴地说："刚，给你抄字的纸片在这呢! 拿错了!"小刚取出兜里的纸片，原来是父亲临时写的豆腐账单! 是兜里的一张账单让小刚赢得了比赛吗? 其实是账单给了小刚自信，是自信令小刚赢得了比赛。

儿子听了这则故事也很受启发。去年，学校组织"舌尖上的口德"大型主题班会演讲比赛，我请作家协会的郭吉安老师特意为他赶制了相声"讲点口德"，并鼓励他带着自信上场，儿子果然捧回了这次比赛的"最佳表演奖"。

经过这次演练，儿子说他有点敢于嘚瑟了。这哪里是嘚瑟啊? 我从来不认为善于表现有什么不好，敢于表现自己就说明你有这方面的优势，所以这种"嘚瑟"是很值得表扬的。

儿子的同学文龙，在班级里成绩排在倒数几名，在学校里也是挂了号的差等生，但与儿子很要好。儿子放学回到家，常常笑得前仰后合地和我讲文龙身上发生的一些趣事，那是各种各样的滑稽与幽默。他还表示班级有活动特别愿意与文龙搭档，有文龙参加就非常容易调动气氛。我很是惊讶，如此伶俐的孩子应该极聪明的，怎么会是倒数几名的差等生? 那就说明这孩子没把聪明劲用在学习上。我也曾叫儿子鼓励他学习，但这孩子竟然说他成绩已经倒数，追不上了! 这是产生了自卑情绪，没有足够的自信心令他鼓起勇气。长此以往不就等于自暴自弃吗? 我想，作为孩子的家长应该及时调整孩子的认知，每一个孩子身上都存在着有待开发的巨大潜力，他们还小，未来还不是一个定数!

历史在进步，时代在发展。我们的每一个孩子都是一只羽翼未丰的雏鹰，未来是一片广阔的蓝天有待他们去翱翔。终有一天，他们会独自闯天下，不可能永远在我们的羽翼下躲避风雨，所以培养他们的自信很重要。爱因斯坦说：自信是成功的一半。在通向成功的路上，但愿他们都能抛开胆怯，让自信一路随行。

海燕在人间

何志坚

是夜，斜倚床头翻起高尔基的《在人间》，读译者序时撞入眼帘的便是那首脍炙人口的《海燕》："在苍茫的大海上，……海燕像黑色的闪电，在高傲地飞翔。……海燕叫喊着，飞翔着，像黑色的闪电，箭一般地穿过乌云，翅膀掠起波浪的飞沫。……这是胜利的预言家在呐喊，让暴风雨来得更猛烈些吧！"

许久没读这样让我热血沸腾的句子了，记得校园时代的我，这篇散文诗早就背得滚瓜烂熟，可毕竟当时还年轻，阅历尚浅，并没读懂诗中的灵魂。如今年岁渐长，饱经沧桑，再读《海燕》，已是完全不同的心境。从中，我似乎看到了在苦难中涅槃重生的高尔基。

高尔基命运多舛，从小经历了不少的坎坷和磨难，可他并没因此屈服，而是克服种种困难，不断上进，坚持勇敢的求学之路。他希望用文字来唤醒当时"沉睡的灵魂"，以此来拯救国家与民众于水火，求学让他从"小我"的痛苦中走出来，升华至"胸怀天下"的家国情怀。高尔基说："我读书越多，书籍就使我和世界越接近，生活对我也变得越光明和有意义。"他所著作的自传体小说《在人间》三部曲就是高尔基精神的深刻体现。

我们从高尔基身上读出的不是苦难与不幸、彷徨与绝望，而是他的坚强与自信、尊严与勇敢、正直与抗争、善良与博爱、勤思与敏学、心灵的纯净与智慧。不是吗？高尔基不正像是矫健、高傲、勇敢的海燕吗？他不畏电闪雷鸣，不畏狂风暴雨，他坚信乌云终会散去，他将张开双臂迎接日出，拥抱阳光。

不由得想起四川女孩雷庆瑶。庆瑶在三岁时，因意外事故被高压电夺去双臂，差点危及生命，本来医生也以为回天无力，可这位天生意志坚强的女孩却奇迹般活了下来。而且这位不幸的女孩并没有自暴自弃，而是以惊人的毅力不断挑战自己，学会用脚刷牙、洗脸、洗衣、吃饭等基本生活自理能力，还会电脑打字、书法绘画及骑自行车、游泳等，并以优异的成绩从小学念到硕士研究生毕业，还热衷于公益事业，尽其所能去帮助灾民、贫困学生与孤儿等弱势群体，她甚至把自己的故事写成了一本励志书籍《我心飞翔》。

连健全人都很难获得的荣誉和很难做到的事情，她都一一做到与实现了，让我震撼和感动的不是她的天赋异禀，而是她乐观的心态、顽强的意志与博爱的品格。她何尝不是高尔基笔下的海燕？遇到磨难与挫折没有自怜自艾，而是奋起搏击，用仅剩的双腿代替双翼，在她心里，只要有梦想、有毅力，就依然可以"振翅高飞"，搏击长空。

她在全国各地的励志演讲中，曾经有学生问她："庆瑶姐姐，到底是什么信念、什么精神力量在支撑你不断前进的？"她说："一个人失去任何东西，都不能失去自己的精神信仰、对未来的憧憬及对生活的热爱，更加不能失去对梦想的执着追求，有了这些，你的人生将永远不会绝望！"终于明白这位不幸的女孩为什么会冲破命运的阴霾，活成了照亮自己，也照亮别人的一片光，是梦想、是热爱、是骨子里面的善良坚韧，才成就了今天的她。

读她，读《我心飞翔》，读高尔基，读《海燕》，读《在人间》……读这些苦难深重却散发着人性光辉的文字，仿佛跌入生命低谷百病缠身的自己，浑身也瞬间充满了勇气与力量。愿我们都能活成勇敢无畏的海燕，任何时候都不会失去与暴风雨抗衡的信心和斗志，永远迎难而上，向阳而生，逐光而行，翱翔天际。

最为可贵的品质

蔡 静

"千磨万击还坚劲。""咬定青山不放松。"

人们常说，最难做的事情是坚持，最可贵的品质也是坚持。

"绳锯木断，水滴石穿。"说来容易，做起来便会倍感难之又难，真要持之以恒地坚持下去，却又如"千里跬步"一般，"百里半九十"大有人在。

哲学家也说："最大的敌人不是别人，而是自己。"战胜自己、超越自我的唯一秘诀即是坚持。

有了山的坚持，才有自身的巍峨高耸；有了水的坚持，才有奔流入海的磅礴气势。人世间，卑微的人因坚持而变得伟大；看似遥不可及的梦想，因坚持而闪耀不屈的光芒。在人生奋斗的天地里，播撒承载希望的饱满种子，终会收获缀满枝头的累累硕果。

坚持是毅力，是胆识，是气魄；是耐得住寂寞，甘受清贫之苦的坚定从容；是熬得住如水的光阴，不改初心的无惧无畏。它犹如划破苍穹迷雾的一把利剑，在忍受风雨苦楚之后，以夺目的锋芒，劈开崎岖之路；又如金蝉破土，羽化成蝶，在烈日与清风下，饮露高歌，清音几许响云霄。

"黄沙百战穿金甲，不破楼兰终不还。"戍守边疆的战士，用生命的坚持，

为民众换来了和平与安宁。"千淘万漉虽辛苦，吹尽狂沙始到金。"古往今来，无数心怀正义之气的人士，以品行操守为坚持，书写了存立天地之中的人格丰碑。

生活中，很多没有理想的人，常会嘲笑心怀梦想的人士：笑他痴，笑他愚，笑他不懂享乐和惜福。可是，真正在历史的长河中，能留下跋涉脚印的人，却常常是这些勇于"愚和痴"的奋斗者。

"古之立大事者，不惟有超世之才，亦必有坚韧不拔之志。昔禹之治水，凿龙门，决大河而放之海。方其功之未成也，盖亦有溃冒冲突可畏之患；惟能前知其当然，事至不惧，而徐为之图，是以得至于成功。"大禹治水，正因他坚韧、不屈以及"三过家门而不入"的坚持，才有了海清河晏的万世太平。

无疑，坚持才是人类宝贵品行的底色。坚持，只有坚持，才有昂扬奋发、一往无前的豪迈气概；也唯有坚持，才能"百炼成钢，化为绕指柔"，在风雨之后看见最为美丽的彩虹。

尽兴足矣

刘云利

近日，余读《世说新语》上的一篇小文，颇有几分感慨。故事的大概是，魏晋名士王子猷（书圣王羲之第五子）居住在山阴，一天夜降大雪，一觉醒来，打开房门，举杯赏雪。因起彷徨，咏吟左思的《招隐诗》，忽然想起故人戴安道。当时，戴安道正在剡溪。于是，王子猷立即连夜乘船去找他，船行了一夜才到，但到了戴安道的家门前，他没有进去便折身往返了。有人问其原因，他答道："吾本乘兴而行，兴尽而返，何必见戴？"

好一个"兴尽而返"，王子猷的率真与洒脱已经化为千年美谈。他折腾了一宿，却只为了一个"兴"字，着实令人折服和景仰。

同样是夜访故人，北宋苏东坡的故事却是另外一个结局。他在《记承天寺夜游》中写道，深秋月夜，月色入户，欣然起行，念无与为乐者，遂至承天寺寻张怀民，两人趁着月夜竹影促膝长谈，的确是一番难得的闲情逸致。

试想，两个同病相怜、寄居黄州的贬官，心怀压抑郁闷，面对皎洁月光，还能保持旷达乐观的态度，相忘于江湖之上，寄情于山水之间，真不愧为超凡脱俗之人。估计两人万万不曾想到，九百余年之后，"怀民夜未寝"竟然登上了微博热搜，也算是对两人豁达人生的传颂。

诚然，尽兴是敞开兴致做自己想做的事情，它关乎的是个人的心境。王子猷夜访故人，一夜未眠，未曾谋面已然尽兴。苏东坡夜访故人，畅谈一番，自嘲闲人，亦已尽兴。尽兴与否的判断标准，不在意形式如何，而在于目的是否达到，个人心境是否得到满足。

"尽兴"二字颇有讲究，不拘一格。譬如饮酒，有的人浅饮一杯、小酌微醺已然尽兴；有的人开怀畅饮、一醉方休才叫尽兴。譬如读书，有的人喜欢每日几页，细细品读，追求一个细水长流；有的人喜欢夜以继日，连天累读，追求一个一气呵成。不管是畅饮还是小酌，不管是品读还是浏览，都讲究兴致的酣畅淋漓、心旷神怡、不亦快哉。

想起《增广贤文》里说过，但行好事，莫问前程。"但行好事"是一个人积德的行善之举，"莫问前程"是不求回报的豁达无私，"但行"二字别无他求，只求尽兴足矣。还记得宋代陈舜道在《春日田园杂兴》中写道："春来非是爱吟诗，诗是田园尽兴时。"春日田园，风光无限，惹人爱怜，尽兴游览，禁不住要吟诗作赋。这两者有异曲同工之妙，尽兴是人性的真情流露，是直抒胸臆，是率真自然。

人之尽兴，率性使然。前些日子，2023 年国际足球邀请赛在北京举行，阿根廷队对阵澳大利亚队，球王梅西在接受央视采访时，寄语热爱足球的中国少年："除了球技的好坏之外，最重要的是踢球本身。享受足球这项运动，享受踢球的美好时光，你会交到很多朋友。"这或许就是阿根廷足球登上世界之巅的秘诀吧。

作家巴金说，我们整天尽兴地笑乐，我们也希望别人能够笑乐。巴老以小我之躯，胸怀大我之志，希望人间凡夫俗子都能摆脱困境，尽享生活，笑谈人生。

有人说，生活不止眼前的苟且，还有诗和远方。人至中年，也越发感觉到，人生在世，难免身不由己，如果凡事都能尽兴一番，此生足矣。

上帝不敢辜负信念

李雪峰

15世纪中叶的一个夏天，航海家哥伦布从海地岛海域向西班牙胜利返航。怀着又一次航海探险成功的喜悦，哥伦布率着他的船队在风平浪静、一望无际的茫茫大海上像海鸟一样轻松地游弋。经历了惊涛骇浪的许多船员都在甲板上默默祈祷：上帝呀，请让这煦暖的阳光一直陪伴我们返回到西班牙吧！

但船队刚离开海地岛不久，天气就骤然变得十分恶劣了。天空集满了一团一团黑云，远方的闪电，不停地驱赶着巨大的风暴，狰狞地从远方的海上向哥伦布的船队迎头击来。

这是一场惊涛裂岸般的特大风暴。恶浪迭起，惊涛咆哮，一道道翻腾的浊浪呼啸着拍向哥伦布船队的一艘艘已经千疮百孔的木船，喷溅的海水跃上了船舷和甲板，落下的船帆的桅杆在暴风雨里咔嚓地折断了，几只海鸥凄叫着被暴风雨卷入汹涌的波涛里。风雨交加，电闪雷鸣，哥伦布的船队瞬间就被冲击得七零八落，就像几枚飘落在海上的树叶。

这是哥伦布航海史上遭遇的最大一次风暴，有几艘船已经被排浪打翻了，一闪便沉入了大海的深渊。船长悲壮地告诉哥伦布说："我们将永远不能踏上陆地了。"哥伦布知道，或许就要船毁人亡了，他叹口气对船长说："我们可以消失，但资料却一定要留给人类。"哥伦布钻进船舱，在疯狂颠簸的船舱里，迅速地把最为珍贵的资料缩写在几页纸上，卷好，塞进一个玻璃瓶里并加以密封后，将玻璃瓶抛进了波涛汹涌的茫茫大海。

"有一天，这些资料一定会被冲到西班牙的海滩上！"哥伦布肯定地说。

"绝不可能！"船长坚定地说，"它可能会葬身鱼腹，也可能被海浪击碎，或许会深埋沙底，但它绝不可能被冲到西班牙的海滩上去！"

哥伦布自信地说："或许是一年两年，或许是几个世纪，但它一定会漂到西班牙去的，这是我的信念。而上帝可以辜负生命，却绝不会辜负生命坚持的信念的！"

幸运的是，哥伦布和他的大部分船只都在这次空前的海上风暴里死里逃生了。回到西班牙后，哥伦布和船长都不停地派人在海滩上寻找那个漂流瓶，但直到哥伦布离开这个世界时，那个漂流瓶也没有找到。

在哥伦布生命的最后时刻，他拉着船长的手，依旧充满着信心地说："那个漂流瓶终有一天会被冲上西班牙的海滩的，这是我的信念。上帝可以辜负生命，但他绝不会辜负人的信念！"哥伦布去世了，船长还一直派人不停地在海边寻找着那个漂流瓶，但直到船长也离开这个世界时，那个哥伦布的漂流瓶依旧杳无音信。船长把哥伦布自信的话和寻找漂流瓶的使命告诉并嘱托给了自己的儿子，他们一代一代坚持在西班牙的海滩上寻找着。同时，他们也寻找着"上帝会不会辜负人的信念"的确切答案。

1856年，大海终于把那个漂流瓶冲到了西班牙的比斯开湾，而此时，距哥伦布遭遇的那场海上风暴，已经整整过去了三个多世纪。上帝没有辜负生命的信念，上帝没有辜负哥伦布的信念。

是的，上帝是不会辜负生命的信念的，在飘飘摇摇起起落落的命运里，只要你信念的灯闪烁着，只要你信念的灯燃亮着，你就一定能够抵达你期望的驿站，你就一定能够梦想成真！

大美有缺

陈志宏

远房亲戚陪女儿来南昌看病，怕被人骗了，叫上我壮壮声势。

爱美之心人皆有之，女孩尤甚。她素面朝天多年，一直没在意，临近婚恋，才急慌慌地来看病。"病"得比较特别——脸上有拼图样的疤痕，是儿时打碎饭碗割伤所致。乡卫生院缝针哪能顾及美观？疤痕在脸，实在突兀，原本样貌气质俱佳的她，有了这无法弥补的缺憾。

医生说："手术可以做，但完全消除疤痕不可能。"听到这个，亲戚心里颇有不甘，花几千块钱，怎么还会有疤痕呢？女孩的脸上愁云、疑云堆卷，像恐怖片中欧洲古城堡一般森然。医生对我说："你是有文化的人，应该知道我们医生不是神。能做到什么，我就承诺什么。做与不做，你们自己拿主意。"我用方言替亲戚释疑。犹疑复犹疑，女孩决定不做了。

她们要赶火车回家，我送她们上公交车。我和亲戚一直走在前面，回头却发现女孩不见了。原来她呆呆地站在医院门外的书报亭前。亲戚折回，问她："在干什么？"女孩说："妈，我要买本书！"亲戚责怪道："又没上学，还买什么书嘛！"女孩固执己见，要了一本最新的《读者》，经我推荐，又买了一本有我文章的《特别关注》。在公交站台等车，遇一老人磕头乞讨，女孩将买杂志找回的零钱，投进前面那个破搪瓷碗里。

书与爱天然含香，那一刻，这个脸有疤痕的女孩顿时散发出一股奇异的暗香，精致怡人，大美在心。这一缺陷，衬得她真实可爱，也更美。

《读者·原创版》一编辑朋友讲了一个"字典李"的爱心故事，听来颇为新鲜。2011年年底，朋友和编辑部同人到甘肃省会宁县采访，回来后，杂志推出重磅报道《光环下的独木桥》，感动了无数读者。在上海打工的小伙子"字典李"读了文章后感同身受。年少时，他家贫上学困难。大学毕业后，他回老家做代课老师，教的孩子也穷，心酸之余，却深感无能为力。之后，"字典李"去上海打工，看到那篇报道的时候，单位正好发了年终奖，厚厚一沓钱，着实兴奋，一激动，便网购了1200元的字典，送给会宁县贫困老区的孩子。

孩子们收到字典后，朋友打电话告诉"字典李"。谁知这个"80后"的小伙子说，下了单后，突然深感后悔，可已在网上成功付款，没有退路，只好作罢……这段小插曲的B面，似乎佐证了"字典李"的爱心缺乏足够的纯度和浓度。其实不然。这个小小的瑕疵，还原了一个真实的人，见证了这次爱心付出的本真历程。

人人都有私心杂念。爱心人士在捐赠的过程中，偶尔思路开个小差，心里拐个小弯，并不影响爱的博大，心的瑰丽！一次犹疑，一丝后悔，在爱的付出中，算是缺点，但绝不是污点。正是这个缺点，映衬出一个可爱的、立体的、生活化的、真实的人来。"字典李"事后那满含悔意的捐赠，是完美的爱心行动，生动地诠释了慈善、奉献和爱的本来面目和本真意义。

小时候，村口一块老旧石碑上有古人镌刻的"求缺"二字，一直不明其义。俗世里，染了一身沧桑后，到如今，算是领悟了。

脸有疤痕的乡下姑娘美在书香缕缕绕爱心；后悔捐赠并真实说出来的打工小伙美在真实无遮蔽；断臂的维纳斯是美的，神性一般的肃穆盖过身躯之缺；凝雨的乌云很美，它的周围镶了一道灿烂的金边；甚至害人不浅的沙尘暴也有美丽的一面，因为它会给我们制造出孕育生命的新土壤……

月，因缺而美；美，因缺而真。从疤痕女孩到"字典李"，遗落在他们身上和心里的缺陷，是上帝赋予的真实，是给"美"最好的搭配。金无足赤，人无完人，同理，所谓的"完美无瑕"其实是个彻头彻尾的伪命题。

大美有缺。

菜香暖流年

何志坚

人到中年，越发喜欢怀旧了。近日读钱红丽老师的《桂花酿》感触良多。

"就是这样的一碗碗桂花酿，至今忆起，纵然几十年往矣，依然甜蜜如昨。这份昔日的甜，绵长醇厚，有情有义，一直留在心上，洇染不去。"读到这一段时，忍不住热泪盈眶。无论命运如何虐你千百遍，但岁月长河中总会有一些温暖美好的过往让你刻骨铭心，念念不忘，而因此对生活仍充满热爱。记忆会提醒你，生活再苦别忘了加点糖。

遗憾的是我没有吃过桂花酿，无缘品味到桂花酿的甜。但它却勾起了一些年少求学时的回忆，唯有想起这段尘封已久的记忆，才恍惚间发现，青春是曾来过的，而且也有过如桂花酿般的甜。

记得到了外地上中专后，最让我难以忘怀的便是食堂，每次去打饭，虽然都要排很长的队，可一看到琳琅满目的菜式，学业繁重的压力、对亲人思念的焦灼与现实的感伤便全飞到爪哇国了，只听到肚子"咕咕"地在叫，心呀那个激动欢愉，经年后想起，恍若见到阔别多年的亲人……饭菜的香味充斥着整个食堂，即便拿着个空饭盒站在一眼望不到边，浩浩荡荡的打饭队伍里，味蕾依然被挑逗得心猿意马，蠢蠢欲动。忍不住用舌头舔了舔空勺子，仿佛上面已沾满菜香。

饭堂的菜式每天几乎都有几十种可挑选，之前在家里天天吃胡萝卜的我，没想到如今竟然可以吃着美味无比且不重样的菜……那会只要一置身食堂，所有的疼痛忧伤都烟消云散，幸福感被菜香塞得满满的! 同学看到我在食堂里一脸的馋样，忍不住憨笑起来。她们知道我总是舍不得花钱吃些好的，担心身体屡弱的我会营养不良，有时候故意多打两份我最喜爱的菜，然后摊一份给我，面对同学们无声的关爱，远离家门求学的我心里溢满了感动和温暖。

那会我最爱吃的有几样菜，"糖炒芥蓝、甜酸蛋、炸鸡腿、酱油鸡翅……"食堂二楼和侧边窗口还经常开小灶，有水煮饺子，各种蒸面包，还有好吃到能一口气扒拉完两碗白米饭的"小炒"，就是用双色菜花、油条、瘦肉、火腿等食材加调味料混炒，边炒边卖，看着师傅把热气腾腾的"大杂烩"炒好装在大盆子里，真真滑欲流匙香满屋，靠近窗口闻其香我已心如鹿撞，垂涎欲滴，欣欣然雀雀然。

记得当时，小炒、甜酸蛋和鸡腿都是两元一份。节俭惯了的我通常舍不得吃，然而却抵抗不了诱惑，如何能既省钱又能满足味蕾呢？于是我想了个不是好主意的主意，糖炒芥蓝好吃便宜，只要三角钱，我便一下子打两份，其余喜欢的菜式限定自己一个月不能吃超过两次。有时候实在馋得不行，就可怜兮兮地斜倚在打饭窗口，使劲闻其香"望梅止渴"。

时间久了，连打饭那个师傅都认得我了，然后我每次去打菜的时候他会多给我两勺。虽然他戴着大口罩，但只见他眉眼弯弯，便晓得他满脸的笑意与慈祥，他一定在想，怎么这位文静的小姑娘也是个"小馋猫"，师傅也许不会想到，他多给两勺的善意，此去经年后的今天，依然温暖着茕茕孑立的我。

还记得当年，上学时每年过生日，食堂都会专门为我们这些学子定做蛋糕。在乡下小县城长大的我，从未尝过过生日吃蛋糕的滋味。十五岁那年，是我第一次在学校里面过生日，吃着饭堂做的小蛋糕，享受着同学们为我在广播室点的歌曲，那个寒冬竟如此温暖幸福。真的是受宠若惊，蛋糕清甜心如蜜，离家的苦闷、年少的彷徨与病痛的折磨，因为这些细小入微的陪伴，而减轻了不少。

每一个寒窗苦读的夜里，分明有李白"对影成三人"的枯寂，头顶的星星格外亮。独在异乡为异客，但那段"为异客"的岁月却让我多年后仍倍感温暖，如今想起，食堂的菜香，师傅的慈善，同学的关爱……点滴汇入岁月的长河，终究温润着似水流年。纵使遍体鳞伤，一想起，便会充满负重前行的勇气与力量，这些经历让我懂得，纵然生活再苦，也不乏真情、善良与美好。

玩物养趣

胥加山

玩物丧志？未必！

"玩物"达到一种专心的极致，并付诸长久乃至一生的坚持，恐怕这种"玩物"会让人刮目相看，世俗眼光中"玩物丧志"或许会演变成"玩物养趣""玩物养志"了。

古人云，君子役物，小人役于物。木心说，玩物丧志者，其志小，志大者玩物养志。

芸芸众生多凡人，志向广大坚定之人，毕竟少数。普通人玩物只要坚定养趣、养性的目的，把握一个度，谈何丧志？说不定长此以往坚持玩物养趣还能延伸出一种生计。

我一个做水族网店生意的朋友小杨，自小就喜欢养鱼养鸟，返老还童似的。起初，父母也没在意小杨的玩物，权当培养孩子的爱心。随着小杨上初中，对养鱼养鸟变本加厉，父母担心了，认为小杨这是在玩物丧志，可小杨玩物并没有耽误学业，父母唯有循循诱导他，不要太痴迷养鱼养鸟，否则会玩物丧志的！或许正值青春叛逆期，小杨听不进父母的"玩物丧志"的告诫，反而把零花钱全花在购买养鱼养鸟的书籍上，除了课程学习，业余时间一门心

思研读养鱼养鸟的知识。小杨顺利考上大学，毕业顺利找了工作，这期间他依然坚持他的"玩物"，"志"没丧，"趣"更浓。工作几年，小杨拿着固定工资，业余依然养鱼养鸟，生活过得波澜不惊。小杨成家，面对新生儿，日渐衰老没有养老保险、医疗保险的父母和大学即将毕业还没成家的妹妹，小杨第一次像个一家之主感到压在肩头的生活担子很重。思前想后，小杨告别了朝九晚五的工作，被一家水族店老板看中。老板邀请小杨去他的水族网店，共同开拓水族无形的网店市场，同时老板承诺，进货无须小杨投资，他只负责网店销售，网上赢得的利润严格执行对半开。小杨凭借多年积累起来的丰富的养鱼经验和大量的知识，很快赢得广大水族网民的信任，水族网店生意做得风生水起，业绩一路飙升。一年时间小杨挣得二十年的工资。天下没有不散的筵席。两年后，水族店老板或许窥探到庞大的网络市场，执意要买下小杨的水族网店。水族网店可是小杨多年"玩物"的成果，他和老板好离好散，另起门户，生意依然日日攀升。几年工夫，小杨因"玩物"无贷买了房和车，父母的养老和妹妹的嫁妆都有了保障，在大学同学群里也是鹤立鸡群。一日，小杨遇到高中特铁的同学，闲聊，发觉同学被养育两个孩子的生活重负压得满脸沧桑，虽白天上班，夜间送外卖，日子还是很难有转机。小杨有心帮同学，征得对方同意，共同创业。如今，小杨的水族网店成立了公司，拉上一帮情趣爱好相投的人一起"玩物"养趣、生财……

自古至今，文人墨客，风流雅士，都在玩物养趣。苏轼"得二百七十枚，大者如枣栗，小者如芡实，又得一古铜盆，盛之，注水粲然……"说的是他玩石头养趣。明朝张岱的"人无癖，不可与交，以其无深情也；人无疵，不可与交，以其无真气也"，更把玩物养趣升华成一种人生的格调和交友的标准。

想玩、能玩、会玩、一辈子坚持玩，玩到极致，玩出生计，这何尝不是一种快意人生？诚如我的朋友小杨，玩物养趣，有得玩，又生钱，生活滋润，财务自由，无忧无虑……

收获荣誉，记得与人分享

邓　强

　　假如有一天你成功了，一定要记得主动和身边的人分享获得荣誉后的快乐。这是一个看似简单却蕴含深刻的人生哲理。

　　就像你亲手培植、灌溉的果树，最终硕果累累，你把一小部分分给附近的人们，他们会为你祝福。因为你的分享，让他们感受到了你的慷慨与善良，也让他们因为你的收获而感到喜悦。但是，你如果把那棵树圈起来，防着、守着，别人肯定会去偷，甚至你的树干也会被砍掉。这种自私的守护，不仅会让他人对你产生怨恨，也会让你陷入孤立无援的境地。

　　独享荣誉的人让别人变得黯淡，甚至觉得你的存在是一种威胁。在一个群体中，每个人都渴望得到认可和尊重，当你独自占据了所有的荣誉时，无疑是剥夺了他人展现自我价值的机会。

　　曾经，有这样一个真实的案例。一个部门经理这一年的业绩特别突出，到了年底，老板在表彰会上特别表扬了他，除了公司颁发的奖金外，还另外给了他一个红包。这本是一件值得骄傲和庆祝的事情，然而他接下来的表现却让局面急转直下。

　　在大会上，主持人特意请他谈谈心理感受。他拿过话筒就开始滔滔不绝地说自己在这一年中怎么兢兢业业，学习了多少知识，工作能力如何提高，可就是没有提及上司对他的信任和重用，更没有感谢同事和下属的帮助与合作。他完全沉浸在自己的成就中，却忽略了身边那些为他的成功默默付出的人。

　　大会结束后，他一溜烟地跑了，也没有邀请同事们庆祝一下。他的这种行为，仿佛在向所有人宣告：我的成功与你们毫无关系。

　　虽然表面上大家都不说什么，但是从此他的上司开始有意刁难他。因为上司觉得自己的付出没有得到应有的尊重和认可，对他的信任也因此产生了裂痕。同事们也离他远远的，他们觉得这个人太过自私，只看到自己的功劳，完全不顾及团队的协作。下属们也变得懒散了，还经常顶撞他，因为他们觉得跟着这样一个不懂得感恩的领导，没有什么前途。

　　仅仅一个月过去了，他以前挂在脸上的春风得意的笑容没有了，渐渐成了孤家寡人一个。他开始感到困惑和无助，不明白为什么自己的处境会变得如此糟糕。

其实，造成这种局面的原因很简单，就是这个人傻乎乎地一个人抱着荣誉，没有与他人分享成功的喜悦和荣誉。不要感叹部门经理的上司、同事或者下属度量狭小。在一个团队中，每个人的努力都是不可或缺的，忽视了他人的付出，必然会引起不满和抵触。

如果你成功了，记得感谢。为什么那些名人接受采访的时候，总要感谢一堆人，家人、老师、同学、朋友、领导、工作人员，甚至对手……你不要认为这是华而不实的形式，不值得效仿，这恰恰是你必须做的事。记得感谢同事的协助，尤其要感谢上司和地位高的人，感谢他们对你的提拔、指导、支持和栽培。这绝对不是谄媚逢迎，而是一种真诚的表达。你的感谢会让别人感受到自己的价值和重要性，足以消除别人对你的嫉妒，每个人都希望自己和荣誉与成功联系在一起，你的感谢会让别人反过来感谢你注意到了他们自己。如果你感谢的是下属，你得到的将更多，他们会因为你的认可而备受鼓舞，更加卖力地为你工作，为团队创造更多的价值。

如果你成功了，记得要比以前更加谦虚。不要以为获得了荣誉，别人就会以你为中心；有了荣誉就是不食人间烟火的圣贤。你的高姿态虽然暂时不会产生什么坏影响，但是别人会暗中使坏，设置障碍，让你碰钉子。你不妨"夹着尾巴做人"，对人客气一些。不要经常提及你的荣誉，因为一再地重复就会变成吹嘘，会令人生厌。保持一颗谦逊的心，才能不断地进步和成长。

在人生的道路上，我们都渴望成功和荣誉，但更重要的是如何对待这份成功和荣誉。如果你懂得感谢、谦卑和分享，就等同于向别人保证没有你就不会有我的今天，你成功的机会就要到了。消除了别人的不安全感，你自己就安全了。

相反，如果你对此不以为然，那么，今天你独享荣誉，明天就会独吞苦果。荣誉不是孤立存在的，它是团队努力的结果，是众人支持的结晶。只有学会与人分享，才能让荣誉的光芒更加持久，让成功的道路更加宽广。让我们在追求荣誉的同时，也不忘与身边的人携手共进，共同创造更加美好的未来。

地瓜酒的岁月

范宝琛

祖父嗜酒，每日必饮，饮则酣畅淋漓。为此，祖父时常遭到祖母的絮叨，这辈子咋就嫁了个酒鬼！祖父听了并不气恼，反而乐呵呵讪笑着做些家务，直到祖母频频点头了才肯歇手。

那个年月，属于一切东西靠"票"供应的年代，纵然廉价的白酒也不是随便可以买到的，况且那阵子，新婚的祖父家境并不富裕。看见祖父酒瘾发作心急火燎的样子，年轻的祖母便偷偷跑回娘家学会了制作地瓜酒的手艺。

即墨的大地瓜自古闻名，沙岭地紫皮红瓤香甜温软，当数酿造地瓜酒的最佳原料。祖母首先将精挑细选的优等地瓜洗净切块，然后置入大铁锅里煮熟冷却，再把酒曲放进捣烂的地瓜泥里搅拌均匀，最后蒙严了油纸薄膜进入发酵阶段，月余后，架火煮酒即成地瓜酒。

祖母自酿的地瓜酒色泽金黄，晶莹剔透，没有酸涩感，也没有焦煳味，反而散发出一股淡雅的清香，闻则味甜香醇，品则爽口润喉，即便酩酊大醉了，也丝毫感觉不到头疼。

第一年，祖母省吃俭用，用仅有的少许地瓜酿造了三坛地瓜酒，年关未到，却被祖父一鼓作气饮尽了两坛，唯一剩下的那坛祖母抢夺着封坛入窖，上面糊了厚厚的一层泥巴。祖母告诫说，这坛地瓜酒可千万莫动，留作过年时款待宾客。祖父嘴里答应着，心却痒痒的，馋得难受。

其实祖母对祖父的脾性甚是了解，便隔三岔五钻进地窖里查看一番。庆幸酒坛上的泥巴封得相当严实，就连那股浅浅的酒香味儿也被阻挡在酒坛里散发不出来。

不过祖父却时常偷偷地溜进地窖。有次被祖母逮到了，祖父咂巴几下嘴说："捞不着酒喝，闻一下也算过足瘾了。"祖母瞥一眼仅剩的那坛酒，再半信半疑地瞧一眼祖父狡黠的神色，随之连拖带拉地将他拽出门。

过春节了，祖母喜滋滋地钻进地窖抱那坛酒，不料空空的，晃一下并无半点声响。

祖母的脸霎时变了，仔细查看坛口的泥巴，终于瞧出了端倪。原来坛口的边际遗下一个圆圆的小孔，恰好可以插入一截麦秸秆儿。祖母恍然大悟：怪不得祖父时常深更半夜偷偷地溜进地窖。他居然神不知、鬼不觉，将满满的一坛酒偷喝得一干二净！

第二年，祖母想方设法酿造了更多的地瓜酒，也不再藏着掖着了，而是一坛坛整齐地排列在地窖里。没有了管制，祖父反而学会约束自己了。

每当劳累的时候，祖父便斟上满满一碗香喷喷的地瓜酒，自诩可以强身健体祛除风寒，既解乏儿又解渴。

祖父喝了酒没啥脾气，就算喝多了照样下地干活，并且浑身有使不尽的力气。其实祖父很少喝醉，反正从我记事起，不曾见他喝醉过，我想祖父的酒量一定大得惊人，属于那种久喝不醉的酒仙之列吧！

如今，祖父已是八旬高龄的老人了，耳不聋、眼不花，依然显得精神矍铄。我们做小辈的执两壶好酒邀他共同品尝时，祖父给出的往往是辛辣或者寡淡之类的评价，全然不及祖母自酿的地瓜酒地道醇厚。

推开那些琳琅满目的高档白酒，祖父很淡定地往我们的酒杯里填满花红荡漾的地瓜酒，屋子里顿时被一股香醇浓郁包围着，那股香气在鼻息间反复逗留，在唇齿中久久留香。

那一刻，我豁然明晰祖父钟爱的地瓜酒究竟是何种味道了！在数十载悠悠岁月里，祖母自酿的地瓜酒，不仅仅飘香和温暖了岁月，更凝聚了祖母对祖父真切的关怀和深厚的情意。

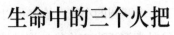

生命中的三个火把

游宇明

一位老教授十多年前在一所地方高校做系主任，每年都参与招生。那时高校招生人数少，一些家长为了使自己的子女顺利过关，纷纷给招生人员送物送钱，这位老教授也不知碰到多少次，但他每次都谢绝了。有一次，他不在家，某学生家长不顾教授家人的拦阻，执意留下一桶茶油和两条高档香烟。教授打听到该家长的详细地址，按当时的市场价给那位学生家长寄去了货款。退休七八年，老教授在教师中的威望一直不减，逢年过节有不少人主动给他打电话问好。

老教授赢就赢在一个"廉"字！仔细想想，人的一生确实是需要一些品德的火把来照亮道路的，这些火把人各不同，但有三个火把人人都必须具备。

人生的第一个火把叫作"公"。公者，公平、公正也。我们处理什么事应该一碗水端平，要求别人做到的，自己和亲人先做到；希望别人不做的，自己和亲人先不做。只有怀有一颗公心，我们在群众中才有号召力，我们提出的方案、采取的措施才能得到所涉及对象的理解和支持，我们也才有可能成就自己的事业。

人生的第二个火把叫作"廉"。廉者，廉洁、廉耻也。人的一生不可能不接触别人或国家的财物，面对这些不属于自己的东西，你应该守住自己的心，做到"君子爱财，取之有道"；同时一个人还要有廉耻之心，做了错事、傻事应该感到羞愧，懂得怎样去改正。俗话说："公生明，廉生威。"你能够分清什么东西能拿，什么东西不能拿，有了过失勇于自责，让你负点什么责别人自然可以放心，你的威望也就水涨船高。

人生的第三个火把是"仁"。"仁者，爱人"，即对人要有一颗关怀、体恤之心。一个人活在世上，不过是向社会借几十年时光，古人早就懂得"我身如寄"的道理。在我看来，金钱也好，官位、名声也罢，都是一些过眼之物，真正对社会有意义的是你对他人的热情，你为别人的幸福创造了怎样的条件，即你是否抵达了"仁"。这件事做好了，你借来的这段时光也就实现了增值。仁有小仁、大仁之分，小仁是指对别人某种具体的帮助，比如别人掉进水沟你拉上一把；大仁是一个人为许多人带来好处的种种努力，比如袁隆平之研究杂交水稻。我们需要把小仁与大仁结合起来，没有小仁，仁就没有立足之处；没有大仁，仁则会缺少一种根本的气象。

有些人不懂得生命需要三个火把的道理，他们贪财、崇官、好色、无恶不作。或许这些人不是不知道生命的火把可以照亮自己，但是，因为他们的心灵不能见光、不能见别人的眼睛，因而也就喜欢在夜色中行路，其结果他们不是在生活中碰得头歪脖子歪，就是被历史抛进腐臭的垃圾堆。

一个人心灵行进的历史构成了生命的全部过程，心灵的颜色决定了人生的成败。让自己的生命高擎三个火把，实际上就是要为我们的成功架桥铺路。

盛开的萝卜花

张从辉

与一片盛开的萝卜花偶遇，那是惊蛰过后的第一个周末。

正是春暖花开的时节，我一时来了兴致，带着全家老小去感受大自然的馈赠。

田间的油菜花烂漫盛开，金黄色染尽山野，形成金色的海洋。一条新修的人行便道，像一条长龙镶嵌在田野上。走在乡间的田野里，清新、自由、沁人心脾。不觉神清气爽，自然而然产生一种莫名的兴奋。

不满三岁的孙儿突然蹦跳起来，将小手儿举得特高："爷爷，爷爷，好多好多的花蝴蝶！"

全家人像突然发现了新大陆，在田野间欢快地奔跑起来，惹得整个田野都欢呼雀跃起来。

近十亩整齐的萝卜花在周围满是金黄的油菜花映衬下相当显眼，于是我们停下脚步，观赏起来。起初，大家尚不知这是萝卜花。不知是谁眼尖，一下子看到地上露出的萝卜根："是萝卜花，一定是萝卜花！"

"哇，好大一片萝卜花啊！"

大家一边仔细欣赏，一边抢着拍照。生怕这难得的美景如"海市蜃楼"般瞬间消失了。

仔细看一朵朵萝卜花，就像一只只花蝴蝶，四瓣儿的花叶上脉络分明，呈出蓝紫色，花瓣边缘晕着一圈淡淡的浅紫色，灿黄的蕊，显得分外夺目。花瓣相拥相簇，似一个展翅欲飞的小天使，素衣飘飘，立于枝头。它身后，是成簇成团的小小绿色花苞，尖尖的，煞是可爱，有的已忍不住破开枝头，露出清新素雅的白。花下的叶卷曲着，透出优美的弧。

作为农村人，谈起萝卜，大家再熟悉不过了，它是大家特别喜爱的冬季蔬菜。不但营养价值丰富，还有一定的药用价值。当地俗话就有"冬吃萝卜夏吃姜，不用医生开药方"和"萝卜上街，药铺不开"之说。

而谈到萝卜花，特别是这成片成片的萝卜花，不少人尤其是年轻的人，可能就没多少概念了。不过对于这种情况，其实还是可以理解的。因为萝卜都是立秋前后播种，小雪前后收获，种植的时间节点与种白菜相似。而两者的开花期，则是要等到来年春天之后。也就是说，大多数萝卜和白菜，在开花之前就已经被人们从地里收回家了，因此，大家见到萝卜花或者白菜花的机会就不多。而想要看萝卜开花，在过去通常在两种情况下可以实现，一种是拿来留种的萝卜，另一种是拿来舍弃的萝卜。众所周知，开花之后才能结种子，因此留种的萝卜自然是要经历开花这一步的。而舍弃的萝卜，则是主人放弃了刨根食用，任其自由生长，虽然也能出现花开缤纷的场景，但这样的场景少之又少。

见到如此规模大的萝卜花田，自然也会产生许多疑问。在萝卜田的附近，有正在劳作的农民。我们上前请教，她们回答说："我们这儿的土地大部分都流转出去了，这片地原本是大棚种的萝卜，后来不知是主人忙不过来，还是为了留着结种子，一直没有采收，去了棚之后就让它们一直长着，到现在就开了花。"

"开花之后的萝卜根还能吃吗？"作为以前在农村生活过的人，这个问题似乎有些明知故问。"能吃是能吃，就是不化渣，没那么好吃喽。"她们说。

其实开花之后的萝卜，已经基本失去了食用价值，几乎无人问津。但它们盛开的花朵，却会吸引不少蜂蝶前来。这在百花盛开的春天里，也算是一道亮丽的风景了。

此时，站在这片盛开的萝卜花田里，自然会产生一种莫名的感动，慨叹萝卜顽强的生命力，在它即将枯去的时候，将仅有的水分储存起来，以顽强的精神向人们宣告着自己的存在，在自己"暮垂"之时，也能开出如此美妙之花，生命之花。

虽然是在乡村长大，但却从来没亲眼见过这么成规模的萝卜花。因此大家都自然很高兴和珍惜观得这难得的景色。

故此，在离开之前，我们又忍不住多拍了几张图片。

那些伴我们

成长的人

镀金的学说

萧　红

我的伯伯，他是我童年唯一崇拜的人物，他说起话有洪亮的声音，并且他什么时候讲话总关于正理，至少那时候我觉得他的话是严肃的，有条理的，千真万对的。

那年我十五岁，是秋天，无数张叶子落了，回旋在墙根了，我经过北门旁在寒风里号叫着的老榆树，那榆树的叶子也向我打来。可是我抖擞着跑进屋去，我是参加一个邻居姐姐出嫁的筵席回来。一边脱换我的新衣裳，一边同母亲说，那好像同母亲吵嚷一般："妈，真的没有见过，婆家说新娘笨，也有人当面来羞辱新娘，说她站着的姿势不对，生坐着的姿势不好看，林姐姐一声也不作，假若是我呀！哼！……"

母亲说了几句同情的话，就在这样的当儿，我听清伯父在呼唤我的名字。他的声音是那样低沉，平素我是爱伯父的，可是也怕他，于是我的心在小胸膛里边惊跳着走出外房去。我的两手下垂，就连视线也不敢放过去。

"你在那里讲究些什么话？很有趣哩！讲给我听听。"伯父说话的时候，他的眼睛流动笑着，我知道他没有生气，并且我想他很愿意听我讲话。我就高声把那事又说了一遍，我且说且做出种种姿势来。等我说完的时候，我仍欢喜，说完了我把说话时跳打着的手足停下，静等着伯伯夸奖我呢！可是过了很多工夫，伯伯在桌子旁仍写他的文字。

对我好像没有反应，再等一会他对于我的讲话也绝对没有回响。至于我呢，我的小心房立刻感到压迫，我想我的错在什么地方？话讲得是很流利呀！讲话的速度也算是活泼呀！伯伯好像一块朽木塞住我的咽喉，我愿意快躲开他到别的房中去长叹一口气。

伯伯把笔放下了，声音也跟着来了："你不说假若是你吗？是你又怎么样？你比别人更糟糕，下回少说这一类话！小孩子学着夸大话，浅薄透了！假如是你，你比别人更糟糕，你想你总要比别人高一倍吗？再不要夸口，夸口是最可耻，最没出息。"

我走进母亲的房里时，坐在炕沿我弄着发辫，默不作声，脸部感到很烧很烧。以后我再不夸口了！

伯父又常常讲一些关于女人的服装的意见，他说穿衣服素色最好，不要涂粉，抹胭脂，要保持本来的面目。我常常是保持本来的面目，不涂粉不抹胭脂，也从没穿过花色的衣裳。

后来我渐渐对于古文有趣味，伯父给我讲古文，记得讲到《吊古战场》文那篇，伯父被感动得有些声咽，我到后来竟哭了！从那时起我深深感到战争的痛苦与残忍。大概那时我才十四岁。

又过一岁，我从小学卒业就要上中学的时候，我的父亲把脸沉下了！他终天把脸沉下。等我问他的时候，他瞪一瞪眼睛，在地板上走转两圈，必须要过半分钟才能给一个答话："上什么中学？上中学在家上吧！"

父亲在我眼里变成一只没有一点热气的鱼类，或者别的不具着情感的动物。

半年的工夫，母亲同我吵嘴，父亲骂我："你懒死啦！不要脸的！"当时我过于气愤，实在受不住这样一架机器压轧了。我问他："什么叫不要脸呢？谁不要脸！"听了这话立刻像火山一样爆裂起来。当时我没能看出他头上有火冒也没，父亲满头的发丝一定被我烧焦了吧！那时我是在他的手掌下倒了下来，等我爬起来时，我也没有哭。可是父亲从那时起他感到父亲的尊严是受了一大挫折，也从那时起每天想要恢复他的父权。他想做父亲的更该尊严些，或者加倍地尊严着才能压住子女吧？

可真加倍尊严起来了；每逢他从街上回来，都是黄昏时候，父亲一走到花园的地方便从喉管作出响动，咳嗽几声啦，或是吐一口痰啦。后来渐渐我听他只是咳嗽而不吐痰，我想父亲一定会感着痰不够用了呢！我想做父亲的为什么必须尊严呢？或者因为做父亲的肚子太清洁？！把肚子里所有的痰都全部吐出来了？

一天天睡在炕上，慢慢我病着了！我什么心思也没有了！一班同学不升学的只有两三个，升学的同学给我来信告诉我，她们打网球，学校怎样热闹，也说些我所不懂的功课。我愈读这样的信，心愈加重点。

老祖父支住拐杖，仰着头，白色的胡子振动着说："叫樱花上学去吧！给她拿火车费，叫她收拾收拾起身吧！小心病坏！"

父亲说："有病在家养病吧，上什么学，上学！"

后来连祖父也不敢向他问了，因为后来不管亲戚朋友，提到我上学的事他都是连话不答，出走在院中。

整整死闷在家中三个季节，现在是正月了。家中大会宾客，外祖母啜着汤食向我说："樱花，你怎么不吃什么呢？"

当时我好像要流出眼泪来。在桌旁的枕上，我又倒下了！因为伯父外出半年是新回来，所以外祖母向伯父说："他伯伯，向樱花爸爸说一声，孩子病坏了，叫她上学去吧！"

伯父最爱我，我五六岁时他常常来我家，他从北边的乡村带回来榛子。冬天他穿皮大氅，从袖口把手伸给我，那冰寒的手呀！当他拉住我的手的时候，我害怕挣脱着跑了，可是我知道一定有榛子给我带来，我光着头两手捏耳朵，在院子里我向每个货车夫问："有榛子没有？有榛子没有？"

伯父把我裹在大氅里，抱着我进去，他说："等一等给你榛子。"

我渐渐长大起来，伯父仍是爱我的，讲故事给我听，买小书给我看。等我入高级，他开始给我讲古文了！有时族中的哥哥弟弟们都唤来，他讲给我们听，可是书讲完他们临去的时候，伯父总是说："别看你们是男孩子，樱花比你们全强，真聪明。"

他们自然不愿意听了，一个一个退走出去。不在伯父面前他们齐声说："你好呵！你有多聪明！比我们这一群混蛋强得多。"

男孩子说话总是有点野，不愿意听，便离开他们了。谁想男孩子们会这样放肆呢？他们扯住我，要打我："你聪明，能当个什么用？我们有气力，要收拾你。""什么狗屁聪明，来，我们大家伙看看你的聪明到底在哪里！"

伯父当着什么人也夸奖我："好记力，心机灵快。"

现在一讲到我上学的事，伯父微笑了："不用上学，家里请个老先生念念书就够了！哈尔滨的文学生们太荒唐。"

外祖母说："孩子在家里教养好，到学堂也没有什么坏处。"

于是伯父斟了一杯酒，挟了一片香肠放到嘴里，那时我多么不愿看他吃香肠呵！那一刻我是怎样恼烦着他！我讨厌他喝酒用的杯子，我讨厌他上唇生着的小黑髭，也许伯伯没有观察我一下！他又说："女学生们靠不住，交男朋友啦! 恋爱啦! 我看不惯这些。"

从那时起伯父同父亲是没有什么区别。变成严凉的石块。

当年,我升学了,那不是什么人帮助我,是我自己向家庭施行的骗术。后一年暑假,我从外回家,我和伯父的中间,总感到一种淡漠的情绪,伯父对我似乎是客气了,似乎是有什么从中间隔离着了!

一天伯父上街去买鱼,可是他回来的时候,筐子是空空的。母亲问:

"怎么! 没有鱼吗?"

"哼! 没有。"

母亲又问:"鱼贵吗?"

"不贵。"

伯父走进堂屋坐在那里好像幻想着一般,后门外树上满挂着绿的叶子,伯父望着那些无知的叶子幻想,最后他小声唱起,像是有什么悲哀蒙蔽着他了! 看他的脸色完全可怜起来。他的眼睛是那样忧烦的望着桌面,母亲说:"哥哥头痛吗?"

伯父似乎不愿回答,摇着头,他走进屋倒在床上,很长时间,他翻转着,扇子他不用来摇风,在他手里乱响。他的手在胸膛上拍着,气闷着,再过一会,他完全安静下去,扇子任意丢在地板,苍蝇落在脸上,也不去搔它。

晚饭桌上了,伯父多喝了几杯酒,红着颜面向祖父说:"菜市上看见王大姐呢!"

王大姐,我们叫她王大姑,常听母亲说:"王大姐没有妈,爹爹为了贫穷去为匪,只留这个可怜的孩子住在我们家里。"伯父很多情呢! 伯父也会恋爱呢,伯父的屋子和我姑姑们的屋子挨着,那时我的三个姑姑全没出嫁。

一夜,王大姑没有回内房去睡,伯父伴着她哩!

祖父不知这件事,他说:"怎么不叫她来家呢?"

"她不来,看样子是很忙。"

"呵! 从出了门子总没见过,二十多年了,二十多年了!"

祖父捋着斑白的胡子,他感到自己是老了!

伯父也感叹着:"嗳! 一转眼,老了! 不是姑娘时候的王大姐了! 头发白了一半。"

伯父的感叹和祖父完全不同，伯父是痛惜着他破碎的青春的故事。又想一想，他婉转着说，说时他神秘的有点微笑："我经过菜市场，一个老太太回头看我，我走过，她仍旧看我。停在她身后，我想一想，是谁呢？过会我说：'是王大姐吗？'她转过身来，我问她，'在本街住吧？'她说很忙，要回去烧饭，随后她走了，什么话也没说，提着空筐子走了！"

夜间，全家人都睡了，我偶然到伯父屋里去找一本书，因为对他，我连一点信仰也失去了，所以无言走出。

伯父愿意和我谈话似的："没睡吗？"

"没有。"

隔着一道玻璃门，我见他无聊的样子翻着书和报，枕旁一支蜡烛，火光在起伏。伯父今天似乎是例外，同我讲了好些话，关于报纸上的，又关于什么年鉴上的。他看见我手里拿着一本花面的小书，他问："什么书？"

"小说。"

我不知道他的话是从什么地方说起："言情小说，《西厢》是妙绝，《红楼梦》也好。"

那夜伯父奇怪地向我笑，微微地笑，把视线斜着看住我。我忽然想起白天所讲的王大姑来了，于是给伯父倒一杯茶，我走出房来，让他伴着茶香来慢慢地回味着记忆中的姑娘吧！

我与伯伯的学说渐渐悬殊，因此感情也渐渐恶劣，我想什么给感情分开的呢？我需要恋爱，伯父也需要恋爱。伯父见着他年轻时候的情人痛苦，假若是我也是一样。

那么他与我有什么不同呢？不过伯伯相信的是镀金的学说。

藤野先生

鲁 迅

东京也无非是这样。上野的樱花烂熳的时节，望去确也像绯红的轻云，但花下也缺不了成群结队的"清国留学生"的速成班，头顶上盘着大辫子，顶得学生制帽的顶上高高耸起，形成一座富士山。也有解散辫子，盘得平的，除下帽来，油光可鉴，宛如小姑娘的发髻一般，还要将脖子扭几扭。实在标致极了。

中国留学生会馆的门房里有几本书买，有时还值得去一转；倘在上午，里面的几间洋房里倒也还可以坐坐的。但到傍晚，有一间的地板便常不免要咚咚咚地响得震天，兼以满房烟尘斗乱；问问精通时事的人，答道："那是在学跳舞。"

到别的地方去看看，如何呢？

我就往仙台的医学专门学校去。从东京出发，不久便到一处驿站，写道：日暮里。不知怎地，我到现在还记得这名目。其次却只记得水户了，这是明的遗民朱舜水先生客死的地方。仙台是一个市镇，并不大；冬天冷得利害；还没有中国的学生。

大概是物以希为贵罢。北京的白菜运往浙江，便用红头绳系住菜根，倒挂在水果店头，尊为"胶菜"；福建野生着的芦荟，一到北京就请进温室，且美其名曰"龙舌兰"。我到仙台也颇受了这样的优待，不但学校不收学费，几个职员还为我的食宿操心。我先是住在监狱旁边一个客店里的，初冬已经颇冷，蚊子却还多，后来用被盖了全身，用衣服包了头脸，只留两个鼻孔出气。在这呼吸不息的地方，蚊子竟无从插嘴，居然睡安稳了。饭食也不坏。但一位先生却以为这客店也包办囚人的饭食，我住在那里不相宜，几次三番，几次三番地说。我虽然觉得客店兼办囚人的饭食和我不相干，然而好意难却，也只得别寻相宜的住处了。于是搬到别一家，离监狱也很远，可惜每天总要喝难以下咽的芋梗汤。

从此就看见许多陌生的先生，听到许多新鲜的讲义。解剖学是两个教授分任的。最初是骨学。其时进来的是一个黑瘦的先生，八字须，戴着眼镜，挟着一叠大大小小的书。一将书放在讲台上，便用了缓慢而很有顿挫的声调，向学生介绍自己道：

"我就是叫作藤野严九郎的……"

后面有几个人笑起来了。他接着便讲述解剖学在日本发达的历史，那些大大小小的书，便是从最初到现今关于这一门学问的著作。起初有几本是线装的；还有翻刻中国译本的，他们的翻译和研究新的医学，并不比中国早。

那坐在后面发笑的是上学年不及格的留级学生，在校已经一年，掌故颇为熟悉的了。他们便给新生讲演每个教授的历史。这藤野先生，据说是穿衣服太模胡了，有时竟会忘记带领结；冬天是一件旧外套，寒颤颤的，有一回上火车去，致使管车的疑心他是扒手，叫车里的客人大家小心些。

他们的话大概是真的，我就亲见他有一次上讲堂没有带领结。

过了一星期，大约是星期六，他使助手来叫我了。到得研究室，见他坐在人骨和许多单独的头骨中间，——他其时正在研究着头骨，后来有一篇论文在本校的杂志上发表出来。

"我的讲义，你能抄下来么？"他问。

"可以抄一点。"

"拿来我看！"

我交出所抄的讲义去，他收下了，第二三天便还我，并且说，此后每一星期要送给他看一回。我拿下来打开看时，很吃了一惊，同时也感到一种不安和感激。原来我的讲义已经从头到末，都用红笔添改过了，不但增加了许多脱漏的地方，连文法的错误，也都一一订正。这样一直继续到教完了他所担任的功课：骨学，血管学，神经学。

可惜我那时太不用功，有时也很任性。还记得有一回藤野先生将我叫到他的研究室里去，翻出我那讲义上的一个图来，是下臂的血管，指着，向我和蔼的说道：

"你看，你将这条血管移了一点位置了。——自然，这样一移，的确比较的好看些，然而解剖图不是美术，实物是那么样的，我们没法改换它。现在我给你改好了，以后你要全照着黑板上那样的画。"

但是我还不服气，口头答应着，心里却想道：

"图还是我画的不错；至于实在的情形，我心里自然记得的。"

学年试验完毕之后，我便到东京玩了一夏天，秋初再回学校，成绩早已发表了，同学一百余人之中，我在中间，不过是没有落第。这回藤野先生所担任的功课，是解剖实习和局部解剖学。

解剖实习了大概一星期，他又叫我去了，很高兴地，仍用了极有抑扬的声调对我说道：

"我因为听说中国人是很敬重鬼的，所以很担心，怕你不肯解剖尸体。现在总算放心了，没有这回事。"

但他也偶有使我很为难的时候。他听说中国的女人是裹脚的，但不知道详细，所以要问我怎么裹法，足骨变成怎样的畸形，还叹息道："总要看一看才知道。究竟是怎么一回事呢？"

有一天，本级的学生会干事到我寓里来了，要借我的讲义看。我检出来交给他们，却只翻检了一通，并没有带走。但他们一走，邮差就送到一封很厚的信，拆开看时，第一句是：

"你改悔罢！"

这是《新约》上的句子罢，但经托尔斯泰新近引用过的。其时正值日俄战争，托老先生便写了一封给俄国和日本的皇帝的信，开首便是这一句。日本报纸上很斥责他的不逊，爱国青年也愤然，然而暗地里却早受了他的影响了。其次的话，大略是说上年解剖学试验的题目，是藤野先生在讲义上做了记号，我预先知道的，所以能有这样的成绩。末尾是匿名。

我这才回忆到前几天的一件事。因为要开同级会，干事便在黑板上写广告，末一句是"请全数到会勿漏为要"，而且在"漏"字旁边加了一个圈。我当时虽然觉到圈得可笑，但是毫不介意，这回才悟出那字也在讥刺我了，犹言我得了教员漏泄出来的题目。

我便将这事告知了藤野先生；有几个和我熟识的同学也很不平，一同去诘责干事托辞检查的无礼，并且要求他们将检查的结果，发表出来。终于这流言消灭了，干事却又竭力运动，要收回那一封匿名信去。结末是我便将这托尔斯泰式的信退还了他们。

中国是弱国，所以中国人当然是低能儿，分数在六十分以上，便不是自己的能力了：也无怪他们疑惑。但我接着便有参观枪毙中国人的命运了。第二年添教霉菌学，细菌的形状是全用电影来显示的，一段落已完而还没有到下课的时候，便影几片时事的片子，自然都是日本战胜俄国的情形。但偏有中国人夹在里边：给俄国人做侦探，被日本军捕获，要枪毙了，围着看的也是一群中国人；在讲堂里的还有一个我。

"万岁！"他们都拍掌欢呼起来。

这种欢呼，是每看一片都有的，但在我，这一声却特别听得刺耳。此后回到中国来，我看见那些闲看枪毙犯人的人们，他们也何尝不酒醉似的喝采，——呜呼，无法可想！但在那时那地，我的意见却变化了。

到第二学年的终结，我便去寻藤野先生，告诉他我将不学医学，并且离开这仙台。他的脸色仿佛有些悲哀，似乎想说话，但竟没有说。

"我想去学生物学，先生教给我的学问，也还有用的。"其实我并没有决意要学生物学，因为看得他有些凄然，便说了一个慰安他的谎话。

"为医学而教的解剖学之类，怕于生物学也没有什么大帮助。"他叹息说。

将走的前几天，他叫我到他家里去，交给我一张照相，后面写着两个字道："惜别"，还说希望将我的也送他。但我这时适值没有照相了；他便叮嘱我将来照了寄给他，并且时时通信告诉他此后的状况。

我离开仙台之后，就多年没有照过相，又因为状况也无聊，说起来无非使他失望，便连信也怕敢写了。经过的年月一多，话更无从说起，所以虽然有时想写信，却又难以下笔，这样的一直到现在，竟没有寄过一封信和一张照片。从他那一面看起来，是一去之后，杳无消息了。

但不知怎地，我总还时时记起他，在我所认为我师的之中，他是最使我感激，给我鼓励的一个。有时我常常想：他的对于我的热心的希望，不倦的教诲，小而言之，是为中国，就是希望中国有新的医学；大而言之，是为学术，就是希望新的医学传到中国去。他的性格，在我的眼里和心里是伟大的，虽然他的姓名并不为许多人所知道。

　　他所改正的讲义，我曾经订成三厚本，收藏着的，将作为永久的纪念。不幸七年前迁居的时候，中途毁坏了一口书箱，失去半箱书，恰巧这讲义也遗失在内了。责成运送局去找寻，寂无回信。只有他的照相至今还挂在我北京寓居的东墙上，书桌对面。每当夜间疲倦，正想偷懒时，仰面在灯光中瞥见他黑瘦的面貌，似乎正要说出抑扬顿挫的话来，便使我忽又良心发现，而且增加勇气了，于是点上一枝烟，再继续写些为"正人君子"之流所深恶痛疾的文字。

念山归来思念山

王子君

念山是一幅真正美丽的画，一幅色彩斑斓、层次丰富的油画，其恣肆汪洋、令人遐想无限的意象，神合我所热爱的凡·高画作中的种种元素，一见便深深烙进了脑海，成为挥之不去的影像，以至于从念山归来两个月了，它仍然要反反复复地在我的心田放映。

念山啊！

念山，又称黄念山，是福建省政和县东部星溪乡的一个行政村，距县城11公里，平均海拔860米，最高处海拔1100米，包括分布在山坡上的东屯、陈屯、后门厂、余屯等七个自然村，以云上梯田闻名四海八荒。

念山村地处大山的顶部，上山的路自然没有"平坦"二字。山道弯弯，弯出了茂林修竹、悠悠溪水，弯出了形状各异的梯田、重叠错综的山冈峰峦。待到达最高峰念山余屯，一切皆隐去了，眼前是一片密不透风的古树林，古红豆杉、古枫树、古银杏、古南酸枣树等树种，一树古过一树，争相参天，几百年几千年了，似乎仍在向上生长扩张。此时，我的耳畔掠过一阵阵齐天的呐喊，伴和着兵戎刀剑相拼相杀的金属碰撞声，声声激烈——

唐朝末年，农民起义军领袖黄巢为反抗唐朝黑暗腐朽的统治，率农民起义军进入政和境内，在念山屯营驻兵，开垦农田给养队伍。他们在念山修筑的防御工事，从此让念山人蒙福受益。为纪念黄巢，念山人将其他七个村庄皆冠以"黄"姓，统称为黄念山。

我从历史的烟尘中回过神来，一片地势平缓的稻田出现了。金黄的稻穗昭示着今年非同小可的收成。稻田已经开镰，割出了一片空地，空地上摆放着几台打稻机，十几个村民割稻的割稻，打谷的打谷，一片忙碌而有序的景象。我心里突起念头，开镰节！且让我也来开镰割稻，感受一下丰收的喜悦吧！意念一起，我人已经跳进稻田，从一村民手里接过镰刀，躬身割稻了。或许我有些冒失鲁莽，却不料一下子掀起了旅游者割稻体验的高潮，大家纷纷下到田里，割稻的挥镰割稻，打谷的脚踩打稻机打谷，稻田里顿时欢声四起。我放下镰刀，又兴致勃勃地去体验打谷。在村民的指导下，我将自己刚刚收割的稻穗把在手中，一边踩动打稻机，一边往滚轮上喂放稻穗。滚轮滚动几下，谷粒和稻秆就分开了，谷筐里，金黄的谷堆越堆越高。这是丰收的谷堆呀，多么令人欢欣鼓舞！

意犹未尽地出得稻田，在导游小刘的引领下去登观景台。上观景台的路是由大小规则不一的石头铺成的，古朴结实。路旁边是一个随着坡度向上的白茶园，清新碧翠，色泽圆润，充满生机。小刘说，我们念山像这样的茶园很多，每个茶园的面积很小，但加在一起就很可观了，而且我们念山的茶园都是有机、纯天然、原生态的，统称"政和大白茶"，随便摘一片就可以入口尝食。我扫视着茶园，感知到它们晨汲清雾、夜披水露、日沐阳光、午后浴轻风，在大自然的滋养中自由地生长，是多么美好！摘一叶茶树叶放进嘴里咀嚼，果然是无尘无土，苦中带甘，别是一番自然天赐的青青白茶味道。

越过茶园，我们上到了观景台。观景台就是黄巢时代的烽火台，现如今是一个上下两层的大亭子。绕着观景台转几圈，我心震撼：风光无限，视野无边，整个念山已是一览无余！

难怪黄巢当年要把烽火台建在这里。

我静静地凝视着山野中那层层叠叠金黄色的梯田。那就是念山村闻名遐迩的云上梯田，福建最美最大的梯田。纵向，梯田从山脚海拔 300 米的星溪河梯级而上，最高处海拔860 米，垂直高度达 500

多米，高低错落，如链似带；横向，梯田绕过山梁岭脊，连绵 5 公里共 1600 多亩，大如曲池，小似新月，千姿百态，波澜壮阔。在青翠的茶园和金黄的梯田之间，村舍如棋盘落珠，从容祥和。此时，阳光普照，秋高气爽，成熟的稻谷一丘连着一丘，风吹稻浪连绵起伏，铺成一幅金色的巨型油画，将整个念山映衬得明亮耀眼，美不胜收！想当年，黄巢是不是也是在这样的季节，站在这烽火台，以历史的眼光俯瞰众山，宛若俯瞰朝野？其时，他已是胸有成竹，英雄的气概化作豪情万丈的七言绝句：

待到秋来九月八，我花开后百花杀。

冲天香阵透长安，满城尽带黄金甲。

我忽然热泪盈眶。

念山，黄念山！不凭别的，只凭这首响彻千年的诗歌，就足以成为遗世独立的风景！

或许，就是那突然而至的触动，连同那开镰收割的喜悦，使那如锦如绣的念山画卷倏地嵌进了我心灵的画框，让我久久记忆，久久思念！

老木匠

虞 燕

圆滚滚的粗木头被捆绑于大树，一把大锯子架上，全福和他的徒弟左右各站一边，一个上一个下地拉锯子，来来回回。"嚓啦，嚓啦"声不绝，锯末纷纷扬扬，乍一看，以为树下飘起了雪。终于，将木头如鲞鱼般彻底剖开，全福用手指轻轻地敲，微仰着脸，两只小眼睛眯起，跟戏迷听到了好曲似的。围观众人便知，这是个上好的木材，主人家乐呵呵地奉上好烟，全福手上点一支，耳朵夹一支，不说话，绕着木材转圈，青烟氤氲间，他一脸沉思状。

这是全福开工前的老习惯，大概要把接下来的锯、砍、削、凿、刨等一系列工序在脑子里过一遍。

全福的木匠手艺是祖传的，他曾祖父、祖父、父亲都是木匠，想当然地，他早就准备好要把技艺传授给儿子，可偏偏，儿子不愿做木匠，嫌木匠辛苦又没见识，一辈子困在小岛上，他想当海员，全国乃至全世界的港口都跑遍，有时还能上岸休闲，公费旅游似的，多潇洒自在。几番劝说无效，全福气得冒火，拎起一把斧头追得儿子满院子跑。儿子勉强妥协，初中毕业后跟他做了一年木工活，结果，连个梯子都做不好，还时不时地搞废木材，不情不愿没有用心是其一，只怕也不是吃这碗饭的料，全福死了心。这人啊跟树木一样，樟木可以做上等的衣箱书柜，柳木呢，也就能做做菜板、拐杖之类，调反了，用错地方了，要么怀才不遇，要么不成器，罢了罢了，随他去吧。

全福长得如同他做的箱子，方方正正，个不高但壮实，两肩宽而平，两腿粗直，站在那儿四平八稳的。他的大鼻子很是显眼，鼻头肉圆，一喝酒就发红发亮，偶尔蓄两撇小胡子，微微翘起，我们小孩私下里叫他阿凡提木匠。眼睛却特小，像不小心在眉毛下割了细细两条，睁再大也就两条缝。弹墨线前，须目测，旁边的人若不特地留意，恐怕发现不了他两只眼睛正一睁一闭，一闭一睁。而后，他用木工笔在木头上画个红色记号，墨斗循着记号垂下来，"啪"，一条墨线弹了上去，分毫不差，动作简直有点帅气。待吸完一支烟，低头，依着弹好的墨线开锯、凿孔等，他一用劲，脸部肌肉就紧张，咬牙歪嘴的，顺便牵扯大鼻子一扭一扭，甚是滑稽。

我们有事没事老往全福那跑，一进他家院门，木头的香气必先上来迎客，悠悠地，恬淡闲适。全福的工作场地在堂屋，摆放的长木凳、矮桌子便于加工木料时削和刨，木头工具箱造型像个长方形篮子，有个提手，可以拎来拎去。均出自他手。木匠的工具繁多，看得人眼花，斧头、锯子、刨子、锛、弯尺、墨斗、凿子、榔头……似乎每一种都分型号，大中小，长中短，如锯，有长锯短锯，斧头，有大斧头小斧头，而刨子，分粗刨、细刨、光刨、槽刨等。工具箱自然是不够放的，大型点的工具便倚在屋角、墙边，我每次见到它们，总感觉有种生人勿近的威严，带着警告的意味。

全福不许我们进堂屋，工具不长眼，会伤人，我只好坐在木门槛上。工具也长眼，它们只认全福，年轻的徒弟有一回就被"咬"了。大概工具跟人一样，相处久了会对你生出感情，老木匠全福用它们锯长短、削厚薄、刨平直，经年累月，于是，它们甘愿臣服于他的手，温驯又卖力。

所有工具里，我最怵斧头，刀口呈弧形，薄而亮，寒光闪闪的，瞧着就心里发毛。全福砍削木头，有时两只手握住斧柄，有时只用右手，抡起、落下，一下，又一下，像锄头锄地，也像舂头操捣。夏季，就算把堂屋的两扇门都开了，依然燠热，全福穿一件白色汗衫背心，用干布擦擦手心的汗，斧头举过头顶，"榔——榔——"，手臂的肌肉一鼓一鼓，仿佛钻进了只青蛙，木头如干裂的泥土般迅速豁开，我感觉身下的门槛颤了几颤。这么一通下来，汗衫背心的后背前胸均已湿透，他接过徒弟直接从水缸舀起的水，一饮而尽。斧头也不是时时这么粗暴的，它还能干细活，比如削木楔，砍边，有句话叫"快锯不如钝斧"，这时的斧头在全福手里就像玩具一般，轻盈跳跃着，点哪是哪，快而准，木片木屑"唰唰"地掉，简直如削豆腐。事毕，全福起身，弹弹沾于皮肤的屑末，大鼻子里哼出个曲儿，好似他敦实的身体里有根弹簧突然松了，变得柔软、懈弛起来。

　　从一块原木到一件成型的木器，须经过多道木匠工序，一道接一道，万不可乱了次序，总得先开料才能刨吧，而开榫凿眼肯定得是光滑的精料。刨木可能是唯一一个需要木匠全身运动的工序，我们小孩觉得最好玩。全福粗短的左腿弯成弓形，右腿在后，用力绷直，那个气势，好像要把地面蹬穿。他双臂伸直，双手握住推刨，顺着木材纹理使劲往前推，身体亦顺势前倾，随着"刺刺刺嗦嗦嗦"的声响，刨子欢快地吐出薄而卷的刨花，一朵连着一朵，又成串成串盛开在地上。即使被废弃，也要美丽绽放。推刨中途不得缓劲，一推到底后，猛地顿住，接着，连人带刨子紧急后撤，此间，全福会扭动一下脖子，再重新发起"进攻"。

刨木就是给木板做美容，无数次的推刨，疙瘩啊、疤痕啊、被抹平的抹平，去除的去除，直至变得光滑细嫩。刨花一圈一圈簇拥着全福，全福双脚一动，它们便窃窃私语，不知在埋怨还是在夸奖。刨花粗粗细细，宛如女人头上的大波浪小波浪，越堆越多，终于，像海浪涌到了门槛边，我们开心了，一朵朵捞起，放到鼻子边闻，套在手腕上当装饰，当作蛋卷摆在破瓦片里……最后，我会通通装进塑料袋里带走。奶奶生炉子，说用刨花引燃效果好。全福笑我，那么点够什么好，得拿编织袋装。还真有人拿了编织袋，也有人拿铅桶，编织袋装刨花，铅桶装锯末，锯末发酵后掺土里，对种菜种花都有益。

全福声明不接急活，慢工出细活，浪费了木料或做的木器有瑕疵，口碑要坏掉。尤其做嫁妆，那是姑娘一生中的大事，也是证明娘家实力的风光事，马虎不得。全福带着工具入驻主人家，先看做家具的木头，抬起一根掂掂，摸过另一根弹弹，或用他比木头还粗的腿踢踢，再拿出卷尺量量，心中有"尺度"，执斧凿才能有神。这根可以做啥，那根用来干吗，挑出来的都分类放好，在全福眼里，它们已然是一个个具体的几何图案。

主人家早已辟出开阔的场地供全福施展，此后几天，那里不断传出"砰砰啪啪""嘀嘀笃笃"的声响，木头经过全福的手，变成各种长短宽窄的木材，堆于一角，再由木材拼成奇形怪状的半成品，那些木头与木头咬合、连接而成的构件，平衡有序，有的能一眼瞧出是某木器的一部分，有的像个谜，怎么也猜不出。各个颠三倒四、横七竖八的木构件，接下来会被敲敲打打，条条框框、板板块块依照一种组合关系天衣无缝地融合，终成一体。

主人家对木匠师傅怀有敬意，好菜好酒好烟招待着。全福爱喝点酒，但不贪杯，喝酒跟做工一样，要掌握好分寸，喝过量，手会不稳，手不稳，哪出得了好活？最后一日结完账，全福收拾好工具，看看摸摸亲手打造的家具，小眼睛眯起，轻轻颔首，大概是对自个的手艺表示满意。然后，一只粗腿向外一旋，大踏步走了。

其实，全福也接过急活。那年，岛上有个海员在海上遇难，急用棺材，全福和另一个木匠在那家夜以继日赶工，寻回的遗体才得以尽早装殓。两个老木匠没收一分工钱，也没吃饭，全福说这跟做寿棺不一样，不好意思收钱也没心情吃饭。在岛上，做寿棺寿坟是喜事，老人们把最终的安身之所安排妥了，心里就轻松了，必须好好宴请木匠、泥水匠，有的人家还要办上几桌呢。

到 20 世纪 90 年代中后期，木匠这一行似乎也进入了电器时代，全福购入了电刨子电锯子，干活省力多了，适合逐渐年老的他。全福选了好木，给自己做了一口寿棺，逢人就说很合心意。完工那天，他让老婆备了好酒好菜，那回，他喝得有点多。

怪人苍海叔

王文英

怪人苍海叔死了。

他被人发现时赤裸裸地俯卧在地上，离墙角水缸一步远的地方。那个深秋的早晨，窗玻璃结满了水汽。消息传来，人们的耳朵里似乎也灌入了冰水，毛孔里都是冷飕飕的。

苍海叔被抬上土炕时已四肢僵硬，周身冰凉。五十九岁的苍海叔是在当晚饭后被几个同宗兄弟抬进棺材里的。大院里的半大孩子们一改往日嬉闹，早早地蹿上炕，围拢在大人们周围，蜷缩着一个个惶恐的小身子，像盯着锅灶上的美食一样盼望着窗户尽早发白发亮。

苍海叔与爹同宗且同庚，是我的堂叔。当我看见那副白茬子棺材被悄悄地从大门拉进来时，身上就落下一簸箕鸡皮疙瘩。更小的娃们跃跃欲试，纷纷要一看究竟。

那晚爹剃掉了苍海叔花白的头发后，走到大院中央，在那块大磨石上蹭了蹭剃刀，然后走进停放苍海叔的东屋，小心翼翼地刮去苍海叔的胡子。叔伯们找来些显新又干净的衣物，一件又一件地套在苍海叔的身上。尽管费劲，但几个老弟兄没有丝毫敷衍，他们面色凝重动作虔诚。直至手边剩下了几件又脏又破的衣服，他们才将一顶墨蓝色的确良帽子扣在苍海叔的头顶上。他的脸方方正正，苍白老迈，但长长的两道灰白剑眉仍然笔挺地指向两边鬓角。令我不解的是他的脸上丝毫没有散发出瘆人的呆板气息，那分明就是苍海叔熟睡后的样子。紧抿的瘪嘴，腮帮子塌陷，所不同的是皱巴巴的额头已舒展开来，似被抹上了几道暗褐与灰白的一块小幅麦田风景画。叔伯们给苍海叔穿戴整齐后，将苍海叔安放进那副棺木里。大家默默无语，屋里屋外的烂东破西也异乎寻常地寂静着。

后来爹说人到灯枯油尽时，连额头的皱纹都放开了。我对爹的这句话懵懂了几十年，许多年后的今天，我依稀还能记起苍海叔留给我的最后印象，也渐渐领悟了爹的那句深奥了太久的话语。

苍海叔一生无儿无女。叔伯两堂中的侄男外女是他殡仪期间的孝男孝女。旧孝衫都是大人们费尽心思倒腾来的，而不用披麻也实实省去了众人许多烦琐。披麻在我们当地是重孝的标志，也就是直系血亲才要披麻戴孝，血脉稍远的子侄只戴孝不披麻。

听爹娘说苍海叔本来是该有儿女的。可他偏偏就是一怪人，硬让自个儿的后半辈子冷清了许多。之所以这样说，叔伯们似乎仍然不理解他的诡异，一如既往地责怪他。苍海叔二十出头的时候，模样在全村是数一数二的。他娘，我的五奶，一个寡居十多年的农村妇女，托媒婆说合为苍海叔娶回一房俊俏媳妇儿。

大院共七八间正房，苍海叔家的两间位于最东厢。屋子做了婚房后，五奶搬去东边下房里。苍海叔大婚当晚，大院里其余叔叔们都蹲了他的墙根儿，这是当地的习俗。

第二天，五奶眉头深锁。那些叔伯也一改往日举止，似落过霜的禾苗，快快地鲜有说笑打趣。接下来的夜晚蹲苍海叔墙根儿的同辈分的人越来越少，五奶和上辈人眉头上的疙瘩却越缩越紧。

苍海婶，大婚后的新媳妇儿起初是战战兢兢的，在苍海叔的面前是心存胆怯的，唤婆婆"娘"的时候也是低眉顺眼的。日子久了之后苍海婶性情发生了变化，对苍海叔时不时地冲撞，在五奶面前也少了许多心平气顺。五奶心急，偶尔心事会挂在脸上。爹娘后来曾向我们学说那年初冬一个早晨，五奶借故回了娘家。临离家时五奶揭开一个大瓮对叔婶说："淘炒了这瓮莜麦，磨成面今冬就好过了。"

叔婶俩人素日似乎是陌路人，两搭都爱理不理。那日淘麦小两口不过话还好对付，但炒麦时仍不过话就作践了那些麦粒。苍海叔拉着风箱，苍海婶用炒莜麦板子搅动铁锅里的麦子。灶膛里的火苗高一阵低一阵，苍海婶不言语，苍海叔自顾自地推拉风箱，铁锅里的莜麦粒颜色就黄一锅黑一锅。待到五奶第二天傍晚回来，两大笸箩莜麦生生被作践掉了。五奶心里不舒坦。苍海婶还觉得委屈，心里的气和恨像铅块向下坠着。

又一日，当沉下西山的太阳最后照射着大院里那两棵老汉杨时，几件衣物飘摆在两树间的一根晾衣绳上。苍海婶拢了拢额前的秀发，郑重其事地将绳上的衣物收了起来。苍海叔的粗布衣服叠一摞，苍海婶将自己的几件衬衣外罩叠一摞。

"让你们夜夜做坯子垒墙用！"苍海婶狠狠地拍了拍苍海叔的那摞衣服。

"你们也算看够了俺的笑话……"苍海婶似乎拿定了主意。

一个阳光尚好的下午，苍海婶去东下房给五奶磕头时，五奶正迎着后半晌的阳光纳鞋底。苍海婶上前行了大礼，最后一次叫了五奶一声娘。五奶手里的钢针突然就"嘣"地断成两截，针尖夹在鞋底上，麻绳拽着针屁股掉在了炕上。

五奶原本捏针的食指杵在断裂的针茬上，旧白布糊面的鞋底顿时洇出几朵小红花。

"海子作孽呀！作孽呀！"五奶终于忍不住。

"我前世祸害谁了，要这样报应我？"

苍海婶走了，与苍海叔扯断了大半年的日日夜夜，也撂下了短暂而有名无实的婚姻生活。苍海婶一脚踏出院门，五奶抽搭着鼻子跌回了那年那月。

十多年前的那个惊蛰天，天生寡言少语的五爷撂下一句"这辈子是我负你了"后离家出走。春情萌动的日子，五奶灰头土脸地跌入人们茶余饭后的调笑中。日子一天天难挨着，五奶独自拉扯着没有褪尽奶毛的苍海叔经风吹历雨淋。苍海叔总算长大成人娶了亲，谁料想又横生这一出。五奶愤愤地在心里咒骂着五爷：

"你个挨千刀的！把那股败兴劲儿都传给了儿子！"

族人们都说那时的五奶和走了的苍海婶一样无可挑剔，五爷却中了邪似的抛妻弃子，出走后便杳无音信，活不见人死不见尸。

苍海叔与五爷一样不爱女人一时间传遍了整个村庄。令五奶欣慰的是五爷尚且给她留下骨血，以至于这十几年来自己甘心既当娘又做爹地隐忍着，只因心中有儿子这个盼头。

"天塌了……天塌了……"五奶一下像陷入万劫不复的深渊，软塌塌地再也没有硬朗起来。

苍海叔依旧日出而作日落而息，但怪的是他从不动娶妻之念，任五奶费尽口舌终是枉然。万念俱灰之下，五奶又为儿子浆洗缝补了五六年之后，含恨撒手人寰。

怪人苍海叔喜欢独处和安静，村里尽人皆知。没有谁看见过他于人前插科打诨，也没有谁看见过他喜欢哪个乖巧的娃娃。因了同宗又同处一个大院，幼时的我常出入苍海叔的东屋。彼时苍海叔已是白发苍苍的老人，常常独坐在炕上抽着水烟锅，嘴上永远"嗯""噢"着几个最简单的词语，以至于几个比我小的娃娃以为他原本不会说别的话。除此之外苍海叔还常在屋檐下养几只兔子。利用放兔食时，苍海叔偶尔会念叨几句，但大多数时候我即使听到也搞不明白，有时我会想那几只兔子有没有明白苍海叔的自言自语。苍海叔常常背抄着手，略低着头，不言不语，默默进出大院。在大院中与人偶遇，苍海叔会略略打个招呼，但从不会与谁深谈。上了年纪后，苍海叔一如既往地坚持着独身，这一度让村中几个寡妇斜视与恶语相向。

越来越怪的苍海叔忽然在某天又见到了生身父亲——我的五爷。那年夏天，五爷披着僧袍进得家门。大院一时间热闹起来，从前"和尚"只在村人们嘴上跑耳边飞，从未亲见。这下全村人都开了眼界，观瞻了和尚的真容，而且还是本村出走的苍海子的亲爹，我的五爷！村庄里流传着五爷的一些传说，大院里人来人往。父子相处数日，五爷翩然而去。现在算来，那时已是 20 世纪 70 年代末期。

"今番尘缘已了，来世再相见吧！阿弥陀佛……"后来三叔经常捋着下巴学着五爷临走时的样子。

五爷父子情断与否，谁都说不麻利。只是后来我们琢磨苍海叔对五爷还是有情义的。苍海叔去世前几年曾只身远赴五台山，寻了次在宝刹修行的五爷。据返转回乡的苍海叔说那时五爷身板儿依然硬朗，年届八旬，样子像传说中鹤发童颜的神仙。

之前五爷决绝地出家为僧，人们至今弄不懂个中原委。而苍海叔的怪，似乎随着他的离世也被人们掀开了包袱。爹后来说苍海叔藏在衣柜底的一件夹层小袄里揣着一个泛黄的用来装水烟丝的小布袋，布袋上绣着一朵梅花。

爹还回忆起村里曾有一个小他们两岁、名叫梅花的姑娘，那梅花在苍海叔娶亲的头年嫁去了外乡。

七日后苍海叔入土，棺盖上端端正正铺着一个梅花小布袋。

表 叔

郝 良

　　表叔，姓温名国第。与我家毫无亲戚关系，只因同居一个院子，年龄和我父母相近，乡里村人都是如此称呼，以表礼节。

　　从记事起，表叔的头上就长年戴一顶黄军帽。后来知道他是癞子，头上只有少许几团头发。不懂事时，村子里的人怂恿我和其他顽童一起喊他"团长"。癞子最忌讳这一称呼，刚开始，表叔只笑笑，后来叫的人多了，还边叫边唱：癞子癞，捡柴卖，卖不脱，敲脑壳……表叔生气了，狠瞪一眼，扬起手中的家什，作势要打："没得爹妈教娃！"后来母亲晓得了，重重地敲了我一个嘣嘣："表叔是个好人，哪个叫你跟着别个乱叫的！"

　　表叔命苦，打小就不知自己的亲爹亲娘，是邓婆婆从路上捡回来的，后来好不容易娶了媳妇，结果刚为他生下儿子六园，未满半年，媳妇就突发疾病而亡，从此父子俩相依为命。六园个头高高，五官俊秀，一点不像表叔，院子里的说是像他早死的娘。大我5岁的六园从8岁开始发蒙读书，看上去精精灵灵的他不知咋回事，脑袋里转不过来那根筋，数字只认得50以内的，加减乘除对他而言自然是高深莫测，难于上青天，学字呢最后只会写自己的名字和毛主席万万岁，每次期末考试拿回的通知单都把表叔气得暴跳，最后实在不行了，在连着读了四个小学一年级后，只得辍学种田。六园害怕读书，却对连环画情有独钟，常常把家里的鸡蛋偷出去卖了去换连环画，一个人蹲在旮旯里可以把一本连环画翻来覆去津津有味地看半天，然后根据图画来猜下面的文字，看完后用衣襟小心地擦一擦再藏好，一般人是很难从他手中借出一本来的。

　　表叔为人豪爽、大方，喜欢帮忙。那时，父亲在外地教书，家里活路忙不过来时，母亲就会叫表叔帮忙，表叔从没推托过，有时还叫上六园一起来帮忙。杀了过年猪，表叔就会把院子上下的人叫来一起大吃一顿："我就俩爷子，不比你们人多，一头猪儿吃好久才吃得完。"表叔家里的东西几乎成了公用，不管是锄头、粪桶，还是梯子、晒席，谁家缺个什么，只要找到表叔，自己去他家里取就好了，赶场过路的，遇上正吃饭，他就站在地坝边热情招呼，非得请人家上来喝上一杯酒。

表叔有一绝技在身，就是擅长用草药治疗胃病。越是胃病严重的，表叔的药就越有效，不过这药奇苦无比，第一次喝下去后不少人要上吐下泻，连着吃三服药，则痊愈矣。这是表叔在修襄渝铁路时，同在一个连队的一位外地长者看表叔生性老实，命运多舛，特地传给他的一个秘方。"有了这个药方，不管走到哪里都饿不死你！"当真，凭着这独门医术，表叔的包包里没有缺过零花钱，喝酒割肉，羡煞不少乡人。表叔和乡亲们提起这位恩人时，恭敬得不得了，也因此对传道授业解惑的教师很是尊重，每次父亲从学校回来，老远，表叔就开始打招呼：郝老师回来了哇！

说是秘方，其实这几味草药在乡下很常见，平时表叔把药扯回来就在地坝里晒干，大家都知道是哪几味药，但只有经过表叔亲自包的药拿回去煎才有效。邻近村子的一个姓王的赤脚医生专门提了好酒，割了猪脚，拜表叔为师，结果还是达不到表叔的药效。有好事者怀疑表叔暗中留了一手，花钱在表叔那里弄了几服药，拿回去细细揣摩，最终还是没有发现什么端倪，于是只得叹一声：活该他温癞子有一碗饭吃！

我们院子里原来有七户人家，随着新房建修和迁徙，到我上高中后院子里就只有我和表叔两家人了，那种相亲相邻的感觉自然更浓厚些。在我考上学后，表叔很是高兴，一放假回去，总要拉我去他家烤火吃饭。"良娃，这下安逸了哦，吃国家粮了！"再转身看看待在屋里的六园，表叔的眼神中难掩忧心。六园早就到了成家的年龄，但因为脑瓜子太笨，上门说亲的一个都没有，有一次表叔喝醉了，对着我父母热泪长流：郝老师，程嫂嫂，要是我哪一天走了，你们要把六园帮忙带惜到哦！

在刚过花甲之年后，一向身体不错的表叔却患上了脑瘤，没过多久就走了。表叔走的时候，我正好在成都治病，回来后听父亲说在表叔下葬的那一天，四周的不少乡邻都赶来了。六园则在办完丧事后就被一位亲戚带出去打工去了。

　　前年，父亲在帮忙打整表叔的屋子时，在楼上的一个角落里发现还有几服包好了的草药，刚好我在二医院检查出有胃炎，父亲便去表叔的坟前烧了香蜡纸钱，然后把这几包药给我带了下来。结果我才喝了一次，就上吐下泻，怎么都止不住，家人吓得赶紧送我住院治疗，不知是表叔这草药的药性太烈，还是和我的病不对路，抑或是我的身体太虚，从医院输液回来后，折腾了好几天才算安稳下来，剩下的那两服药则不敢再喝了。此后这件事被朋友得知，不免有些笑话我，但我却相信，如果表叔在世的话，一定会给我开个最有效的药方。

　　表叔的坟就在他的屋后，站在老家的地坝里，一抬眼就可以看见，六园一直在外漂泊，已经好几年都没回来了，表叔的坟上已是杂草丛生，那间屋子也日益破败，而我也曾好几次梦见过戴着那顶黄军帽的他，只是惶惶然不知所语……

扁担如佛

王亚琴

　　姥姥站在门台上倚墙晒太阳的姿势，越来越像用了半辈子因负重时间过久而变了形的扁担，她是不肯卸掉担在肩上的担子吗？

　　自姥爷去世后，扁担就放在厢房不用了。它被姥姥打磨得十分光滑，一根倒刺也没有，可是没有人知道，这光滑的背后，藏着多少辛酸。为了不让扁担磨损得厉害，姥姥在肩头和把手的地方绑了布，她特意找了些布头，把这些布头一块块拼接好缝住，针脚很细小，然后把它绑好，花哨得很，后来姥姥常去卖豆腐的地方，人们就叫她"花扁担"。时间久了，那绑在肩头和把手的布已掉得差不多了，显得与别处不同。

　　姥姥十八岁嫁给姥爷，生了三儿三女，其中一个没有成人。是因为她婆婆嫌她连着生了三个姑娘没有儿子，就把最小的这个扔到外面活活冻死了。姥姥常常伤感地对我说，如果这个孩子比你大舅晚出生，也许就能活下来了。也就是这个孩子的死，让姥姥毅然挑起扁担，她要为自己做主，这一挑就是一辈子。

　　姥姥嫁之前没有干过什么活，她家算是富农。开始挑着担子走路也招摇得很，一摇三摆煞是好看，挑了两天担子肩膀就磨破了，破了就破了，反正肉可以再长出来，时间久了磨出茧子就不疼了。

　　在那个荒寒的岁月，那根扁担大约是妈妈她们这群孩子顶礼膜拜的佛吧，它可以源源不断地供给她们能想象到的美好的食物。姥姥一个人跑到那个蛇兽出没的山里，用这个扁担担回柴草、蘑菇、杏子、榛子、核桃、石头……奇迹般的是姥姥没有被咬过一回，许是那个夭折的孩子的庇佑吧。

　　那时候姑娘出嫁都要嫁妆，姥姥硬是没要姑娘一分钱。她说："我是嫁闺女，不是卖闺女！"姑娘出嫁那天，姥姥用扁担挑着豆腐送到姑娘家。村里人都笑姥姥，真是养了个赔钱货。这些村里人永远也不会想到，这两个女婿对她比儿子还亲，这根扁担竟然成了两个女婿如珍宝般的谈资，她得意极了，常说是扁担把两个女婿的心担回来的。

等到孙子、外孙出生后，不管哪个顾不上都把孩子塞给她，她也不抱怨。前面挑着孩子，后面挑着豆腐沿街叫卖。她更忙了。以前卖一趟就可以了，现在就得分两次。

我就是在姥姥的扁担中长大的。我喜欢吃姥姥做的豆腐，每每在睡梦中被豆浆的清香叫醒，便趴在锅台上，热热地喝上一大碗豆浆。等豆浆凉了，把豆腐皮拎出来吃了，点好浆后吃点嫩豆腐。但是我更喜欢姥姥挑着我沿街卖豆腐，双手抓着篮筐的吊绳四处看，一会儿有节奏的摇摆就把我摇到梦乡了。有一次，被一阵狗叫声吼醒，那只狗挡在村口，冲着姥姥不停地叫，我从来没有见到那么肥头大耳的狗，村里的狗都没有多少吃的，长得都瘦，低着头嗅来嗅去的，忙着刨食吃，偶尔叫两声，也是虚张声势，你一喊或是一弯腰，它就跑走了，跑得也不快。估计姥姥所有的办法都用了，等我睁开惺忪的睡眼，看到狗扯着姥姥的裤腿，姥姥太瘦小了，我吓得哇哇大哭，姥姥抄起扁担，对着它就是打，一边打一边还不忘安慰我，恶狗终于被赶跑了。

我在扁担中摇晃着长大，姥姥挑不动我了，我就坚持要替姥姥挑扁担。我想那时我一定给姥姥带来无限乐趣，姥姥现在一说我挑扁担还笑，最后拗不过我，还给我做了个小扁担。大些了，我就被父母接走上学去了，其实我一点也不想上学，我想跟着姥姥。

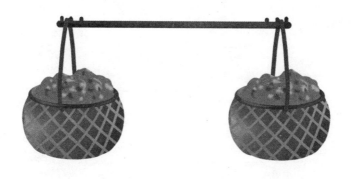

我到现在还爱吃豆制品，那豆香味总会让我觉得自己还在扁担上，摇来摇去，摇到姥姥的梦里去了。

　　姥姥六十多岁了，依然做豆腐卖，大家不让她去，她说不想跟你们要钱，自己花自己的硬气。于是就劝她用电磨，她不肯，让她用电动车，她说不会，依然挑着扁担走街串巷卖豆腐。再后来姥爷去世了，没有人养驴了，姥姥就真的不卖豆腐了，扁担也歇工了。

　　姥姥一生吃素，很多人让她信佛，她不信，她说自己能为自己做主，就是对佛最大的敬意。

　　姥姥又站在门台上倚墙晒太阳了，腰越来越弯，越来越像那根扁担了，也越来越像一尊佛，在岁月的磨砺中，发出慈悲的光。

药　方

赵海杰

　　刘老汉最近犯了难。

　　打儿子走后，他都扛了下来，他以为不会有比这更难的了。夜里，月光亮堂堂的，刘老汉"呼"一下扯开被子："啐！黑天就该是黑天，裹乱！"

　　刘老汉记起那年也是这样明晃晃的月光，那年儿子正年轻力壮，那年儿子的儿子才刚出生，那年儿子的媳妇就死在难产上。"唉！"刘老汉觉得胸口又钻心地疼起来。那年也是这样的秋天，刘老汉一进门就看见儿子猫腰撅腚吭吭哧哧地检修拖拉机。"儿子真省心，打小就省心！"刘老汉笑着。"爹，瞅这天儿不对，怕是要下雨哩！先把割倒的拉回来吧！""突突突——"儿子开车出了门，直到太阳没进远处的山根儿，儿子也没顾上进屋吃口饭。

　　"爹，月光足路也清透，我再去沟帮拉上车谷子就歇！"这是儿子留给他最后的话，刘老汉不敢去想又不舍得忘。

　　刘老汉用宽布条把孙子拦腰拴住，交代瘫痪在炕的老伴儿照看，自己起早贪黑下田去干活。"人老真是没用！"刘老汉锄到半路干脆一屁股坐下去。硬硬朗朗的身体怎么就没力气！刘老汉年轻时可不这样，生产队里哪个不知道他拿的工分最多。刘老汉又想起儿子，儿子在时多少人眼红他们的日子啊！刘老汉捂住胸口，他感到心窝儿一抽一抽地疼。"老毛病咋就不见好！哪里没看过？啥药没吃过？唉！""不能服老，还要送小孙子进城读书呢！这可是儿子和媳妇的心愿！"刘老汉这样想着坐了两袋烟工夫。他试着甩了甩胳膊，力气回来不少。又用力攥了攥拳头，好像又能握住很多东西了。刘老汉"腾"地站起来，挥舞着锄头继续锄地，他得替儿子把日子顶下来。

一晃小孙子到了入学年龄。刘老汉提前托付城里亲戚，帮忙找一所接收乡下孩子的寄宿学校。

开学那天，刘老汉给孙子换上一身新套装，还系了鲜艳的红领巾："这可是你爸小时候最宝贝的物件儿！"刘老汉打仓房推出擦得锃亮的自行车。"儿子结婚那年特意买给我的！"刘老汉轻轻拍了拍柔软的座包，又上下摩挲一遍，眼眶就红起来。"爷爷，我们快走吧？""哎，走，走！"刘老汉把新棉絮做的被褥搭在车梁，又把小孙子抱上后车座。十几里地的水泥路并不难走，没多会儿就到了。刘老汉带着孙子去报到，见了班主任老师说些客气话。"人家城里老师就是不一样，又亲和又文静！"刘老汉悬着的心算是落了地，大踏步朝校外走去。

"我跟您说，现在老师可黑了！"

"谁说不是，你别看着一个个文绉绉的！"

"这个教师节准备送多少？少了可惹人生气！"

"听说上届都两千起呢！"

"……"

刘老汉刚摊开落地的心瞬间又被收拢吊了起来，他似乎感到呼吸有些困难。

"两千块，门前那片玉米一年的收成！"刘老汉又犯了心口疼，夜里总睡不着。他起身披了衣服坐在院中老榆树下。儿子七岁那年也送去读书，有一天放学回来对他说："爸，老师说我们长大要做一棵参天大树，成为国家栋梁。我要栽一棵树和它比赛长大！"儿子终是没长过树，但儿子比树更能遮风挡雨。刘老汉仰起头，月光清凉，枝丫间栖居的鸟相互依靠着不时发出微鸣。

"不能！飞禽都讲一个情字，人怎么会只认钱呢！儿子在时大家可都夸他懂人情，逢年过节串个门也没说带多少钱，都是些自家种的南瓜、自家养的土鸡，不是挺好！"刘老汉起身摸了摸老榆树，内心就打定了主意。

教师节那天，刘老汉蹬上自行车奔向学校。后车座上搭了两个袋子，一袋是新鲜的南瓜土豆，一袋是起早收拾好的两只公鸡。"可是挑了顶大的两只！"刘老汉满足地想。

"我备了两千，您呢？"

"唉，今年单位不景气，您说送点东西能行不？"

"哎呀！再金贵的也没现金实惠！人家若不稀罕你孩子能有好日子？"

"就是，要不怕自个孩子受气谁愿送礼？"

……

刘老汉想捂住耳朵穿过去，可并没有人给他让路。刘老汉像醉酒一样开始发晕，他觉得周围人把目光都投向了他，投向他挂在后车座那两袋灰溜溜的土货上，甚至已经有人在指指点点议论纷纷。"唉！"刘老汉一跺脚搬起车子掉头就往回骑。

"把孙子送进城就为能学出个样儿，不能害了他呀！"刘老汉用力按了按胸口。刘老汉翻箱倒柜把家里的钱都找出来："一个、两个、三个、唾！四个……"刘老汉总共查了六遍，整两千块。刘老汉把湿乎乎的钱揣进怀里，又用别针别好，才放心地骑车奔去学校。

"唾！果然只是看着人模人样！推辞都不推辞下就收了，唾！"刘老汉心有不甘，却又明白孙子攥在人家手里，他绝不能让孙子受屈儿，更不能让儿子不安。

一转眼秋来了。刘老汉披星戴月地劳作。"大风一刮谷粒就绕没了！"刘老汉掐着把谷子使劲儿直了直腰。瘫痪的老伴儿，幼小的孙子，还有张着血盆大口的老师。刘老汉忍不住想骂上句粗话。

中秋节学校放假，刘老汉早早等在校门口。

"爷爷！"

"唉！想爷爷没？老师对你好吗？"

"想啦！老师对我可好了！"

"好，好！"刘老汉摸着小孙子的头，突然觉得那两千块送得值。

"爷爷，老师说您容易心口疼让我给您带了药方，给！"刘老汉纳闷地接过白纸包，一层层剥开——是钱，整整两千块，没错！刘老汉数了六遍的钱哪张折了角都记得清着呢。

刘老汉坐在榆树下，又挪了挪靠在树干上。"老了老了还犯上糊涂了！这心口疼真该治治！"刘老汉自言自语道。

学期末最后一天，傍年根儿了。刘老汉好阵子没犯心口疼了，刘老汉觉得自己又像是回到了年轻的时候，干啥都有大把的力气。刘老汉嘴里哼着曲儿，骑上擦得锃亮的自行车奔学校去。刘老汉的自行车上依旧搭着两个鼓鼓的袋子。

"可是挑了顶大个儿的公鸡！"刘老汉满足地想。

长辈之爱深沉无声

汤云明

多年前，一首叫《赤裸裸》的流行歌曲唱红大街小巷，"我的爱赤裸裸，你让我身不由己的狂热"，这是男女青年之间的爱，热烈而又大胆的表白。而长辈对子孙后代的爱则是如涓涓细流，甚至是无声无息的奉献和付出，他们的爱深沉又绵长，有可能在你多年以后才感受到这份爱的时候，已经来不及说一声谢谢了。

小时候，父亲经常会在抽屉边上放一点几角钱的零钱或分币，我就经常去偷拿一点分币买糖或买冰棒吃。一开始生怕父亲发现了会被打骂，没想到几次以后，发现父亲那里没有任何的反应，并且时常会增加一些零钱在里面，我也就越来越大胆，经常这样做。

这时，我甚至怀疑父亲难道不知道他的钱少了吗？如果知道了，为什么不问我，反而还在经常添加零钱呢？直到后来，我长大些了，知道想要钱就光明正大地去要，不能这样偷偷摸摸地拿，才停止了这种行为。

这些事情随着时间的推移也就慢慢地忘记了，直到几十年以后的一天听到一个故事，一下子戳痛我的记忆和泪点，才对父亲的爱恍然大悟。这个故事讲的是一个小女孩经常偷吃奶奶收藏着的零食，即使她天天偷，那里的零食也总是换着花样地出现。直到有一天她问奶奶不知道她偷吃零食吗？奶奶说知道啊！小女孩又问知道了为什么不换着地方藏呢？奶奶说："傻孩子，我怕换了地方你找不到了啊！"

还有一件事，我很想对外婆说一声对不起，可惜她已经去世多年，我再也没有这机会了。那时我十来岁，听母亲讲过现在的外婆是她的后妈，由于父亲和生母去世得早，她从小吃了很多的苦头。因为年纪还小，不知道当时的历史情况，也没有判断能力，我就认为现在的外婆不好，甚至有些怀恨。

外婆住的村子在滇池边上，那时我经常走几公里路到那里捡拾各种各样的贝壳玩，有一次，我和弟弟去捡贝壳，刚好被到田里干活回来的外婆看见了，就把我们叫到了家里，说是留我们在那里吃饭。此时，我突然想起她是母亲的后妈，一下子就心生怨恨，不想吃她的饭，拉着弟弟就跑了。外婆生怕我们跑丢失了或者出什么意外，就急忙叫几个表兄妹来追我们，最后，我们还是在跑出几百米后被追了回去，并且在那里吃了饭才回家。

其间，外婆问我为什么要跑，我吞吞吐吐地说了原因。她又问我这些事情是不是我三娘说给我听的，我也老老实实地说是母亲说的。看得出来，对于以前的事情，外婆也很无奈和自责。后来才听母亲说，母亲的妹妹，也就是我的亲三娘曾经被送给别人养育，后来在母亲亲舅舅的干涉下，才又要了回来。难怪外婆会认为三娘一直在记恨她，是三娘告诉了我那些不好的事。

再后来，我长大了，知道了那时那些迫不得已的原因，亲外婆生了母亲和三娘，后来的外婆又生了一儿一女，在外公和亲外婆去世以后，一家人生活没有了着落，经常是野菜、米糠、蚕豆叶子充饥，母亲大一点，能干些活计了，就留在身边，三娘小一些，就送人了几年。

现在想起来，虽然生活太艰苦，但好在还有个后妈照顾，母亲和三娘才没有病饿而死或失散，在那种情况下，后妈对她们没有对自己所生的子女好，也是可以理解的。至少在我小时候，外婆还是一个慈祥的，关爱我们的外婆。而我因母亲小时候的事情怨恨她，揭她的伤疤是不对的。可惜，她已经去世，我再也没有机会认错或者做一些表示了。

而对于母亲的爱，我也有很多感触，因为小时候我属于"熊孩子"，经常给她惹麻烦事，再加上她对我学习的要求比较高，因而没少被打骂。我记忆最深的还有，在我高考前，母亲看电视广告上说喝太阳神口服液可以激发大脑的活力，在经济条件很拮据的情况下，破天荒地为我买了几盒太阳神口服液，还在高考这三天早早起来为我做糖煮鸡蛋作早点。

记得中考时，父亲所工作的系统办有中专，系统职工子女有内招的机会，但我那时非常的叛逆，母亲叫我填的志愿我就是坚决不填，以至于中考失利，我所填的志愿达不到录取分数后，父亲带着我的成绩去找他们的招生办，人家说即使我的成绩达到了要求，但我连第三志愿都没有填写这所学校，他们就没法录取。

后来，只得又读了三年的高中，高考报志愿时，母亲叫我在填报志愿时至少要填报一个本市师专的志愿，因为按以前的惯例，这所学校都会在录取分数线以下降分录取，以作为最后的机会。又因为我的叛逆，我没有报这所学校，高考以后，我的分数离录取线差了 3 分，没有被所填写的志愿录取，即使后来这所师专对于本市考生比原定的录取分数线降了 10 多分录取，但也没有我的机会。此时，我才感到了人生的失望和无助，好在，父母没有责怪我，掏钱让我去读补习班。上补习班半个月左右，父亲又帮我找了一个可以降分录取的大专学校，但要求是自费，所以我又去上了自费的学校。因为我上的是计划内自费生，国家不包分配工作，当时的政策是按可工人可干部的原则自己找工作。毕业后，我就只能去了一家不太好的国有企业工作，后来企业改制又不得不离开了工厂，注定了一生辛勤和奔波。

尽管我从不想在外人面前说起那些青春年少时的过往和稍纵即逝的机会，几十年过去了，每当想起中考、高考前母亲叫我填报志愿的事，我的内心都很是后悔的。其实，我只要在中考或高考前听她的一次话，我的人生都会被改写。可是人生没有回头路，也没有后悔药，在以后的生活中，我只能一面感激母亲给我的爱和为我寻找的人生道路，一面努力去工作，以挽回一些失去的机会，好让自己的人生过得更有价值。

鹰翔高空，雀居矮檐

周秀梅

人活一世草木一秋，喜乐也好，苦痛也罢，回首时除了感叹当初那份不谙世事的痴傻，或许也会想方设法自我解嘲般诠释昔日那份懵懂。

初恋是成长路上不可绕行的小径，总不免让人怀抱无限美好的遐想，静待初恋花开而后结果。恋人间几世深情修成正果自然是人所乐见的，但世事却总不那么完满，初恋之伤亦司空见惯。始于情深意重，终却劳燕分飞。昔日非卿不娶非君不嫁，如今老死不相往来。某个不经意间回想起过往，生命中曾出现的那个人，以为不能失去竟也仿若隔世离空，甚至连面容与轮廓都不再清晰。

喝得酩酊大醉的朋友打来电话，先是悲切地号啕大哭，而后不断地重复着那一句：我们再不属于同一世界，我们永别了。

朋友轰轰烈烈的初恋终结于赤裸裸的现实。当爱情与前途矛盾时，男人总会让所谓深爱的女人沦为牺牲品，相伴一世不离不弃的誓言，终不过成为谎言的烟花炸裂后飘落一地的碎屑。皆知朋友乐观开朗对生活充满热情，婚姻美满家庭幸福。哪曾知即使日复一日的年岁轮回，她也不曾忘了付出全部守望的那份初恋，只不过将那份初恋的伤埋藏心底。不禁感叹造化弄人，多年以来带着回忆，努力过好自己的生活，甚至未打听过放开手的那个他。一次偶然在网上搜索到他的诸多消息。终如所愿，他似乎很成功。浏览网站给他贴出的各种标签与头衔，不难看出这些年他一直顺风顺水，仕途光明，前途无量。盯着电脑屏幕上他的照片看了很久，朋友竟觉得那么陌生，而心中一直珍藏着的那段往事似乎也跟着瞬间土崩瓦解，不由得内心充满了恐慌。他不再是记忆中的初恋情人，容颜明明未改却让她不敢相认。朋友终于明白，原来心中一直不愿放下的不过是自己的那段初恋情怀。

多年前看过这样一个故事：一个深爱已逝妻子的鳏夫，不到半年便迎娶了另一个女人。人们责备他用情不专，不念旧情。他却说：妻子活着时我很爱她，如果她一直在这个世界，我们一定会厮守到老。可现在她去了另一个世界，再也不会回来，那里有她的生活。我现在去不了她的世界，在这世上我也有想要的生活。我们已经属于两个世界，只能各自过活。虽然并不完全认可他的做法，但从思维方式看，此人倒比圣人更精准地参透了生命顺其自然的意义。因为失去而扼腕痛苦悲伤时，是否也该想到，彼此分离也许并非因为不爱，只是彼此的世界不再相同。

有情人相爱相伴终老本就是得之我幸不得我命。

朋友说初恋男友是高飞的雄鹰，生来属于天际，注定翱翔高空。她像只落于屋檐的山雀，渴望飞翔却飞不到雄鹰的高度。鹰飞苍宇也注定孤独，但山雀也并不必自惭形秽，阳光暖暖地照在屋檐上，山雀也有自己的温暖和阳光。因为追求不一样，思想境界也不一样。如果双方已不在一个高度，那么选择分开，也未尝不是好办法，山雀也应该有自己的飞翔，而不是一生都在仰望鹰的高度。

爱如此，生命亦然。

一天，我发现了弟弟的小秘密——他卖了中药的钱私藏了起来，三块八，没有像往常那样交给娘。

我的钱——十块钱——都被家里花了，他竟然自己攒钱？

自私的家伙！

我继续盯着他。

第二次卖了药材，两块三，他还没交。

两次了，铁证如山！他，私藏钱，胆真大！

我终于忍不住了，更多的是委屈与愤怒，气呼呼地说给了娘。娘只是抬眼看了看我，又自顾忙着手下的活儿。我无法说服自己就此放下，遂将弟弟揪到娘面前。

"给咱娘说，你偷偷藏了几块钱？"我解恨似的踹了他一脚质问道。他低着头，不说话。"说啊，哑巴了？"他的沉默更加激怒了我。

娘开了口，我娃不想说就不说，该干吗就干吗去。娘咋能那样啊？气得我干瞪眼直跺脚。弟弟转身，都走到了房门口，他停住了，回过头对娘说："我也想像我哥那样，给你十块钱。"

忧伤的红薯

周海亮

男人缩在高中校园门口，守一个烤红薯的老式铁炉。他不断地把烤煳的红薯挑出来把没烤的红薯放进去，不过十几个红薯，却让他手忙脚乱。第一次做这种营生，男人的心里，莫名其妙地慌张。

雪越下越大，地上铺了厚厚一层。正是放学的时候，走读的学生赶着回家，住宿的学生赶着回宿舍。所有人都遮掩在雪帘后面，男人只能从迅疾的空隙里看到他们一闪而过的五官。男人把一个烤得最成功的红薯托在手里，嘴张着，却并不吆喝。头顶和肩膀上落着薄薄一层雪，男人站在那里，像一个喘息着的雪人。

有人停下来，看他的红薯。他来了精神，立刻从旁边操起小秤。他挑了两个最大的红薯放进秤盘，又眯起一只眼，笨手笨脚地扯起提绳。秤砣在秤杆上急速滑动，啪一声掉到地上，秤杆猛烈摇晃，秤盘翻起跟斗，两个红薯紧跟着扎进雪地。然那红薯还冒着袅袅白气，就像扔到雪地里的两只手雷。急忙再从烤炉里翻出两只红薯，那个学生，却早已经走远。

整个下午他没有卖掉一个烤红薯，这让他很是伤心。他说这是好东西，可是现在，除了他，谁还把烤红薯当成好东西？儿子考上重点高中那天，他带儿子去吃西餐。儿子点一份薯条，端上来，又黄又瘦，蜷缩扭曲着，让他不知何物。尝一个，才知不过是炸过的红薯干罢了。他说这能比得上烤红薯？儿子就笑，边笑边喝着可乐。可乐他也尝了尝，不好喝，麻舌头。他想西餐怎么这样？一杯注了气的水，几块炸过的红薯干，能吃饱？烤红薯多好啊！剥了皮，稀软的薯瓤或红或白，又香又甜，含在嘴里，不用嚼，直接化成蜜淌下去。如果再配一大碗苞米糁子和一碟腌萝卜条，那滋味，真是当皇帝也不干啊！

他重新把小秤放到身边，扭过头，眼睛盯住校园。学生们多了起来，三三两两，说笑着，打闹着，欢悦着，戏谑着，走出校门或者走回宿舍。他终于清清嗓子，吆喝起来，烤红薯啰！嗓音很小，很破，又哑又沙，像被粗砺的砂纸打磨过。声音吸引了几个学生的目光，他们的脸同是又黄又瘦，像挤在纸筒里的炸薯条。然而他们只是投来极为漠然的一瞥，又转过脸去，继续说笑或者赶路去了。

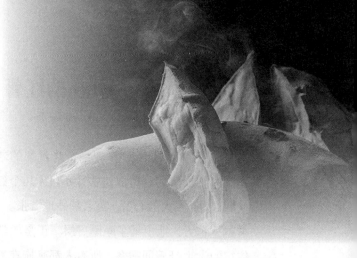

男人提了提声音，烤红薯啰! 他是朝两个背影喊的。两个又高又瘦正匆匆赶往宿舍的少年。他的声音并没有让他们停下脚步。男人继续喊，烤红薯白送啰! 其中一个长脖少年便停下来，回头，莫名其妙地盯着他。男人接着喊，白送啰!

长脖少年转身朝男人走来，另一位少年拽了拽他的胳膊，仍然没能将他拉住。长脖少年走到男人面前，问他，烤红薯白送?

男人说，反正卖不完。

少年说，那给我来两个。

男人就挑出四个烤红薯。他问少年你们宿舍几个人? 少年说四个。男人问刚才那个和你一起的留平头的也是? 少年说不错。男人说那就多给你们带几个吧! 便又挑了四个。他把八个烤红薯分装进两个塑料袋，递给少年。

少年提起塑料袋，不满地说，都烤煳了怎么吃? 怪不得白送。男人尴尬地笑，嘱咐少年说烤红薯太烫，你得用手在塑料袋下面托着。他一边说一边跺着冻木的双脚。然而少年并没听他的，他提着塑料袋，一甩一甩地走回宿舍。

天渐渐黑下来，男人仍然没有卖掉一个烤红薯。他推起三轮车，慢慢往回走。他在一个街角停下来，就着昏黄的路灯，从炉里掏出一个焦煳的烤红薯。他把烤红薯仔细地剥掉皮，慢慢地吃起来。他不声不响地吃掉一个，又掏出第二个。他一口气吃掉八个烤红薯，那是烤炉里剩下的全部。吃到最后，他不再剥皮，烤红薯从烤炉里取出，直接填进嘴巴。男人想他的嘴唇肯定被烙出水泡，因为现在，那里钻心地痛……

少年回到宿舍，将两个塑料袋随手放上床头橱。谁对烤红薯都没有兴趣，即使是白送，他们也不想吃上一口。他们从烤红薯旁边一次又一次地经过，每一次都是目不斜视。终于，要熄灯的时候，那个留平头的少年打开一个塑料袋，取出一个烤红薯。他把烤红薯托在手里，细细端详。长脖少年提醒他说，都烤煳了。平头少年不理他，低下头，闭起眼睛嗅那个烤红薯。电灯恰在这时熄灭，平头少年在黑暗来临的瞬间将那个已经冰凉的烤红薯凑近嘴巴，狠狠地咬了一口。他没有剥皮。他感觉到红薯的微涩与甘甜。

长脖少年突然说，你和卖烤红薯的那个人，长得很像。

黑暗里，平头少年凸着腮帮，偷偷流下一滴眼泪……

院里有棵梧桐树

范宝琛

祖父离世后，留下一栋破旧的老屋，还有院子里那棵粗壮的梧桐树。梧桐树是姑姑远嫁时亲手栽下的，寄寓着一份思念的情结。

梧桐是姑姑的乳名，姑姑刚出生，祖父推开门就闻到扑鼻的梧桐花香。祖父欣喜地说，梧桐可是个好名字，一定会引来金凤凰！日复一日，梧桐树蓬勃地生长着，遮挡了一席阴凉。年复一年，梧桐花优雅地盛开着，粉嫩的小喇叭鼓着腮帮子馨香了庭院。

老屋用泥土堆砌而成，厚重的土坯墙夹杂着麦秸草的淳朴气息，黑亮的瓦片在风吹雨淋中褪去了颜色。空下来的老屋几乎不染尘埃，老家具有条不紊地陈列着，遥寄着对岁月的思念。

祖父年轻时当过兵，时常讲起那个川籍兄弟奋不顾身为他挡子弹的故事，这份救命恩一辈子难忘。祖父结婚，川籍兄弟特意赶来贺喜。等到川籍兄弟生下儿子，祖父从山东千里迢迢赶去四川。也是祖父一时贪杯，从而为姑姑结下一门"娃娃亲"。

家里人都以为祖父定下的"娃娃亲"是一句玩笑话，时不时地拿来逗乐解闷。直到二十年后，那个川籍兄弟和儿子带着贵重聘礼赶来履行婚约了，祖母的脸一下子变得煞白。没法子，祖母只好拿姑姑做挡箭牌，说是只要梧桐愿意，啥都行。没想到昔日一提"娃娃亲"就翻脸的姑姑，在打量片刻后，竟然毫不犹豫地答应了。

姑姑嫁去了四川，为这事，祖母很生气，足足大半年没和祖父搭话。好多时候，祖母会坐在门前的石墩上，傻傻地眺望着胡同口。每当邮递员的车铃响起，祖母乐颠颠地迎上前，一封简单的书信或汇款单，也能让祖母接连高兴好几天。

记忆中，我只见过姑姑三次。祖父过六十大寿，姑姑回来了，她盘腿坐在炕头上，扯着祖母的手有聊不完的心里话。姑姑在娘家住了大半年，那段时间是祖母一生中最开心的日子，屋子里每天充溢着欢声笑语，祖母好几次笑着笑着眼里就盈满泪。

姑姑返回后，一向健硕的祖母大病了一场。病愈后的祖母变得沉默，她时常眼巴巴地望向窗外。祖父见了，默默地退出屋，蹲在墙根吧嗒吧嗒吸着烟袋。祖母病重，姑姑特意赶回来照料。时间不长，七十多岁的祖母永远离开了我们。祖父喃喃地摇着头，忍不住老泪纵横："对不住啊老婆子，让你跟着受委屈了。"

祖母去世后，祖父执意不肯搬离老屋，他会长时间依靠在祖母生前坐过的炕头上望向窗外，也会蹲在姑姑栽的梧桐树下默默地端详，还会坐在门前的石墩上眺望着胡同口。每当手机铃响，祖父的眸子一下子多了些光亮，嗓门也变得嘹亮起来："梧桐啊，爹的身体好着呢，别牵挂，你也要多保重！"

没料想一向硬朗的祖父突然病倒了，昏黄的眸子久久凝望着院里的那棵梧桐树。姑姑赶回来了，她扑倒在祖父的床榻前悲戚地喊一声"爹"，祖父欣慰地点点头。第二日，九十二岁的祖父满意地闭上眼睛。

送走祖父，姑姑流着泪给梧桐树浇了水、施了肥，嘴里喃喃自语：以后，

就让梧桐树陪伴着老屋吧！一年一年，梧桐花开了又落，落了又开，风拂动着梧桐树发出哗啦啦的声响。

那次，儿子跟着我步入老屋，忍不住好奇问道："老爸，为啥老屋里总会飘逸一股独特的香味？"我凝望着院子里那棵参天的梧桐树说："那是梧桐花遗留的芬芳，一辈子也回味无穷！"儿子似有所悟地点点头。

那一刻，我忍不住黯然神伤。我知道，上了年纪的姑姑或许此后再也无缘重返故土，但院子里的那棵梧桐树，却留下一个缠绵悱恻的故事，故事里充溢着悲欢也夹杂着离合，而梧桐花的质朴与浓郁，却会飘逸在老屋的光阴里，伴着岁月历久弥香。

从前的钥匙

汪树明

从前的钥匙是放在猫洞里的，是放在门楣的砖雕上的，是扣在家长裤腰上的……屋是土坯茅草屋，门是本色的，多年的风吹雨打，露出了木纹丝，像海滩上潮水过后留下的波痕。有的门板下面折了一块，参差不齐，小孩子趴下就能爬过去。

农村未分田到户前，大人要出工，孩子忙上学，家里没有老太太、老爷爷的，只有"铁将军"把门。"吱呀"一声，两扇门拉到一起，搭扣套上，"咔嚓"一声，锁上门，各自忙乎去了。那时的锁钥匙似乎只有一把，没有多余的给孩子挂着，钥匙就放在门口下的猫洞里，孩子放学到家，蹲下伸手就能摸到。有的人家放在墙根一块砖下，有的放在门楣下砖的上面，有的会放在菜园某处。这些在我们孩子中已经不是秘密，谁家的钥匙放在什么地方，我们一清二楚。那时家家也没贵重的东西和余钱，也没听说过谁家少了东西。堂屋有门有锁，锅屋许多人家是芦柴门，锁也不上的，随手一带，用铁丝钩住，怕猪儿、狗儿跑进屋里。下午孩子们放学到家，看看天色还早时，推开小锅屋的芦柴门，从梁头上吊着的篮子里，掰一块冷饼，挎着菜篓就去田里挑猪菜了。

后来，不知是家家东西多了，还是锁配的钥匙多了，有的大人把钥匙用一根布带或棉绳穿着扣在裤腰上，或是扣在上衣纽扣洞内。那布带和棉绳，被多年的汗渍和老油灰浸磨得发亮。我想，当时能把钥匙随身带着的，虽然比不上戴块手表那么嘚瑟，但也是一种身份的象征，起码是家长级的。

在学校，各个班级都会选出一名学生掌管钥匙，选出来的，除了靠近学校的，就是老师心目中最信任、最优秀的学生。他早去晚走，一旦迟了，早到的孩子只能在外面等着。能掌管钥匙的学生，也神气得很，粉丝不少，说话有人听，做事有人帮，打起架来，呼一声"上"，围着的孩子就会箭一般冲上去为他拼命。

到了20世纪八九十年代，城里孩子们都有一把钥匙，他们被称为"钥匙儿童"。1992年10月，我到县城上班。次年，我租了房，把女儿接到身边上幼儿园。农闲时，妻子也来到县城贩卖蔬菜补贴家用。我上班，妻子卖菜，我们就配把钥匙挂在女儿的脖子上。幼儿园离家很近，她也不需要我们接送，中午回家还能淘米做饭。现在饭桌上，女儿看到自己十一岁的女儿连饭都不好好吃，就会骄傲地说起：我六岁开始做饭，七岁学会炒菜，八岁洗衣做饭样样来。现在的孩子用不着挂钥匙的，来去都是家人接送。

五十岁以上的人，也许会记得奶奶锁着的矮木柜，扣在奶奶衣襟洞里的钥匙就像诱饵让孩子们言听计从。孩子们都明白柜里锁着的是什么，除了奶奶出客的衣服鞋子，娘家陪嫁的金银首饰，还有就是点心。奶奶轻易不会打开，钥匙也不会离身。孩子们看着矮柜，就像猫儿围着猫食叹气，转来转去，抓耳挠腮，心痒难耐。奶奶也有打开锁的时候，那就是宝贝孙儿孙女生病了，奶奶会大方地打开锁儿，拿出收藏着的大枣、山楂、掉了渣的点心，或是别人送的柿子。吃了奶奶的点心，病突然就轻了许多。

过去的钥匙，不论是铜铸的还是铅做的，材质单一，造型简单，没有心眼，没有曲里拐弯，一如农家人的朴实、耿直；现在的钥匙材质多样，造型复杂，点子多，凹凸多变，充满了戒备，防盗智能，一夫当关，万夫莫开。

我突然怀念起以前的钥匙，怀念从猫洞里掏钥匙的时光……

渐入佳境的甘蔗

张晓环

亲戚的女儿出嫁一个月后回到娘家，向父母哭诉："不想过了，他家太穷了，欠了一屁股债，天天都有人要债。嫁过去我都快一个月不见肉渣了。"

父亲的眼角闪过一丝疼惜，他拍拍女儿的肩膀说："只要家里人好，吃点苦没什么，慢慢熬，苦尽甘来，好日子在后头哪！"母亲也附和："是啊，是啊，我和你爸爸刚过日子时比你们清贫多了，这不，慢慢也越来越好了吗？生活从苦到甜才有奔头。"

听了父母的话，女儿回去了，她相信好日子就是由苦到甜的奔赴。

另一个朋友的儿子乐阳，高中时文化课成绩不太好，他选择了美术，想以艺术生的身份考取心仪的大学。学习一段时间后，他觉得画画枯燥乏味，好久都不能出成绩。他找到老师："老师，我不想学美术了，我觉得自己不是那块料。"

老师看了看他的画说："孩子，再坚持一段时间吧，万事开头难，你马上就要找到感觉了，相信我。"

听了老师的话，乐阳继续苦练，突然有一天，画出了令自己动容的作品，后来如愿考入了理想的大学。

他终于明白，学习任何一项技能，都不是一蹴而就的，刚开始苦涩难耐，但只要循序渐进，终会开花结果。

约了三五朋友去郊区摄影，到的地方荆棘丛生，刺破的脚面隐隐生疼，脚下好像踩着羊皮筏子，摇摇晃晃。"这地方能有美景吗？人都不愿意来吧。"一位好友抱怨道。"再往前走走吧，有的路走的人少，没准就有好风景呢！"另一位好友鼓励大家。

就这样走过了一段崎岖不平的山路，突然眼前呈现了一幅水墨画卷，在夕阳的渲染下，色彩斑斓，层次有序，宛若仙境。

只要拨开云雾，走过少有人走的路，便会柳暗花明又一村。

《晋书》里有一个词，叫"蔗境"。传说东晋大画家顾恺之，吃甘蔗跟别人不同，一般人是从最甜的甘蔗根开始吃，而他是从寡淡无味的甘蔗梢开始吃。有人就问他，为什么不先吃甜的一端？要反着吃呢？顾恺之说这样越吃越甜，渐入佳境。北宋诗人唐庚也有同感，他在《立冬后作》中有曰："啖蔗入佳境，冬来幽兴长。"可是，生活中很多人都不愿意这样去吃甘蔗，要么从甜的那头开始吃，吃到无味便一扔了之，或者从寡淡无味的一端吃起，还没吃到甜的那部分，便放弃了。

最好的人生之路就该是先苦后甜的，正如倒食甘蔗，需要耐得住苦涩，耐得住寡淡，如此，才能越嚼越有滋味，渐入佳境。

爱的暖意悄然人心

- A U T U M N -

从孩子的照相说起

鲁　迅

　　因为长久没有小孩子，曾有人说，这是我做人不好的报应，要绝种的。房东太太讨厌我的时候，就不准她的孩子们到我这里玩，叫作"给他冷清冷清，冷清得他要死！"但是，现在却有了一个孩子，虽然能不能养大也很难说，然而目下总算已经颇能说些话，发表他自己的意见了。不过不会说还好，一会说，就使我觉得他仿佛也是我的敌人。

　　他有时对于我很不满，有一回，当面对我说："我做起爸爸来，还要好……"甚而至于颇近于"反动"，曾经给我一个严厉的批评道："这种爸爸，什么爸爸？！"

　　我不相信他的话。做儿子时，以将来的好父亲自命，待到自己有了儿子的时候，先前的宣言早已忘得一干二净了。况且我自以为也不算怎么坏的父亲，虽然有时也要骂，甚至于打，其实是爱他的。所以他健康，活泼，顽皮，毫没有被压迫得瘟头瘟脑。如果真的是一个"什么爸爸"，他还敢当面发这样反动的宣言么？

　　但那健康和活泼，有时却也使他吃亏，九一八事件后，就被同胞误认为日本孩子，骂了好几回，还挨过一次打——自然是并不重的。这里还要加一句说的听的，都不十分舒服的话：一年多以来，这样的事情可是一次也没有了。

　　中国和日本的小孩子，穿的如果都是洋服，普通实在是很难分辨的。但我们这里的有些人，却有一种错误的速断法：温文尔雅，不大言笑，不大动弹的，是中国孩子；健壮活泼，不怕生人，大叫大跳的，是日本孩子。

　　然而奇怪，我曾在日本的照相馆里给他照过一张相，满脸顽皮，也真像日本孩子；后来又在中国的照相馆里照了一张相，相类的衣服，然而面貌很拘谨，驯良，是一个道地的中国孩子了。

为了这事，我曾经想了一想。

这不同的大原因，是在照相师的。他所指示的站或坐的姿势，两国的照相师先就不相同，站定之后，他就瞪了眼睛，伺机摄取他以为最好的一刹那的相貌。孩子被摆在照相机的镜头之下，表情是总在变化的，时而活泼，时而顽皮，时而驯良，时而拘谨，时而烦厌，时而疑惧，时而无畏，时而疲劳……照住了驯良和拘谨的一刹那的，是中国孩子相；照住了活泼或顽皮的一刹那的，就好像日本孩子相。

驯良之类并不是恶德。但发展开去，对一切事无不驯良，却决不是美德，也许简直倒是没出息。"爸爸"和前辈的话，固然也要听的，但也须说得有道理。假使有一个孩子，自以为事事都不如人，鞠躬倒退；或者满脸笑容，实际上却总是阴谋暗箭，我实在宁可听到当面骂我"什么东西"的爽快，而且希望他自己是一个东西。

但中国一般的趋势，却只在向驯良之类——"静"的一方面发展，低眉顺眼，唯唯诺诺，才算一个好孩子，名之曰"有趣"。活泼，健康，顽强，挺胸仰面……凡是属于"动"的，那就未免有人摇头了，甚至于称之为"洋气"。又因为多年受着侵略，就和这"洋气"为仇；更进一步，则故意和这"洋气"反一调：他们活动，我偏静坐；他们讲科学，我偏扶乩；他们穿短衣，我偏着长衫；他们重卫生，我偏吃苍蝇；他们壮健，我偏生病……这才是保存中国固有文化，这才是爱国，这才不是奴隶性。

其实，由我看来，所谓"洋气"之中，有不少是优点，也是中国人性质中所本有的，但因了历朝的压抑，已经萎缩了下去，现在就连自己也莫名其妙，统统送给洋人了。这是必须拿它回来——恢复过来的——自然还得加一番慎重的选择。

即使并非中国所固有的罢，只要是优点，我们也应该学习。即使那老师是我们的仇敌罢，我们也应该向他学习。我在这里要提出现在大家所不高兴说的日本来，他的会摹仿，少创造，是为中国的许多论者所鄙薄的，但是，只要看看他们的出版物和工业品，早非中国所及，就知道"会摹仿"决不是劣点，我们正应该学习这"会摹仿"的。"会摹仿"又加以有创造，不是更好么？否则，只不过是一个"恨恨而死"而已。

我在这里还要附一句像是多余的声明：我相信自己的主张，决不是"受了帝国主义者的指使"，要诱中国人做奴才；而满口爱国，满身国粹，也于实际上的做奴才并无妨碍。

有了小孩以后

老 舍

　　艺术家应以艺术为妻，实际上就是当一辈子光棍儿。在下闲暇无事，往往写些小说，虽一回还没自居过文艺家，却也感觉到家庭的累赘。每逢困于油盐酱醋的灾难中，就想到独人一身，自己吃饱便天下太平，岂不妙哉？

　　家庭之累，大半由儿女造成。先不用提教养的花费，只就淘气哭闹而言，已足使人心慌意乱。小女三岁，专会等我不在屋中，在我的稿子上画圈拉杠，且美其名曰"小济会写字"！把人要气没了脉，她到底还是有理！再不然，我刚想起一句好的，在脑中盘旋，自信足以愧死莎士比亚，假若能写出来的话。当是时也，小济拉拉我的肘，低声说："上公园看猴？"于是我至今还未成莎士比亚。小儿一岁整，还不会"写字"，也不晓得去看猴，但善亲亲，闭眼，张口展览上下四个小牙。我若没事，请求他闭眼，露牙，小胖子总会东指西指的打岔。赶到我拿起笔来，他那一套全来了，不但亲脸，闭眼，还"指"令我也得表演这几招。有什么办法呢？！

　　这还算好的。赶到小济午后不睡，按着也不睡，那才难办。到这么四点来钟吧，她的困闹开始，到五点钟我已没有人味。什么也不对，连公园的猴都变成了臭的，而且猴之所以臭，也应当由我负责。小胖子也有这种困而不睡的时候，大概多数是与小济同时发难。两位小醉鬼一齐找毛病，我就是诸葛亮恐怕也得唱空城计，一点办法没有！在这种干等束手被擒的时候，偏偏会来一两封快信——催稿子！我也只好闹脾气了。不大一会儿，把太太也闹急了，一家大小四口，都成了醉鬼，其热闹至为惊人。大人声言离婚，小孩怎说怎不是，于离婚的争辩中瞎打混。一直到七点后，二位小天使已困得动不得，离婚的宣言才无形的撤销。这还算好的。遇上小胖子出牙，那才真教厉害，不但白天没有情理，夜里还得上夜班。一会儿一醒，若被针扎了似的惊啼，他出牙，谁也不用打算睡。他的牙出利落了，大家全成了红眼虎。

　　不过，这一点也不妨碍家庭中爱的发展，人生的巧妙似乎就在这里。记得 Frank Harris 仿佛有过这么点记载：他说王尔德为那件不名誉的案子过堂被审，一开头他侃侃而谈，语多幽默。及至原告提出几个男妓作证人，王尔德没了脉，非失败不可了。Harris 以为王尔德必会说："我是个戏剧家，为观察人生，什么样的人都当交往。假若我不和这些人接触，我从哪里去找戏剧中的人物呢？"可是，王尔德竟自没这么答辩，官司就算输了！

把王尔德且放在一边；艺术家得多去经验，Harris 的意见，假若不是特为王尔德而发的，的确是不错。连家庭之累也是如此。还拿小孩们说吧——这才来到正题——爱他们吧，嫌他们吧，无论怎说，也是极可宝贵的经验。

在没有小孩的时候，一个人的世界还是未曾发现美洲的时候的。小孩是科仑布，把人带到新大陆去。这个新大陆并不很远，就在熟习的街道上和家里。你看，街市上给我预备的，在没有小孩的时候，似乎只有理发馆，饭铺，书店，邮政局等。我想不出婴儿医院，糖食店，玩具铺等等的意义。连药房里的许许多多婴儿用的药和粉，报纸上婴儿自己药片的广告，百货店里的小袜子小鞋，都显着多此一举，劳而无功。及至小天使自天飞降，我的眼睛似乎戴上了一双放大镜，街市依然那样，跟我有关系的东西可是不知增加了多少倍！婴儿医院不但挂着牌子，敢情里边还有医生呢。不但有医生，还是挺神气，一点也得罪不得。拿着医生所给的神符，到药房去，敢情那些小瓶子小罐都有作用。不但要买瓶子里的白汁黄面和各色的药饼，还得买瓶子罐子，轧粉的钵，量奶的漏斗，乳头，卫生尿布，玩意多多了！百货店里那些小衣帽，小家具，也都有了意义；原先以为多此一举的东西，如今都成了非它不行；有时候铺中缺乏了我所要的那一件小物品，我还大有看不起他们的意思：既是百货店，怎能不预备这件东西呢？！慢慢的，全街上的铺子，除了金店与古玩铺，都有了我的足迹；连当铺也走得怪熟。铺中人也渐渐熟识了，甚至可以随便闲谈，以小孩为中心，谈得颇有味儿。伙计们，掌柜们，原来不仅是站柜做买卖，家中还有小孩呢！有的铺子，竟自敢允许我欠账，仿佛一有了小孩，我的人格也好些，能被人信任。三节的账条来得很踊跃，使我明白了过节过年的时候怎样出汗。

小孩使世界扩大，使隐藏着的东西都显露出来。非有小孩不能明白这个。看着别人家的孩子，肥肥胖胖，整整齐齐，你总觉得小孩们理应如此，一生下来就戴着小帽，穿着小袄，好像小雏鸡生下来就披着一身黄绒似的。赶到自己有了小孩，才能晓得事情并不这么简单。一个小娃娃身上穿戴着全世界的工商业所能供给的，给全家人以一切啼笑爱怨的经验，小孩的确是位小活神仙！

有了小活神仙，家里才会热闹。窗台上，我一向认为是摆花的地方。夏天呢，开着窗，风儿轻轻吹动花与叶，屋中一阵阵的清香。冬天呢，阳光射到花上，使全屋中有些颜色与生气。后来，有了小孩，那些花盆很神秘的都不见了，窗台上满是瓶子罐子，数不清有多少。尿布有时候上了写字台，奶瓶倒在书架上。大扫除才有了意义，是的，到时候非痛痛快快地收拾一顿不可了，要不然东西就有把人埋起来的危险。上次大扫除的时候，我由床底下找到了但丁的《神曲》。不知道这老家伙干吗在那里藏着玩呢！

人的数目也增多了，而且有很多问题。在没有小孩的时候，用一个仆人就够了，现在至少得用俩。以前，仆人"拿糖"，满可以暂时不用；没人做饭，就外边去吃，谁也不用拿捏谁。有了小孩，这点豪气趁早收起去。三天没人洗尿布，屋里就不要再进来人。牛奶等项是非有人管理不可，有儿方知卫生难，奶瓶子一天就得烫五六次；没仆人简直不行！有仆人就得捣乱，没办法！

好多没办法的事都得马上有办法，小孩子不会等着"国联"慢慢解决儿

童问题。这就长了经验。半夜里去买药，药铺的门上原来有个小口，可以交钱拿药，早先我就不晓得这一招。西药房里敢情也打价钱，不等他开口，我就提出："还是四毛五？"这个"还是"使我省五分钱，而且落个行家。这又是一招。找老妈子有作坊，当票儿到期还可以入利延期，也都被我学会。没工夫细想，大概自从有了儿女以后，我所得的经验至少比一张大学文凭所能给我的多着许多。大学文凭是由课本里掏出来的，现在我却念着一本

活书，没有头儿。

连我自己的身体现在都会变形，经小孩们的指挥，我得去装马装牛，还须装得像个样儿。不但装牛像牛，我也学会牛的忍性，小胖子觉得"开步走"有意思，我就得百走不厌；只作一回，绝对不行。多咱他改了主意，多咱我才能"立正"。在这里，我体验出母性的伟大，觉得打老婆的人们满该下狱。

中秋节前来了个老道，不要米，不要钱，只问有小孩没有？看见了小胖子，老道高了兴，说十四那天早晨须给小胖子左腕上系一根红线。备清水一碗，烧高香三炷，必能消灾除难。右邻家的老太太也出来看，老道问她有小孩没有，她惨淡地摇了摇头。到了十四那天，倒是这位老太太的提醒，小胖子的左腕上才拴了一圈红线。小孩子征服了老道与邻家老太太。一看胖手腕的红线，我觉得比写完一本伟大的作品还骄傲，于是上街买了两尊兔子王，感到老道，红线，兔子王，都有绝大的意义！

爱是最暖的光

崔修建

我从大西北回来，眼里含着泪，心里装满了暖。

一望无际的戈壁滩，四季干旱，草活得苦，树活得苦，但浸在苦水里的生命，也能令人心生敬意。一阵风起，一个草团在不停地向前滚动。当地人告诉我，那是风滚草，也叫俄罗斯刺沙蓬，是戈壁滩上的一种生命力极强的植物。干寒难耐时，它会从沙土里拔出根，抱成一个圆团随风滚动，遇到适合的环境，会再次扎下根，冒出新芽，萌出新枝，开出玫红色或淡紫色的花。

随"志愿者小分队"去宁夏固原一所希望小学，我见到刚刚三十出头的陈老师，竟苍老得那样令人心疼。我看过她毕业照上靓丽的身影，没想到仅仅十年的光景，秀气的她，便磨砺得如此粗糙。面对我的诧异，她一脸淡然地告诉我，学校曾打过三口井，但都没用多久，便再也打不出水来了，即便打出的水，也苦涩无比，根本不能饮用，她和学生们的生活用水，要靠村民从三十多里远的村子运过来，金贵得很。

吃午饭时，学生们以课桌为餐桌，每个学生一碗米饭，只有炒萝卜干和白菜炖豆腐两样菜，每人一碗白开水。他们一个个吃得津津有味，脸上洋溢着知足的兴奋。

陈老师吃的饭菜和学生们一模一样，她边吃边跟我聊天，她说现在伙食已经有很大改善了，每天能吃到青菜，每周有两天能吃到肉，有两天能吃到鸡蛋，前几年连青菜也无法保证，师生们经常吃咸菜，有时干脆就是米饭泡酱油。

我感叹这里条件太艰苦了，她却有些满足："还有比这里更艰苦的学校呢，你看，我教的孩子多阳光啊，他们爱学习、爱劳动、淳朴又善良。"说起她的学生，陈老师满脸的自豪无以掩饰，她拿给我看学生们写的诗，我特别惊讶，眼前这些土里土气的孩子笔下竟流泻出那么多精美的诗句，宛若一朵朵艳丽的小花，又似一片片灵动的彩云，那般地亲切而自然。

那天下午，天空突然一片墨色，一场雷阵雨即将来临，几位老师和食堂做饭的师傅，领着学生们将所有的盆盆罐罐，全搬到教室前的操场上，然后全校师生一起仰首期盼雨滴赶紧降落。

"下雨啦！下雨啦！"几滴雨落到一个孩子伸出的小手上，欢呼声立刻响起来，等雨点密集起来，几个男孩子竟脱下上衣，嬉笑着跑进雨中，任雨水将自己浇成一只只快乐无比的"落汤鸡"，有两个小女孩接雨水搓洗着辫子，更多的孩子则畅快地用雨水洗脸、洗脚，仿佛那是百年一遇的甘霖，不倍加珍惜，便辜负了上苍的一番美意。

十几分钟后，风停雨歇，干涸已久的大地将雨水很快全收走了，被雨水洗过的刺棘却精神了许多，师生们像打了一场大胜仗，说说笑笑着将那些瓶瓶罐罐里的水，倒进厨房的两口大缸里，准备用来洗菜或者洗脸。

陈老师兴奋地告诉我："这就是我们的生活实践课，听从老天的随机安排，等冬天下雪的时候，全校师生都会跑进漫天飞舞的雪花中，尽情地嬉戏，尽情地感受大自然的神奇变化，孩子们的不少诗篇和文章，都是在这样近距离的观察和体验中完成的。"

原来，很多好课不只是在教室里完成的，还可以走到广阔的天地中，与风霜雪雨一道完成。我不由得为陈老师和她的孩子们灵活的课程安排，由衷地举双手点赞。

我们送来的一些书，孩子们特别喜欢。一个小女孩有些羞涩地悄悄问我："叔叔，您这次没带王国维的《人间词话》吗？我以前在舅舅家见到过，很想读到。"

我惊讶地问她，能读得懂吗？她说不是很懂，但感觉那本书写得很美。我赞赏她的感觉很棒，回去我会专门给她邮寄一本《人间词话》，再给其他同学邮寄一本。

不曾想到，这些小学生除了喜欢现当代儿童文学作品，居然还喜欢惠特曼的《草叶集》、艾略特的《荒原》、卡夫卡的《变形记》、莫泊桑的《羊脂球》这类经典名著。陈老师骄傲地告诉我，孩子们的心空无比阔大，他们能够装得下广袤的世界……

我知道，我面前的孩子们几乎全是留守儿童，他们的父母常年在外打工，他们不仅要认真读书，还要照顾家里的老人，每个孩子都更早地肩负起了家庭生活的一些担子，可从他们的言谈举止里，我看不到任何的悲戚和怨气，只看到了阳光一样的欢颜，看到了岁月静好。

同去的一位公司经理跟我感慨道："哪里是我们来给他们送温暖，倒像是他们给我们送温暖，跟这里的老师和孩子们在一起，烦恼会被驱逐，愁苦会被抽走，抱怨会被打碎，只有感恩、热爱和勤勉，还有随时随地都能遇见的开心……"

的确如此！

我忽然想到了著名作家张丽钧的那篇美文《牡丹花水》，想到怀着开花的心情，为一壶沸腾的清水，起一个俏丽昵称的那位不知名的戈壁人，想到在漫天风沙中热烈地敲着腰鼓、激情澎湃地起舞的那些陕北汉子，还有把秦腔吼得特别响亮、把信天游唱得如痴如醉的那位民间艺人……那些善于从苦中嚼出甜的小人物，最懂得"天黑下来时，爱就是最暖的光"，爱意盈盈地行走人间，无论走到哪里，头顶都会有一片艳阳天。

那天，一位求职四处碰壁的博士，沮丧地向我抱怨自己的怀才不遇，我没有给他讲任何大道理，只说了那次大西北之行的一些见闻，尔后，我将陈老师那天跟我说的那几个字赠予了他——爱是最暖的光。

他若有所悟地重复了一遍我的赠言，便一身轻松地转身离开了。

其实，幸福的人生，就是一次又一次携爱而行。

一滴泪掉下来要多久

顾晓蕊

那是一个深秋的早晨，天刚微亮，薄雾还挂在树梢上，我坐车前往山村学校支教。车在九曲十八弯的山路上盘旋，直到日影西斜，来到位于大山深处的一所中学。

看到四面漏风的校舍，我心里一阵酸楚，决意留下来，把梦想的种子播到孩子的心田。事实上，这远没有想象的那么简单，有个叫李想的孩子，就是让我头疼的学生。

我在讲台上念课文，抬头见他两眼走神，心早飞到爪哇国去了。我的火气腾地冒上来，大声说："李想，我刚才读到哪了？"

同桌用胳膊捅了捅他，他这才醒觉过来，挠挠头说："读的什么？没听到啊。"班上学生哄堂大笑。

我气得不知说什么好，示意他坐下，告诉他认真听讲。这样的事情反复多次，成绩自然好不了。他还和别人打架，黝黑的脸上挂了彩，问是怎么回事，他不肯说。

有一回，我看到几个孩子围着他挥拳乱打，边打边说："不信你不哭。"泪水在眼眶里晃，他昂着头，愣是不让它落下来。我大喝道："为什么打人？"他们撒腿跑了，像一群小马驹似的，转眼没了踪影。

我走上前，想说些什么。他看了我一眼，转过身，趔趔趄趄地走了。我心里觉得难过，他到底是怎么了？他的童真哪里去了？

有个周末，我到他家里走访。到那儿一看，我鼻子酸了。破旧的土坯房，屋内光线昏沉。原来，他父母外出打工，家里只有他和爷爷。

"他父母出去多久了？经常回来吗？"我问。

老人叹气说："他爹娘走了五年，很少回来。刚开始那会儿，他想起来就哭，躺地上打滚儿，谁也哄不住。连哭了几个月，眼泪都流干了……"

校园里再见到他，他仍旧上课走神，我却不敢与他的目光对视。那目光望也望不到底，透着阵阵寒气，充满稚气的脸上有着与年龄不相称的忧郁和漠然。

就这样又过了几个月，有一天，听说他的父母回来了，还受了些伤。

事情大致是这样：他的父母坐车回家，赶上下雨，山路湿滑，车翻进了沟里。幸好只是些外伤，他们在医院住了几天，包了些药，打车赶回了家。

我想去他家看看，路上，听见村民在议论："爹娘出去这么久，回来伤成那样，这孩子跟没事人似的。"作为老师，我的心像被什么东西揪了一下，有一种深深的挫败感。

走到院里，爷爷正冲他发脾气："你这孩子，心咋就那么硬呢？看到爹娘遭了罪，连滴眼泪都没流……"话未说完，便听到一声剧烈的咳嗽声。

他倚着门框站着，默不作声。父亲接过话说："我们出去这些年，他感觉生疏，这也怨不得孩子。"

母亲走过来，搂着他的肩说："这次出事后，我和你爹也想了，回头包片果园，不出去打工了。"他低下头，一颗亮晶晶的泪珠，滚落了下来。刚开始是小声啜泣，到后来变成了号啕大哭。

我忽然懂得，这些年来他有多孤单，有多悲伤。所谓的坚强，是因为没有一个能让他依靠着哭泣的肩膀。我眼眶全湿，悄悄地离开了。

第二天上语文课，他坐得直直的，听得很认真。下午是体育课，他跟别的孩子在草地上嘻嘻哈哈地玩闹。金色的阳光倾洒下来，他的脸上焕发着光彩，整个人都明亮了起来。

他沿着操场奔跑，轻盈得像一阵风。有同学喊："李想，你的衣服脏了，后面好几道黑印子。"他头也不回地说："俺娘——会洗的。""娘"这个字拖得老长，喊得格外响。

我不知道一滴泪掉下来之前，在他心里奔涌了多久。但我明白从现在开始，一个美丽的生命，如含苞待放的花蕾，又变得鲜活生动起来。

吃桥饭

郑锦凤

被弯拐河包围的石头寨有一所小学，叫石头小学。年近六十的胡老师在这所小学任教，学生们都称他为"小老头。"这个小老头，在石头小学一待就是三十八年。

老早以前，每家每户的小孩都多，小学的每个班都挤得满满的。后来，农村的孩子渐渐到外校上学，石头小学生源减少。上个学期，偌大一所学校，只有六个学生。年轻的老师都以各种各样的理由离开学校，只有胡老师还坚守在石头小学。

胡老师是一个无所不能的人，所有的学科都由他一个人来教。没有家长接送的孩子，他骑自己的二八大杠单车帮着接送。下雨天路滑，他把孩子们集中在一起，小心翼翼地领着走过那一段河坎路。冬天，他把炉火烧得旺旺的，不让孩子们挨冷受冻。

在物资匮乏的年代，弯拐河岸上的刺梅与刺梨是一寨子人随手可摘的零食。小河还包揽了寨子里所有人家洗洗刷刷的用水。尤其是炎热的夏天，弯拐河小石桥那一截，都是泡澡的孩子。泡冷了，上岸往石桥上一躺，等太阳帮着给身体升温。等全身晒热，他们又排队从石桥上一个接一个地一猛子扎下去。过一会儿，小脑袋们像煮熟的汤圆一样，漂在水面。这样的热闹场景，胡老师又像个救生员一样，站在岸上，眼观四处，耳听八方，生怕有孩子发生危险。

胡老师家的日子过得不算富裕，甚至有些清贫。这些年来，他以校为家，把学生当成自己的孩子。大部分工资都用来给学校作维修费用，还经常买些奖品奖励给优秀的学生。

空闲时间，胡老师最大的爱好就是带孩子们打球、跳绳。自己一个人时，他就上山背石头给小石桥修修补补。因为这座石桥是石头寨人出行的必经之路。有些人爱用一个"傻"字来评论胡老师，他只是抿嘴一笑，不搭腔。

这个学期，石头小学一个学生都没有了，胡老师彻底闲下来。

早春的一天，一直住在学校宿舍的胡老师，因重感冒赖在床上，食欲全无。昏沉中，他好像听到学校的大门有响动。他撑起来到门外一看，正好看到有人在翻越大铁门。有的人，已来到操场上。他还没反应过来是怎么回事，就听到叫喊声："胡老师，我们来请您去吃桥饭!"胡老这才想起来，这天是农历二月初二。

多民族杂居的石头寨，有一个与其他寨子不同的风俗习惯——吃桥饭。每年的农历二月初二，寨子里的每一户人家，女主人会烧几盘好菜，再带着自家人到石桥上围着好菜吃饭。意在希望自家人过小石桥及亲近河水时，都平平安安。

一帮人进了屋，胡老师才认清，都是在石头小学念过书的他的学生。有小学生、中学生、大学生，还有两个已参加工作。跟老师打过招呼后，大家争抢着帮胡老师穿衣服、扣纽扣、系鞋带。见脚盆里泡有脏衣物，两个女生赶紧蹲下来搓洗，并麻利地把屋子拾掇干净。

没过多久，一帮人簇拥着胡老师来到小石桥上。扣肉，麻辣豆腐、油炸粑粑……胡老师最爱吃的东西一一摆在桥板上。

"小老头，动筷子吃桥饭吧。"

"记住了，明年，后年，大后年……往后的每一年，我们都会来陪您吃桥饭。"

"多吃点，别舍不得吃。"

……

大家你一言我一语地说着。胡老师一边吃着桥饭，一边眼底湿润。这时，不知是谁带头唱起歌来："每个人心里一亩一亩田，每个人心里一个一个梦……用它来种什么? 用它来种什么? 种桃，种李，种春风。"

先把爱给你

鲁小莫

小时候他很顽劣，爬上高树掏鸟窝，将河边所有的鸭子驱到深水里，到生产队偷生茄子吃……他经常被母亲拧着耳朵拎回家。

上了学，他又让老师头疼。霸占着大半个桌子欺负女同学，课堂上将呼噜打得震天响，钻到桌下用弹弓向同学射击……他一直不是个讨人喜欢的孩子。

好在他的成绩还不错。小学，中学，大学升得挺顺利。大学毕业后，有了一份不错的工作。然后是结婚，生子。生活按部就班地进行着。

可是这一切让他很是提不起劲。婚后的激情消失后，他厌烦了琐琐碎碎的生活，尤其是儿子的出生，完全打乱了他的生活规律，他越来越不愿回家。

妻怨过，别扭过，可依然改变不了他。他更愿意与一群朋友一起，打牌，喝酒，深更半夜去吼歌。

那天，他喝了酒，忽然觉得心里空落落的。每天都在忙忙碌碌，他想，人生到底活着个什么劲？无聊中，他拨通了家里的电话。

三岁的儿子接的电话。儿子说，爸爸，你要小心一点。

他听得莫名其妙，问，什么小心一点？

儿子稚声稚语地说，走路的时候小心一点，不要摔倒。

他不禁一笑，心里有暖流流过，他问，为什么要小心呢？

儿子忽然抽泣起来，说，摔倒了很疼的。

从儿子断断续续的叙述中，他明白了，儿子从幼儿园回家的路上，学小鸟一样飞翔，他一边奔跑，一边张开双臂，双腿向上腾跃，却摔倒在地，额头破了皮，手掌也流了血。儿子接电话前，妈妈刚用纱布给他包好。

儿子抹着眼泪说，爸爸，你走路也要小心一点。

他的心里，仿佛一块石头"砰"然入湖。小小的儿子，在自己受了伤后，想到的首先不是自己，不是倾诉自己的痛，不是索取更多的爱，却嘱咐爸爸要小心。疼爱，自责一齐涌过他的心，他的眼睛不禁湿润了。

第二天，他买了儿子与家人的礼物回来。他开始抢着做家务，开始懂得体贴与关心别人。许多人惊讶于他的变化，有人说他是浪子回头。他只是笑笑，不多言语。

他心里明白，先爱别人，而后收获爱，这样的人生幸福是多么美妙。

懂得付出，懂得爱，这居然是三十多岁时，年幼的儿子教会他的。

祖母的时钟

李绪廷

随着弟弟的出生，从三岁起，我就不得不离开母亲而随祖母居住，一直到我去外地读高中为止。其间曾发生了很多事，都因时间太长而无法记起，唯有祖母每天按时叫我上学时所用的"时钟"，使我永生不敢忘怀。

上初中时，学校在离家三里路的管理区所在地徐庙村。每天我都要早早起来，简单地吃点饭，然后步行上学。夏天还好，因为天亮得早，可以不慌不忙地起床；而冬天就成了问题。因为冬天的凌晨五时左右，正是黎明前最黑暗的时刻；为了不因迟到而被罚站，我就在每天睡觉前嘱咐祖母第二天按时叫我。每当这时，祖母总是边忙针线活边慈祥地看着我说："睡吧，我会叫你的。"然后看着我脱衣睡下，再去忙她的针线活。

过了许多年后，祖母已经很老了。有一年冬天，祖母坐在屋前眯着眼晒太阳，我问："奶奶，我上初中时，您用的什么钟表啊？"祖母睁开眼看了我好一会儿，才说："没有啊！那时家里穷，哪来的钟表？"我问："那早上上学时您叫我起床怎么那么准？"祖母笑了，那笑里充满了爱意。祖母说："我每天就数屋顶的椽子。"

听祖母一说，我才明白。原来，祖母虽然每天都比我睡得晚，但为了不使我迟到，每天下半夜很早就睡不着了，睁着眼看着黑洞洞的屋顶。当然，说祖母睡不着，只是我按祖母的叙述而记录，我想，真实的情况应该是：到了凌晨时分，祖母不敢睡了，她怕一觉睡过去，就耽误了我的"前程"。祖母就这样一直看着屋顶，直到从窗户漏进的微弱亮光，照到她认为该我起床的那根椽子，这才叫醒我。

现在，当我在键盘上敲打这篇文字时，好像没有什么大不了的。但如果细

细想来，祖母能"数椽子"数到如此境界，绝非一日之功。黎明时分是人最困乏的时候，直到现在，我还要靠闹钟的铃声来把自己从甜蜜的梦中拽出来，而祖母却能靠几根椽子当"时钟"，绝不是她信手拈来的"土法"。这里边包含着多少辛苦，绝不是一篇文字就能表达的。我可以想象得出祖母数椽子时聚精会神的表情，我相信，那绝对是世界上最充满爱意的表情之一。

现在，新建的房子都用上了楼板，想数椽子似乎都成了一件奢侈的事。但假设我们现在还处在那时的光景，还住在一根根椽子排成的老屋里，能不能做到"数椽如钟"？把爱的接力棒准确地递到孩子的手里？

这个问题常使我望着雪白的天花板而热泪盈眶。

寻找爱的星辰

安 宁

黄昏，暑气渐消，暮色犹如巨大的飞鸟，缓缓降落热气腾腾的村庄。我抬头看一眼雾气缭绕的天际，鼓起勇气，一头扎进绿色的汪洋，寻找失踪的母亲。

这是八月，村庄被一望无际的玉米包围。起风的时候，整个村庄便化作一叶小舟，在汹涌的浪涛中若隐若现。小小的我，则似一只惊惶的飞虫，伏在剑戟般狭长的玉米叶片上随波逐流。

大人们借着傍晚的凉风，在密不透风的玉米地里埋头锄草。小孩子们则趴在田间地头，与蜻蜓或者天牛玩耍，累了倦了，便随意地将它们短暂的一生终结。傻子坐在自家的庭院里，抬头看着渐渐暗下来的四角的天空，发出神秘的喊叫。有时候他也会跑出门去，沿着村庄大道寂寞地行走，见到好看的女人，他就站住，盯着女人胸前鼓荡的衣衫痴痴傻笑，女人看了心烦，捡起脚下的木棍，大骂着驱赶他。狗站在自家门口，眺望着巷口，那里始终没有人来；它们便走出巷子，汇聚在一起，用饥饿的身体里仅存的气力，发出茫然的吼叫。天边最后一抹晚霞，在狗叫声中微微晃动一下，继续向深山隐去。

月亮早已挂在天边，家家户户的炊烟还没有升起。整个村庄的人仿佛都消失在玉米地里，忘记了人间时日。遥远的地平线上，秋天的战鼓正隐约响起，这紧锣密鼓的声响催促着人们，一场抢收大战即将开始。此时人若匍匐在大地上，还能听到遍地抽穗授粉的玉米，正从泥土里咕咚咕咚汲取着生命的乳汁。

我的身体也在发出叫声，饥饿张开大嘴，将我一点点吞噬。我放过一只觅食的蚂蚁，站起身来，顺着枝叶横生的垄沟，看向玉米地的深处。因为晕眩，整个大地都在我的眼前晃动。我扶住一株玉米，在窸窣的声响中，侧耳辨认着母亲的脚步声。我听到风吹过成千上万株玉米柔软的花须，发出亲密的私语，红色的花须在热烈地喊叫，黄色的花须在寂静地歌唱，白色的花须仰望苍穹，等待星空睁开无数闪亮的眸子。我还听到飞蛾拍打着薄薄的翼翅，列队飞回巢穴的声响。一只青蛙从沟渠中一跃而起，将路过的蚊虫吞入腹中。

但在千万种声响中，我只渴望母亲的声音，尽管她从未温柔地呼唤过我。残酷的生活榨干了她心中残存的爱与暖。她在疲惫的时候骂我，像骂一条夹着尾巴讨要吃食的狗。她在快乐的时候骂我，像骂庭院里惹是生非的牲畜。她在与父亲撕扯后骂我，像骂该死的人生。一切让她生出烦恼的事情她都破口大骂，以此对抗永无休止的琐碎日常。母亲这样固执地厌倦着我们贫穷的家，我却依然将她视作人间的焰火，我要将世间所有的爱都拿来送给她。我来自她的身体，这世间唯一的爱的源头，我如何能弃她而去？不，我要紧紧跟随着她，像一只扑火的飞蛾，耗尽平生气力，守护住这点微弱的光，这必将照亮我漫长一生的光。

我于是起身，朝着大地上涌动的汪洋一声声呼唤：娘！娘！娘！我的声音在寂静的黄昏里传出去很远。它们沿着垄沟曲折向前，先是碰翻了一片娇嫩的草叶，而后惊醒一粒沉睡的虫卵，继而抚过一株醉酒的高粱，撞飞一枚饱满的大豆。回巢的蚂蚁纷纷驻足，仰起小小的椭圆的脑袋，倾听着一声声稚嫩的呼唤，慢慢消失在苍茫的旷野之中。

此刻的母亲，或许正在田地的尽头埋头锄草，她的一颗心完全沉浸在辛苦的劳作中，忘了独自玩耍的孩子。她并不关心我在做些什么，她生下了我，似乎就完成了上天赋予的生儿育女的重任。她不喜欢孩子，当她还是一个孩子的时候，她从未被父母温柔地爱过，她因此也不知道怎么去爱自己的孩子，这一个接一个从她疲惫的身体上掉下的肉团，让她觉得厌倦，他们将庭院搞得鸡飞狗跳，将生活弄成一团乱麻，他们催她衰老，让皱纹早早爬上她明亮的额头。她宁肯低头侍弄庄稼，在麦浪中倾听布谷鸟的歌唱，或者雨中去看汩汩汲水的玉米，也好过陷在孩子们无休无止的吵闹中。也或许，她早已听见我的呼唤，却装作什么也没有发生，只抬头看一眼昏暗的天光，继续弯腰劳作；仿佛我对她的依恋，是习以为常的虫鸣，在她耳边日复一日地响着，不会惊起任何的波澜。

但我却深深眷恋着母亲，我要穿过茂密的玉米地去寻找她，我要牵着她的手一起回家，告诉她我爱她，一生一世都和她在一起，如果失去了她，我的生命也将暗淡无光，仿佛所有的星辰从夜空中消失。

我于是拨开绿色的波浪，一头扎进玉米田中。狭长的玉米叶片划过我的肌肤，在上面留下深深浅浅的伤痕。泥土灌满了我的鞋子，硌疼了我的双脚。没有刨掉的麦茬，时不时就扎了我的脚踝。一只青蛙跃过我的小腿，将我吓出一声尖叫。在田地的更深处，一切声响都被隔绝，村庄化为虚无，天空也不见踪迹，整个世界只剩下浩浩荡荡的玉米，我走不到尽头，也没有尽头。我将被无边无际的玉米吞噬，当夜色张开巨大的帷幕，罩住村庄的那一刻，我这样惊恐地想。

我于是放声大哭。哭声撞击着厚重的夜幕，发出沉闷的回响。我在浓郁的夜色包裹中，像一个即将窒息的婴儿，在母亲的子宫里，用尽洪荒之力，发出最后的呼救：娘！娘！娘！

我的呼救声最终换来了母亲的回应。她在不远的地方直起身来，疲惫地骂我：你娘没死呢，哭什么哭？！赶紧滚回家去，别在这里让我心烦！

我不管这些，我只循着母亲的骂声，在玉米田里飞快地奔跑。此刻，什么都没有这骂声更让我快乐，什么都不能阻碍我向着温暖的怀抱飞奔。

仿佛历经了漫长的一生，仿佛疾驰了千万里路，我最终抵达母亲的身边。她看着我满脸的汗水和污渍，又开始无休无止地骂我。

而我，则羞涩地走过去，拉住母亲的衣角，甜蜜地笑着。就像那一刻，我在爱整个的世界。

6元钱买下爱

鲁小莫

假期里，他乘飞机回家。回到家也没别的事，主要是陪母亲看看电视，聊聊天。

第二天，母亲说，咱俩去买鸡蛋吧。他一听就笑了。在公司里，他是大经理，有专门的秘书与司机。但他点点头，说，好。

随母亲出了门。母亲说，去某某超市。他问，周围不是有家超市吗？母亲眨眨眼，有些得意，说，某某超市的鸡蛋便宜，三块二一斤，周围的这家，要三块四。他在心里咋舌。

走到路边，正准备抬手打车，母亲说，坐12路车吧。他问，为什么坐12路？母亲说，12路车是某某超市的专用车，免费，坐别的公交车，还要花两块钱。他又笑了，说好。

坐上12路大客车。车上差不多都是些老头老太太，跟母亲很熟了，听说他是陪母亲买鸡蛋的，都用暖暖的眼神看着他，好像他是大家的儿子。他的心里，也暖暖的。

买了10斤鸡蛋。母亲拉着他在超市的休息椅坐着，说，我们在这里等一小时。他惊讶地问，一小时？母亲点点头，说，下趟12路车回来，还得一小时。他觉得有着急的火苗在心里"噌"地蹿起，但还是忍了忍，用耐性将火苗熄灭。

母亲跟他东拉西扯，说起他上学时的一些事。一小时的时间，过得倒也不算太慢。

终于坐上12路。下了车，他拎着鸡蛋，吁出一口气。母亲看起来格外高兴，扳着手指算，1斤鸡蛋省2角钱，10斤鸡蛋省2块钱，来回的车费，两人省4块钱，加起来共省下6块钱。他的脑子里也迅速计算，从出门到现在，共用了4小时，4小时的时间，在公司里，他可以创造出上万元的价值。他在心里，叹了一下。

快到家时，遇到一个水果摊，母亲用6元钱，买下一个大西瓜。

回到家，西瓜切开，露出鲜红的瓜瓤。他早就渴了，拿起一块，迫不及待地吃起来，西瓜甜极了，他吃得呼噜呼噜的，像小猪一样。好久没有这样痛快地吃水果了。一抬头，母亲正看着他，眼睛有些潮湿，脸上却是极大的满足与疼爱。他的心，像琴弦被拨动了一下。这样的场景，似曾相识。

小时候，家里非常穷，他又馋得很。他常常在傍晚，偷偷去捡别人吃剩的西瓜皮，拿到河水里冲一下，便贪婪地啃起来。母亲知道了，用了三天晚上编织草绳，又用卖编草绳的钱，给他买了西瓜，然后看着他像小猪一样地吃着。

他怔怔地看着母亲，将满嘴的西瓜咽下。那一刻，他忽然理解了母亲。艰难时，母亲靠着勤劳与节俭，供他上学，将他养大。富足时，勤俭作为母亲的生活方式，依然能带给她满足与幸福。

他的脸上露出笑容，庆幸今天终于耐住性子陪母亲省下6元钱。这6元钱，跟自己在公司创造的上万元相比，是等价的。因为，许多时候，时间与金钱就该为爱而存在。

1970 年的记忆

张亚凌

从舅舅的来信里得知外婆要来看我们的消息，母亲表现得很是奇怪，奇怪得让我有点害怕。

她一会儿紧紧地搂着弟弟，蹭着弟弟的脸蛋儿，满脸是笑："柱子，我娘要来看我了，你外婆要来看你了。真的，真的要来了，马上就来了。"一会儿又松开弟弟，用手背抹着泪花花，顾自唠叨，"咋办呀？这日子过的，都是窟窿眼，遮不住的丑！咋办呀……"

母亲一会儿笑，一会儿哭，脸上挂着泪看起来却像笑，真是滑稽。我从来没见过母亲那副表情，遇事她一直是很镇定的。记得一次我从沟边摔下去折了腿，被别人背回了家。母亲非但没有表现出一点惊慌，反倒戳着我的额头骂道："沟能走还是能跑？自家走路不看，活该。"只是外婆要来，她至于吓成那样？

看着母亲那表情，我想笑，却笑不出来。弟弟干脆咧开嘴巴大哭起来。我赶忙搂着弟弟哄他："外婆来了，咱们就能吃到好东西了，就不饿了……"弟弟啃着手指头，哭声才渐渐小了下来。

母亲在院子里转着圈，似乎看啥都不顺眼，嘴里嘀咕着"这烂屋子，这烂屋子"。一向总忙于活计的母亲，好像一下子对干啥都没了兴趣，只是焦躁地转着圈儿，晃得我眼花。父亲刚一进门，一向很镇定的母亲突然像疯了般呜呜地哭了起来，边哭边嘟囔："我娘要来了，咋办哩，我娘要来了……"

好像外婆要来看她就像天要塌下来一样可怕。父亲扶着母亲的肩说："怕了就不来了？别怕，有我哩，我给咱想办法。"

我们就开始为了迎接外婆而准备。像过年般，每个房子及院子里的各个角落都打扫得干干净净。母亲打发我拿着洋瓷碗出去借麦面，我兴奋得能跳起来——那时，很多人家吃的主要是红薯，早晨红薯块熬稀饭，中午红薯面条，下午红薯馍馍就着炒红薯丝。红薯吃得人一开口，就是一股红薯的酸味儿，连放的屁，也是酸酸的红薯屁！我们家虽不至于此，也多是杂粮。只有来了金贵的客人或是过年，才吃得上白白的麦面。

我拿着洋瓷碗，雪花婶家，二狗家，杏花姨家，我从各家借了一碗面。捧着那盛着面粉的碗，我的手一直在打战：外婆来真好啊，外婆来就可以吃上过年才能吃到的麦面了！我皱着鼻子闻，也没闻出面粉的香甜味儿。很是遗憾，唉，我要是变成一只洋瓷碗，多好。

父亲还借了天柱叔家的大桌子、顺锁伯家的大立柜摆在我们家，我们家一下子就变得很阔气。

——外婆来真好，家里整个都变了。

那会儿，我只有一个想法，外婆来了就不要走了，我们天天都可以吃麦面，爬大桌子摸大立柜了。

父亲借了生产队的牛，驾着车，我们穿戴得整整齐齐就像过年，去十里外的镇上接外婆。

记得外婆来的第一顿饭，母亲做得很费心：

一碟豆腐拌小葱，一碟炒洋芋丝，一碟炒青辣子，一碟凉拌红萝卜丝，一碟凉拌白萝卜丝，一碟凉拌红白萝卜丝，白萝卜叶用开水一焯又是一碟凉菜，中间是一碟炒鸡蛋，饭桌上一下子就摆了八个碟子。

那天母亲擀的是面条。面条很薄很薄，挑在筷子上真的可以看见蓝天白云。绿绿的菜叶儿添在锅里，看着都好吃。

母亲先给外婆舀了一碗，是稠的。我们的呢，面条少汤水多。

咋给娃娃舀了那点？外婆问。

天天都吃，不爱吃，吃不完就糟蹋了。母亲说时瞪了我们一眼。可弟弟却说"不是——"，我赶紧狠狠地踩了一下他的脚，他直接大哭起来。我笑着给外婆解释，我把弟弟撞了一下，就疼得胡喊叫哩。

也就是那次以后，我有了个艰巨的任务，快吃饭时就带着弟弟在外面玩，省得他一不小心露馅了。那种难受劲，甭提了，我只想一脚把那小东西踹到村头的池塘里去。

晚上，外婆跟我母亲坐在炕上闲聊，我在写作业。一转头，看见弟弟竟然用小刀在桌子上划道道，我一巴掌扇过去，喊了声"把桌子弄坏了给人家咋还"。而后，我捂住了自己的嘴巴，紧张地看着母亲。

屋子里只有弟弟的哭声。

外婆看着我母亲，我母亲很尴尬地笑着，就像外婆要来前的神情一样，分不清是哭还是笑。

"还有啥是借的?"外婆说。

母亲说："咋会是借的? 自家的。甭听娃胡说。"

"还有啥?"外婆又问。

母亲不吭声了。弟弟也不哭了，跑到立柜边说："这个。"

"那咱就一个土炕啊。得，至少有地方睡觉。"外婆拍着炕，脸上好像是笑，好像又不是。"这就是我女子家，我女子就在这样的屋里头过日子。当妈的，都不晓得自家娃过的是啥日子……"

外婆唠叨时，母亲哭了。母亲哭着拉着外婆的胳膊："娘，没事，我的日子能过好，就是怕你操心才……"

外婆走后，我才知道，外婆当初不愿意母亲随父亲远嫁合阳，一气之下断绝了母女关系。加之母亲来到合阳后，日子过得捉襟见肘，就没敢主动联系外婆。

多年后，母亲说要来城里看我。住在出租屋恨不得把一块钱掰成几份去花的我，很奢侈地买了一台风扇，买了好些蔬菜水果：我不能因为工作不稳定就让母亲担心，我得让我的母亲觉得自己闺女过得还不错!

那一刻，我的记忆又回到了1970 年……

姥姥家村头的那棵树

侯淑荷

姥姥家住在松花江畔的一个小村庄，古老的小村有个吉祥好听的名字，叫富尔村。地名是写在大地上的历史，富尔村的名字，源于一座金代松花江防线上的重要军事城防"富尔哈城"。富尔村的南村口有一棵古老的榆树，称为"南单树"。

这棵树被当地村民奉为"神树"，是吉祥的象征，村民亲切地称呼它为"老干妈"。它生长在南村口五六里外的路边，在平坦的田野里，只有这棵树孤单单地生长着，而且长得枝繁茂盛，有着要三四个人才能合抱的粗壮树干，在树干的三四米处分成一对情侣枝，两枝相互交错生长着，树有二十多米高，十分庄重而华美。这棵树村中最长的老者也说不清它的年岁，似乎有富尔村时它就存在了。后据有关人士说，它已经有五百多岁了。

儿时，母亲经常带我去看望姥姥，那时交通不便。我们家到姥姥家有四百多里的路程，从家坐火车到吉林省后，还有几十里的乡村土路，而那段路没有车可乘，只能在路上搭村民顺路的马车，只是搭车往往只能搭一段路，村民到家之后，我们就要自己步行。那时候我还小，路又坑洼不平，走着走着就会累得气喘吁吁，而每次母亲看望姥姥时，总会随身给姥姥带很多的东西，她自己已经不堪重负，所以我只能靠自己行走。

母亲看我累得有气无力的样子，就会指着一棵树对我说："快看啊，'老干妈'都能看到了，我们马上就要到了。"那时我会好奇地问："为什么会把一棵树叫作'老干妈'呢？"母亲说："因为这棵树是孤树，俗话说'孤树难活'呀，一棵树孤孤单单地生存下来是十分不容易的，要有极强的生命力才行，而这棵树却坚强地存活了下来。人们都崇拜强者啊，所以村里谁家小孩体弱多病，父母就会让孩子拜这棵树为'干妈'，想让孩子也像这棵树一样强大，让这棵树保佑孩子健康成长。我小的时候，你姥姥还带我来认这棵树为'干妈'呢!"一路上听母亲讲老榆树的故事，脚步也似乎轻快了许多，感觉不是那么累了。

其实，老榆树十分高大，在一马平川的原野里十分醒目，远远地就可以望见。可是要一步一步走到它跟前真的是不容易的事。我常常要走走歇歇好多次才能到达。每次走到它跟前，我内心都会雀跃起来，本来已经筋疲力尽，一下子就又来了精神，因为我知道，我离姥姥家更近了，再走一段路就能见到可爱可亲的姥姥了。

儿时，姥姥家是我玩耍的乐园，姥姥家出门就是松花江，那时岸边停泊着打鱼的小木船，江边有很多野花，一群群蝴蝶、蜻蜓成了我们小孩子追逐的玩伴。姥姥家养了一群鸭子，每天鸭子在江边的浅水域里游来游去，江水清澈见底，可以清晰地看到很多的小鱼小虾在自由地游弋，鸭子就以这些小鱼小虾为食。记得姥姥家鸭子下的蛋特别好吃，姥姥常常在屋前的菜园割上一把韭菜，和鸭蛋一起炒着吃，真的是翠绿金黄、鲜香无比。而姥姥腌的咸鸭蛋，每一枚蛋黄都是黄澄澄往下滴油，是我儿时的最爱。

后来，我上中学的时候，我依旧喜欢去姥姥家过暑假。那时下火车以后，到姥姥家的那条路已经变成了砂石路，而且通了大客车，只是并没有直达到村里，下客车后，还是要步行一段路才能到姥姥家。每次下车，我习惯性地望向那棵南单树，好像见到了它就见到了久别的亲人一样。而它在一片青纱帐之中，总是那么高大挺拔，那么英姿飒爽，那对情侣枝像巨人张开的臂膀，仿佛正在迎接我的到来一样。

再后来，学生时代结束了，我就一直忙着恋爱、工作、结婚、生女，而姥姥也去世了，我就很少再去姥姥家住的那个小村庄了。

前几天，看到一位摄影爱好者发的一个走红了网络的小视频，视频里是松花江冬日特有的雾凇景观，在白雪皑皑的旷野里，一树玉树琼花，孤傲决绝地站在天地之间，它姿态优美，对称的情侣枝相互交错生长，直向天宇，那洁白晶莹的世界，美得像童话。网友们都被视频里的美景惊艳到了，点赞无数。看着这似曾相识的画面，我莫名地感动着，感动造物主的鬼斧神工，感动家乡的奇景美得这样惊心动魄。而且我瞬间认出了那棵树，那是姥姥家村前那棵古老的南单树！

我把视频给八十九岁的母亲看，母亲说："这不是老家村口的那棵'老干妈'吗？"我说："是呀！"母亲说："好多年没有回老家了，也不知道我还能不能回去看看了。"我说："当然可以啊，现在天气暖和了，我和老家的小姨联系一下，开车带你去很方便的。"

选了一个天气和暖的春日，我带着母亲回了趟她的老家。我们开车直接上了高速，一个多小时的车程就到了吉林省。下了高速，去往姥姥家的路也都变成了宽阔的柏油马路。远远地，母亲就看见那棵高高的古树挺立在路边的田野里，它依旧那么耀眼，像个卫士一样坚守在这片土地上。母亲的眼睛竟然有些湿润了。她说："'老干妈'还是那个样子，一点都没有变。"

我们的车子开进了村子，小姨一家人早就在门口等候我们了。村子变化太大了，房子焕然一新，记忆中的乡村小路都被平坦的水泥路面代替。母亲看到小姨，老姐妹脸上都笑成了一朵菊花。我陪母亲在小姨家住了两天，小姨陪母亲走遍了小村的角角落落，母亲看哪都感到亲切，都能引出她无尽的怀念。

临走的那天上午，我们去了姥爷姥姥坟上做了祭拜。车子缓缓驶出小村，驶向村南那棵老榆树。到了树下，母亲说停一下。树在路边的农田里，已经是春天，田野里有村民在准备播种。我扶着母亲走下路的缓坡来到树前。我无数次在路上看这棵树，却从来没有这样近距离地站在树下看过它，粗壮的树干披红挂彩，树枝上也有红色的彩条在风中飘摇，有种莫名的情愫在涌动，我知道村民们依旧把它当作神一样敬畏着，很多人依旧会来这里祈愿，我想这不能说是迷信，这棵树是健康吉祥的象征，人们愿意把自己的喜怒哀乐来和它分享。我走到树下，拥抱了一下树干，发现在它两米多的位置处挂着个金属牌，上面写着：古树名木。编号：106。科属：榆属。吉林园林绿化处，2005 年 8 月。原来，如今这棵树，已不单单是家乡人心中想、口中念的"南单树"和"老干妈"了，它已被国家正式认定为：古树名木。我想在家乡人心中它早已是古树名木，每个人都对它充满了深深的情感。

临别时，母亲从包里拿出了一个早就缝好的小小的布袋，她蹲下身子，捧了一捧树下的黑土放进了布袋。母亲说，不知道有生之年还能不能再看到它了，她要让这捧黑土一直陪伴着自己，等她离开世界的时候，也要把它带上，这样就不会找不到回家的路了。

在离去的路上，我在想，生活在这片土地上的人们，因为爱，一代又一代地奔赴而来，他们在这片土地上生活、繁衍，从原始时期到现代，不断发展进步着，而这棵吸收了日月精华的古树，像一位饱经沧桑的老人，看着岁月的变迁，日夜守护着这片热土，守护着一代又一代的人们。而生活在这片土地上的人们，也早就把它当作原生的胎记，生命的根，养育自己的母亲，和挥之不去的乡愁。

摇啊摇，摇到外婆桥

徐光惠

一

一百零二岁的外婆走了，穿上了二十年前她亲手为自己缝制的老衣。

我曾那么固执地以为，外婆是不会离开的，尽管我知道这不过是自欺欺人。

去年，外婆突发胆结石，生平第一次住进了医院。病床上，外婆的脸瘦削苍白，满是褶皱，双手只剩下一张皮，像风烛残年的老树，正一步步向死亡靠近。一声接一声的呻吟，让人扎心地痛。我安慰自己，外婆一定能挺过来的。这一辈子，那么多苦难都没压垮外婆，相信这次她同样能挺过来。

"我、我怕是不能活了，我要回去，送我回去……"外婆像个无助的孩子。"外婆，您会好起来的。"左哄右劝，外婆才迷迷糊糊睡去。

"外婆走了！快来二舅家。"一个月后，突然接到母亲打来的电话，我跌跌撞撞直奔外婆家，十来分钟的路程感觉那么漫长，让人备受煎熬。堂屋里，母亲红着双眼正在为外婆穿老衣、老鞋。

我上前跪在外婆跟前，轻轻握住外婆的手，掌心还残留着最后一丝余温。外婆静静地躺在木板上，看上去很安详。我终于明白，外婆真的走了，她再也回不来了。泪水扑簌簌地滚落而下，滴落在外婆冰凉的指尖上。

外婆下葬那天，村里上百号村民都赶来送她最后一程。

二

"摇啊摇,摇啊摇,一摇摇到外婆桥,外婆夸我好宝宝,请我吃块大年糕。"踏上一弯乡村小路,穿过一望无际的田野,再转过一道弯,便看见一条弯弯的小河,一座古老的石拱桥横跨于河面上。过了石拱桥,竹林深处便是外婆的家。外婆家位于大足县城郊外,因村里刘姓人家居多,故得名刘家坝。外婆十八岁就嫁到这里,一辈子没有走出过刘家坝。

外婆生于兵荒马乱的年代,饱尝生活的艰辛。她幼年丧母,随后其父抽上鸦片,两年后也撒手人寰。外婆兄妹俩走投无路下,投靠伯父家。伯母为人刻薄,外婆煮饭、挑水、割猪草,啥活都干,去讨好伯母,却仍吃不饱穿不暖,受尽责骂和白眼。

好不容易挨到十八岁,外婆长成了眉清目秀的大姑娘,与外公相识成婚,共生了六个儿女。外婆小时候被裹过小脚,一双脚仅有巴掌大,脚趾蜷缩在一起已完全变形,走起路来一颠一颠的。外公以务农为生,面朝黄土背朝天,生活贫困交加。

外婆颠着小脚洗衣煮饭、养鸡喂猪,每天起早贪黑,忙得像上紧的发条。外婆每攒足一筐鸡蛋就拿到县城卖了贴补家用。去县城的路不好走,每次都得忍着脚底钻心的疼痛,来回颠簸大半天。

家里粮食不够吃,经常吃了上顿愁下顿。外婆省吃俭用,宁愿自己吃糠咽菜,也不亏待孩子们。外婆手巧,是做衣裳、鞋垫的一把好手,她便抽空接些活,熬更守夜赚点微薄的收入,艰难度日。

有一年大旱,田里庄稼干涸颗粒无收。外婆一咬牙,从箱底翻出外公送她的定情物一只银手镯去城里卖了,换回一点儿杂粮才挨过饥荒。

三姨妈两岁时,突然害了一场大病,高烧不退浑身长满红疹,整日整夜哭闹。因没钱去医院,只能在家拖着。后来病得越来越严重,才四处借钱抱去医院,医生说:"你们来晚了,孩子没救了。"三姨妈在外婆怀里奄奄一息,亲戚们劝外婆把孩子丢到山坡算了。

"闺女还有一口气在,我不能丢下她。"外婆死活不肯,说不能眼睁睁看着孩子死。外婆把三姨妈抱回家,到处寻土药方子,去庙里求神拜佛,半月后,三姨妈竟真的活了过来。村里人都觉得不可思议,说是外婆的一片真情

感动了上苍。

外婆心善，左邻右舍有啥难事，她都尽力相帮。村里不时有逃荒要饭的人，她会给他们一碗米或是几件旧衣服，从不会让他们空手而去。

二舅十七岁时，外婆把他送去部队当了兵。二舅所在的部队远在西藏，天寒地冻环境恶劣，在信里透露出畏难情绪。外婆就托村里的读书人给二舅回信，鼓励他安心在部队学技术、学本领，为国家做贡献。二舅谨记外婆的教诲，在部队一待就是二十年，慢慢成长、成熟，担任班长、连长，转业后当上了一名税务干部，成为刘家坝第一个端上"铁饭碗"的人，这让外婆一生都引以为傲。

不管日子多难，外婆也没有轻易掉过泪，她与外公互相扶持，共同把几个儿女抚养成人。

三

记忆中，外婆慈眉善目，头发总是齐整地绾在脑后，系一条蓝色围腰，说话轻言细语像唱歌一样。

每次穿过竹林，还没到院门口，外婆就笑吟吟地出来，温软地唤着我的乳名："惠儿，来啦?"我喊声"外婆"，撒腿一头扑进外婆的怀里。

外婆从坛子里抓出瓜子胡豆或是糙米糖，塞进我的荷包，香喷喷、甜丝丝的。最馋的是外婆烙的葱油饼，香气弥漫。我迫不及待地咬一口，又香又脆，被烫得大叫。

"莫急，慢慢儿吃!"我的囧样惹得外婆直乐。外婆裹的碱水粽也是一绝，粽不大，小巧玲珑，金黄金黄的，蘸上白糖吃，香香软软不粘牙。

那时外婆年已六旬，与二舅、二舅妈住在一起。她仍每天做饭，早早地在灶前忙碌。做好了早饭来叫我起床，我老是装睡，外婆哄着挠我痒痒，等我赖在床上笑够了，再抱我起来梳洗。

我平时喜欢黏着外婆，她去地里我也跟着。一次，和外婆去后坡上摘橘子，树上的橘子实在少得可怜，又小又丑，看到隔壁家的橘子圆溜溜的，又红又大，我便伸手去摘，外婆将我一把拉回去："别人家的东西不能乱摘，做人不能对不起自己的良心。"当时年纪小，并没真正体会到话里的含义，长大后，才明白外婆是教我要做一个正直善良的人。

乡村的夏夜闷热，我们在院子里乘凉。弯弯的月亮挂在树梢，整个村庄沐浴在如水的月光里。繁星点点缀满夜空，璀璨夺目。外婆教我们唱起儿歌："一闪一闪亮晶晶，满天都是小星星，挂在天上放光明，好像许多小眼睛……"

仰望夜空，小星星真的对我眨着眼睛呢。我兴奋地睁大眼睛数星星："一颗、两颗、三颗……"数着数着就眼花缭乱了。清凉的夜风悠悠吹来，送来泥土和庄稼的气息，伴随着草丛中的虫鸣，偶尔传来几声犬吠。外婆轻轻拍打着扇子，给我们讲吴刚和嫦娥、孙悟空三打白骨精等故事。听着听着，

倦意袭来，我一头歪在外婆怀里睡去。

外婆家门前那条弯弯曲曲的小河，河水清亮亮的，水草飘摇。我常跟着外婆去河边洗衣裳，让她帮我折小纸船，我趴在桥上往下扔，纸船悠悠往下飘落，不停地打着转，落在河面漂向远方，我咯咯咯地笑个不停。我坐在河边，把脚伸进水里，清凉的感觉一直浸润到心里头。

有一回，玩得兴起，一不留神滑进水里，村里的一个小哥哥把我救了上来。还好我只是被呛了几口水，外婆吓得不轻，抱着我向地下吐着唾沫，揪着我的耳朵连声说："呸呸呸! 不怕不怕。"

外婆爱种花，茉莉花、指甲花、蔷薇花、山菊花，虽说都是些不值钱的花，但一年四季却花开不断，芬芳四溢。外婆尤其喜欢山菊花，说是好养活还能当药材。

秋冬时节，所有花草都凋零了，唯有院墙边那簇山菊花开得分外灿烂。山菊花开过后，外婆将花晒干，给我们泡菊花茶喝，回味甘甜，清热解毒，谁要有个头痛脑热，喝下菊花茶后，症状会有所缓解。

四

时光飞快流逝，外婆也在一天天老去，岁月的风霜染白了她的一头青丝，却没摧垮外婆顽强的意志。外婆七十岁那年，外公突然患病离世，毫无征兆。外婆悲痛欲绝，但她硬是强打精神张罗操持，将外公安葬后，又开始为儿孙奔波忙碌。

她从不避讳生死，让二舅买回布料，亲手为自己缝制好老衣和儿孙们穿的孝衣，并把自己的后事都交代得一清二楚。

她说："人都会死，有啥可怕的? 我的棺材都准备妥当了吧? 等我百年后，你们把我埋在老屋后便是。"

外婆百岁那年，记忆力衰退，说话也没有条理。外婆一百零一岁那年，患上了胆结石，疼痛难忍，由于年龄太大，医生说不建议动手术，最后器官衰竭医治无效，走完了她平凡的一生，成为刘家坝屈指可数的百岁老人。

从外婆身上，我学会了善良坚韧、乐观豁达，理解了人生的意义，与外婆共同生活的那些日子，灿烂了我的童年，温暖着我整个人生，随着时光的流逝历久弥新。

外婆走了，但她的音容笑貌却一直伴随我左右，感觉她从未离开过。午夜梦回，外婆依旧笑吟吟地唤着我的乳名，我吃着葱油饼，和外婆一起坐在月亮下数星星。

我想，我不会悲伤，外婆只是去了天上，那里没有病痛，天上那颗最亮的星星，一定是外婆温柔的眼睛。

爷爷的安慰

乔凯凯

听父亲说，他原来有一个哥哥，十几岁的时候因一场意外去世了。那时父亲才五六岁，还不太懂事，只知道没有人再带着他去掏鸟窝、捉泥鳅，满世界疯玩了，也没有人在他被欺负时，站出来替他喝退那些欺负他的捣蛋鬼了。对于一个孩子来说，这些陪伴或者说庇护似乎可轻可重——拥有的时候确实很重要，可如果失去，也可以习惯，甚至在几个月后就完全淡忘，好像只是在梦里存在过一样。

对于父母来说，则是完全不同的概念，那是在他们心上硬生生地剜掉一块肉，伤口可能永远无法痊愈。那段时间，奶奶先是昏厥了几次，醒来后便没日没夜地哭，不吃饭，也不睡觉，就呆呆地坐着流眼泪，要么絮絮叨叨地念一些关于大儿子的事情。有人时说，没人时也说，几乎濒临精神失常的状态。幸亏爷爷足够坚强，他没有倒下，张罗着处理了大儿子的后事，接着操持一日三餐，照顾小儿子吃完后，再耐着性子哄奶奶吃饭，还要去田里干活。庄稼可耽误不得，一耽误就是整整一季。

只要一有空闲，爷爷就硬拉着奶奶出门逛。他说，人不能总是闷在家里，没病也要闷出病来。爷爷带奶奶看春天嫩绿的树叶，看盛放的野花，看田野里欣欣向荣的庄稼。爷爷指着在枝头叽叽喳喳的小麻雀，对奶奶说："这些小东西都活得这么乐呵，咱有手有脚，不比它们强？"

对于爷爷的劝导，奶奶的表情很木然，一副充耳不闻的样子。爷爷没有放弃，他知道奶奶一定听进去了，只是还需要时间去消化。他一遍又一遍，不厌其烦地说，眼前看到的一切事物都能成为爷爷拿来安慰奶奶的素材。

一次农忙时节，爷爷去田里干活，中午匆忙赶回来做饭。其实爷爷带俩馒头和一壶水就能当午饭，但他不放心奶奶和我父亲，怕奶奶不知道做饭、吃饭。果然，奶奶靠在床头，心灰意懒地看着墙角发呆，我父亲尿湿了裤子，坐在地上哭闹，炉子里的火也灭了，屋子里清冷一片。

一身疲惫的爷爷给我父亲换了裤子，又找来柴火点着炉子，特意去集市买了肉，炖了满满一锅。当满屋子飘起肉香时，爷爷给奶奶和我父亲各盛了一碗，笑着说："有滋有味的，这才像过日子嘛。"然后，爷爷又看着奶奶说，"菊香，你说对不对？"

　　时间慢慢过去，奶奶逐渐恢复了正常，伤心仍旧伤心，但可以像往常一样操持家务，脸上偶尔也会出现久违的笑容。那天，奶奶烙了韭菜盒子——她已经很久没有做过韭菜盒子了，因为这是她大儿子最喜欢吃的食物。看到爷爷脸上出现不解和担忧的神色，奶奶解释说："我看山韭菜长得很旺，就割了一把，这个时节是山韭菜最鲜美的时候，错过就没有了。可惜我们的大儿子吃不到这种美味了。"

　　"一个人有一个人的命数，别想不开，活着的人要好好过下去。"爷爷盯着韭菜盒子，说出这么一句话。奶奶意识到自己又触景生情，不想再次陷入情绪的旋涡，忙递给爷爷一个韭菜盒子，说："快趁热吃吧，凉了不好吃。我又没说想不开，你说什么活不活的。""好，不说，不说！"爷爷接过韭菜盒子，大口吃起来。

　　许多年后，父亲成了家，比他小几岁的姑姑也结婚生子，一大家人常常聚在一起，欢声笑语，十分热闹。有次爷爷无意中说："要是你们大哥在，那就更热闹了。"说完看着远处，默默地流下了眼泪。

　　直到那时，大家才明白，一直以来，大儿子就是他心里最深的痛，可面对脆弱的家人，他只能选择坚强，选择乐观，他的不动神色背后藏着多少心酸和泪水，只有他自己知道。而那些他曾经安慰奶奶的话，何尝不是他对自己的安慰呢？正是靠着那些各种方式的自我暗示和鼓励，爷爷才让自己走出丧子之痛，并努力带领一家人过得幸福、快乐。

花发卡

张亚凌

　　母亲将带我去镇上，她在前面拉着羊，我在后面用小鞭子赶着。母亲说了，卖了羊，置办了东西，就给我买个花发卡。一听花发卡，就好像有只神奇的手在挠我的胳肢窝，老想蹦着跳着敞开了去笑。

　　跟我家隔三家的红艳有个花发卡，分不清是玻璃还是硬的塑料，在太阳下闪闪发光。分不清不是我笨，是她都不让我靠近看，更不用说摸一下。她举着，晃着，我只能远远地看。

　　红艳原本就是个爱臭美的丫头，就那稀稀疏疏的几根黄毛，见天都梳不同的辫子。有了花发卡，那得意样，就像长出角的梅花鹿，总是蹦着跳着，都不会好好走路啦。我敢保证，她就是戴一头花发卡，那一脸雀斑也不会少一颗。哼，戴上花发卡，反倒更让人注意到她的头她的脸，一脸难看的雀斑。幸灾乐祸地将这一发现悄悄地说给春妮，春妮看着我，一脸认真地说了句"反正红艳有花发卡"，撇下我的碎嘴，继续去看天上的云彩了。

　　我要是有了花发卡，会让全巷子的女娃娃使劲摸，摸完一人再戴一次，不，戴一天，晚上睡觉都戴着。当然，必须红艳在场，还有春妮，气死她们。母亲答应给我买花发卡后，我的心就开始扑通扑通乱跳个不停，好像眨眼，花发卡就戴到头上了。我在后面挥着小鞭子，才不忍心落在羊身上，羊毛挨了鞭子不好看，没人买了，花发卡不就没着落了？

　　还没走出巷子，云婶就拦住了母亲。她一张嘴就没完没了，也不用母亲回答。说她娘家那不听话净惹事的兄弟，说老给她家添麻烦的小姑子，说起自家娃倒是满脸开花……

我已经不耐烦地用鞭子抽打着地面，用脚踢着土块了，她还在说。仰起脸看着云婶飞快开合的嘴巴，真恨不得把她揪到墙角去。她完全可以自己对着一面墙一棵树，甚至天上的一朵云，爱唠叨多久就唠叨多久，干吗一定要拦住母亲，拦住向我飞来的花发卡？她只顾自己说，压根就不看我绷着的脸噘着的嘴，真气人。母亲从来不会拒绝人，你就是说想借她的脑袋用用，她也只会发愁咋样才能自己拎着交给你。

"我要跟我妈去镇上卖羊。"我挥动着鞭子开了口。其实我想说的是，我们要走了，你该干吗干吗去，赶紧闪开呀。她拍了一下我的头，说会帮你妈干活了，又继续看着母亲吧嗒吧嗒地说着。她那嘴巴，越看越像条小河，哗啦啦流不完的口水。

瞧母亲，不急不躁，享受般。看那样子，云婶就是说到天黑，她也乐意全程奉陪。她该不是一出门就变卦了？不想给我买花发卡，故意磨蹭？巴不得云婶说到天黑就省得去镇上了，以为我明早一睁眼早忘了？还是她觉得人家红艳爸爸吃公家饭红艳才有资格戴，我根本就不配？……各种小想法像被煮开了般噼里啪啦迸溅着。

云婶终于想起还有该干的事。

我跟母亲继续出发。

刚出村口突然下了瓢泼大雨，我们拉着羊赶紧往回跑，到村口路边最近一家的屋檐下躲雨。

母亲一边护着羊一边感慨："多亏你云婶打搅，要不就把咱娘俩淋到半道上了，前不着村后不着店的，多恓惶。"

"她不打搅咱早到镇上了，说不定羊早都卖了，花发卡我都戴到头上了。"我撇着嘴。

母亲有点恼怒了，敲了一下我的脑袋训斥道："一个花发卡就把你眼前遮完了，开始睁着眼说瞎话了？十多里路，你一会儿工夫就能走到？还把羊卖了？看把你能的。"

我别过头去，懒得理她。

你才睁着眼说瞎话。怎么就一会儿工夫？云婶吧嗒吧嗒已经说了大半天！

听她说话的工夫早就到镇上了。德魁叔从旁边走过去了，燕子姐走过去了，扎根伯拉着牛也走过去了。就连五勤家的狗，都不耐烦地在旁边直蹦跶着闹情绪。

很别扭地跟母亲躲雨，一个挎着笼的女人从村外跑过来。母亲挤了挤招呼着："赶紧过来，赶紧过来，不敢把人淋感冒了。"俩人只说了几句话，就拉扯出彼此亲戚的亲戚是亲戚，立马亲近得像多年没见的姐妹。

她一看就是个热闹人，说话间就从笼里取东西了，给我和母亲一人递过来个绿皮小瓜。"刚摘的，咱地里的香瓜。尝尝，甜得很。"母亲推辞着，她是轻易不拿别人东西的。拿了，一准得还情分，总是拿一升还一斗。那会儿啥都没带的她，总不至于从羊身上揪几根羊毛给人家吧。

客气啥，都是亲戚了。不是这一场雨，哪能知道这村里还有门亲戚？那女人也很实诚，不像手往前伸胳膊肘往后拽的假客气。

母亲跟我一对视，笑了，好像还在辩解：不是多亏雨，是多亏了你云婶。临走，我已经改口叫她姨了。姨还硬给我们留了几个香瓜，拍着我的头说："明儿跟你妈来姨家，姨给咱摊煎饼，做好吃的。"

第二天，母亲真烙了几个油酥饼带我去了姨家。姨家还有个小姐姐，只比我高两级，墙上都是小姐姐的奖状："三好学生"。要知道每班每学期只有两个，必须是成绩前五名才能参加评选，还得全班同学老师举手投票。她每次都前五，还是一直第一？想问，却不好意思，自家的成绩实在提不到人前面。

"数学科第一名"。她的眼睛水汪汪地泛着光闪着亮，脑子一定更清爽，哪像我，啥时候都是迷迷瞪瞪没睡醒的样子，难怪数学老不及格，记得都上二年级了遇到加减，还离不开画道道。

"语文科第一名"？那她总分一定是第一了，已经双第一。

我都开始怀疑自己是不是遇上神仙姐姐了，咋啥都好，太厉害了。我一直跟小姐姐在一起。她是看着很安静又不缺少热情的那种，不咋像姨，姨是热情张扬。

小姐姐竟然有好多语文课本以外的书，没有语文书厚，有大有小。她说那叫杂志，也是一种书，是城里的大伯给她带回来的。小姐姐很慷慨地送给了我两本。拿到那两本书后，我就不停地暗示母亲该回家了。在回去的路上就开始看那两本杂志。

不对，不是看，是读，像读语文课本一样，一字一句地读，甚至读出声来。偶尔抬头跟母亲对视，我们都很欢喜。

也记得那天一回家就坐在院台子上接着读，一直读到月亮上来。也第一次产生了疑问：会不会好看的都在语文书之外？也是那以后，我开始搜寻书，只为了读时的开心。

还记得在小姐姐家的桌子上，也看到了一个花发卡，跟红艳的一样好看，竟然没有摸摸的想法。那一刻我满脑子都是遇到神仙姐姐的欢喜，哪顾得上一个花发卡？读书的滋润，是戴上满头花发卡也比不上的。又或许，书也是真真正正戴在头上的无比漂亮又隐形的花发卡，会让我变得更好看。

一有机会，我就想去姨家。每次去，心眼多的我就央求母亲给姨给小姐姐带点好东西。那时候家家的日子都不大好过，哪有那么多的好东西送人？有一次我竟将家里最好看的一盆花端到姨家，说送给小姐姐。据说我当时还拍了个很漂亮的马屁，说姐姐好看得像花，就送盆花给她。

多年后，姨每次说起我送花的事都会感慨："凌儿从小就会说话，嘴甜。"好像那时跑姨家找小姐姐，不仅仅是想看书，更乐意看着小姐姐，只是看着她就行，也不用她搭理我。她做自己的事，我在一旁安安静静地看她的书。看看书，看看她，慢慢地就向小姐姐看齐了。

多年后给姐姐说起遇见姨的那天，说到原本想着赶紧卖羊却被人堵在巷子里拉家常的无奈与气愤，说到刚到村口就遇到大雨的窝火，说着说着，情不自禁地来了句："真得感谢当年云婶的碎嘴，才让我有了个值得骄傲的姐姐。"我们都笑了。

或许有很多事，不管是美妙的还是糟糕的，就在那里等着与你相遇。不早，也不晚，避不开，也躲不过。当然了，也都与品性有关。就像，我有个极有耐心听云婶唠叨又不愿意白受姨好处的母亲，才有幸遇到姐姐。

原本只想要个显摆的花发卡，不承想得到了更大更花的发卡：遇见了姐姐，见识了课本之外的书。书滋养舒展了我的心，看着姐姐活成了她好看的模样。

照 相

陈 呈

工作后，我和母亲相伴游玩过很多地方，每到一处，她总是尽职尽责地当我的"御用"摄影师。而我总是在挑剔，"哎呀，你要跟我说我站在哪里合适啊，我都不在画面中间了，人都被照变形了"，"哎呀，又闭眼了，我就不明白怎么能每次都拍到我闭眼的时候，服了"，"我脚都照没了，重新照"，"你用我手机，你那个手机像素不行"。

每次我念叨多了，母亲就会冒火，"真麻烦! 也就我这么将就你了，你换个人试试，谁理你"，"要求真多，看别人谁受得了你"，"以后你找其他人陪你出来吧，我再也不跟你一起了"。

但母亲总是刀子嘴豆腐心，下次我找她一起出门游玩，她还是会同意的，然后任劳任怨地举起手机："这景色真好看，趁没人，快站过去，我给你拍。"甚至，她还被迫学会了抓拍，在每个拍摄场景都会快速地闪很多张，因为她对提升自己的手艺没有自信，生怕只拍一张拍不出我想要的效果。与现在的一些人生导师最推崇的嘴甜心狠截然相反，母亲和家人相处时大抵是最划不来的一种人，往往心软心善，明明事情认真做了，嘴巴却忍不住念叨，所以总还不落好。

当她照出我喜欢的照片，我不禁心生欢喜，偶尔也问一句："我也帮你照吧?"她总是固执地说："老了，不想照了，照出来也不好看。还是我给你照吧。"我只能抢拍到一些她走在路上逆光的背影。如果路上两人怄气，母亲就会赌气般地自拍。她的自拍总是不得要领，喜欢仰拍角度，脸盘看着特别大，表情也不自然，最终往往没一张可以发朋友圈的。我有时看到那些照片后，过一段时间会装作不经意地问她："我今儿给你拍了些背影照，看着挺文艺，你要不要拿去当微信头像，也该换了。"

最近我心血来潮，翻看家里的老相册，才发现特别是自从我出生后，母亲的单人照数量极少，大多是和不同成长期的我、其他家人或者她同事朋友一起拍的照片，而且拍得也随性自然，完全不是我现在追求的那种精致、漂亮、文艺，更像只是庸常生活的小小注脚。但翻看她更早的婚前照片，也有很多美美的相馆照片或者摆拍单人照。母亲 28 岁生我，在我现在的年纪，她经常辗转多趟公交到处上课挣钱，早早落下了慢性咽炎的毛病。母亲不是不爱美，只是当家庭的重担几乎落在她一人肩上，当生存压力压制了生活自由时，她只好刻意忘记自己追求美丽外在的需求。

今年突然没那么想到处去照相了，至少和母亲出游时，我不想再让她那么费心地帮我拍照了，岁月易逝，青春难留，更应该用眼、用心、用脑好好记住和母亲在路上的每一瞬美好，少点"个人主义"，我想用陪伴对母亲作最长情的告白。

篾匠阿爷

虞 燕

一根茶口杯粗细的竹子，竹头抵住墙角，竹尾握于阿爷左手，他右手挥刀，往中间部位一扎，"嚓"一声轻响，裂了个口子，顺势推篾刀，"噼噼啪啪"，像燃放鞭炮，竹子被一节节劈开，破开后的竹子对剖，再对剖……阿爷手持篾刀，左劈右劈上下翻飞，手指的骨节一突一突，如拉面一般，变出了无数根细长柔韧的篾条，一甩，"沙啦啦"，恰似清风穿过竹林。

地上的篾条堆了起来，长的，短的，带皮的，不带皮的，粗细均匀，青白分明，散发出竹子特有的清香。阿爷起身，抖落身上青绿色的竹屑，两手一会儿交叉，一会儿来回搓，不知是在舒缓劈篾后的疲劳，还是在为接下来的编篾热身。阿爷个头不大，那双手却特大，手掌厚，手指长，指关节粗且弯曲，一用劲，手背上青筋暴起，像爬进了好几条蚯蚓。手上遍布小沟小壑，老树根般粗糙，很怕他摸到我衣服，一摸，要么起毛要么抽丝，新衣也成旧衣。怕影响做活，阿爷每每把指甲剪得光光的，而做篾匠多年后，便很少剪了，他的指甲长得缓慢，有的甚至停止了生长。

阿爷其实并不老，那会也就是个中年人，因跟我亲爷爷是表兄弟，辈分大，故喊他阿爷。阿爷年少时羸弱，坐个渡轮都要晕船，父母怕他禁不起风里浪里颠簸，海员和渔民就别想了，学门手艺吧，小岛上，手艺人是吃香的。在木匠、漆匠、泥水匠、篾匠里，他选了篾匠，阿爷幼时常钻竹林，做竹管枪，取竹叶吹哨子，觉得自己跟竹子更亲近些。

篾匠活讲究取材，春竹不如冬竹，冬竹又以小年的为宜，韧性好。根据竹子的粗细、颜色深浅，阿爷能辨别其生长年份和阴阳面，何种竹器用哪类竹，他心中有数，如向阳的隔年青用来编凉席甚好，几年的大苗竹制箩筐牢固，篓子筛子可用年轻的小桂竹，虫蛀的竹子易断裂，做正料太勉强，只能做辅料……让竹子各尽其才，是好篾匠的标准之一。

砍下来的竹子必须趁新鲜剖篾。篾匠活儿，看似轻巧，实则都下过无数苦功，如劈篾这项基本功，宽窄厚薄全凭手指感觉和个人经验，略厚嫌粗拙，过薄怕欠牢，难就难在刚刚好。还不能统一型号，不同的竹器，同一个竹器的不同部位，对篾条的要求各不相同。而对篾匠来说，剖出细如发丝或薄如蝉翼的篾条，简直成了一种快速证明自个实力的方法。

阿爷自是功力了得的。青篾、头黄篾、二黄篾、三黄篾……一层又一层，剖得利索。其中有个动作，他将篾刀刀柄往腋下一夹，嘴巴向前伸，咬住剖开的竹篾里层，刀子轻轻推进，他的厚嘴唇似乎抖了一下，三条额头纹跟着一颤一颤……我在一旁有点紧张，把咳嗽都硬压了下去。两层分开后，再如此反复，一层，又一层，剖出的篾条轻薄似纸片，且每一层都均匀、齐整。眯起一只眼，透过篾条朝外看，可见朦胧的光，恍若晨曦映进了玻璃窗，遂朝阿爷嚷："就像蒙描纸，都能印画啦。"阿爷两瓣厚唇使劲往旁边咧，露出了上牙左

边的那颗银牙。

篾匠的工具相对简单，小锯、篾刀、篾针、剪刀、度篾齿……这门精细的技术活，大概最重要的工具是篾匠的手指。阿爷系上围裙，往小马扎上一坐，扁而薄的竹篾在他指间舞动，犹如起网时小鱼群弹来跳去，他的十根手指似有磁性，各款篾条被吸得牢牢的，任怎么拨、拉、挑、压、穿等依然服服帖帖不离不弃。"哗哗"声中，篾条来回穿梭，纵横交错，偶尔用篾刀敲打经纬交叉处，可令其交织得更紧密紧实。一个不注意，竹器的底部就编好了。光一个底部，编法花样百出，米字形、斜纹、平编、三角孔等，什么器物配什么花纹的底，从手指与篾条相触时便定下了。

阿爷常在自家院子里做活。院子铺了石板，石板与石板的缝隙总会钻出一丛绿，与墙边码着的几根翠竹相映。篾条一部分堆在地上，还有些挂于院角的楝树枝上，微风拂过，翩跹而舞，旋起一股竹香。成品与半成品散落四周，筐子、提篮、筛子、簸箕、摇篮……方的、圆的、扁的、长的，形状大小各异。有种竹篓子，口小肚大，状如某种坛子，我们叫"克篓"，阿爷几乎可以闭着眼编。底打好，篾条一折一压，开始编织圆鼓鼓的身子，快到头时猛地收紧，形成细如头颈的口子，可一手掐住。在当地方言中，"克"有"掐"的意思，"克篓"这种易进难出的特点，很适合装活蹦乱跳的渔获物，去海边打鱼，少不了它。阿爷编的"克篓"锁口严密，篓身不易压瘪踩歪，一不小心就成了畅销货。

不知道阿爷是天生不爱说话，还是因长年做篾匠活而变得沉默，他坐在那，长长的手指忙着与篾条纠缠，三条额头纹如捉摸不定的海浪，忽而聚集，忽而舒展，眼不斜视、面无表情是他的常态，可以数小时不挪动，不讲一句话。若有邻人相问，他头不抬，手上也不停顿，简洁回一句便不再吱声，两片厚嘴唇跟两层石磨似的，牢牢叠在一起。我们在旁边叽喳、转悠，只要不搞破坏，阿爷不会赶我们，也许是懒得理我们，他正沉浸其中，把心中的那些立体图形，通过指间的钩拈转折来实现。竹篾到底能成为怎样的竹器，全凭篾匠的一颗匠心。

等我们玩了一圈转回来，阿爷还是那个表情，那个姿势，小收音机也依然在他脚下开着，只不过已从评书转到了戏曲，或从广播剧换成了天气预报。

阿爷背后，楝树枝叶繁茂，一大团的绿浮在半空，晚霞放肆地将天边涂成了橙红色，一束红光从檐角闪进来，落在即将完成的箩筐上。

阿爷做的那么多竹器里，小孩子瞧得上的，唯有阿爷给小女儿编的小玩意儿，小花篮啊小箩筐啊，最惹眼的数那张袖珍竹编床，造型别致，纹理细腻，布娃娃睡上去肯定舒服。阿爷做活时，我们帮他扶竹子，给他递篾条，殷勤献得太明显，被他看穿了心思，他眉毛一扬，额头纹迅速向发际靠拢，说干脆做一个大家都能玩的东西。可直到阿爷扎结收边，我们也没瞧出那是个啥，状若簸箕，但簸箕又没那么深，锁口跟筐子一样，用剖得很薄的外层竹皮，竹皮卷紧后在铁锅里烧煮过，方便穿绕且耐断裂。

小孩们东猜西猜，阿爷嘴角微翘，拿根粗麻绳往楝树上一甩，麻绳像两条结实的手臂，从大树垂下，稳稳"抱"住"簸箕"，我们齐声大叫："秋千啊!"于是，一个个轮流坐上去，轻轻地欣悦地荡过来荡过去，风也来凑热闹，鼓起我们的衣衫，树叶在头顶飒飒作响。

那年，阿爷大女儿出嫁，阿爷早就编织好了一套嫁妆，针线笸箩、礼篮、蒸笼、竹箱、竹席……漆成红色的篾条穿插其间，有的，收边时编了一圈漂亮的红色花纹，有的，在提把或盖子上嵌入了红色"囍"字，看起来那么喜气，祥和。

等小女儿出嫁时，人家说已经不时兴这样的竹编东西了，阿爷不吭气，从早到晚地劈篾，编结，打造了一套同样的嫁妆。有一次，一向寡言的阿爷从厚嘴唇迸出一句话："纯手工的东西金贵。"他的大手在空中一画一点，像为自己的话加了个感叹号。

如今，阿爷已年逾七十，仍在做活，多数是些小竹器，比如花器、水果盘，造型多样，基本都是顾客定制的，他说，还是要动动脑动动手指，可以防止阿尔茨海默病。阿爷的皱纹真是多啊，横的，竖的，斜的，并行的，交叉的，仿佛把篾条的编织图纹都印在了脸上。